一妻獨秀

3 完

芳菲 著

文創風 441

目錄

第六十章

第二天一早，蕭謹儀的身子好了點，田氏命劉嬤嬤留在西苑好好照看著，自己則和往日一樣，去榮安堂給趙氏請安。

今日，她故意去得遲些，到榮安堂時，孔氏和蕭謹言兄妹已經在那裡了。

田氏進去，給趙氏行禮後，便在孔氏下首的位置坐下，裝作隨意地笑著道：「我昨兒總算瞧見了下人們口中說的那個小丫鬟，果然長得再好不過，只怕過個兩、三年，更是不得了呢，還是大嫂會調教人。」

孔氏冷不防聽田氏說起這個來，心裡生出一股黃鼠狼給雞拜年的不安，陪笑道：「瞧弟妹說的，哪有妳調教得好，翠環才去妳房裡兩年，回來跟變了個人似的。我心裡還尋思著，老二真是有福氣呢，誰知妳竟要把她還給老太太，她好歹跟了妳一場，怎麼不收房自己用著？」

昨兒孔氏被田氏將了一軍後，回海棠院總覺得心口不順暢，和王嬤嬤談了很久，才想出這麼個以牙還牙的辦法來。沒承想，今兒她還沒開口，田氏就把頭伸過來，所以孔氏便噼哩啪啦一通，把話給說了。

田氏哪裡想到孔氏是有備而來的，被這麼一頓說，臉上立時發熱了。

昨兒她是利用給翠環一個好去處的說詞，想請趙氏做主，把翠環塞進蕭謹言房裡，被退貨已經很沒面子，孰料現在還遭人倒打一耙，被孔氏弄得說不出話來。

孔氏沒等田氏反應過來，繼續道：「老太太賞的人，就算是不好的，也從沒聽說退回來的，這不是明擺著不給老太太面子嗎？弟妹，妳是個聰明人，怎麼沒想到這一層呢？」

孔氏一邊說、一邊瞄了田氏一眼，又瞧瞧趙氏，果然，趙氏臉上的神色也不好看了。

這會兒，田氏總算反應過來，一臉委屈地對趙氏道：「老太太明鑑，我是真的怕耽誤了翠環，並不是不看重您賞的人。」

趙氏不是笨人，經孔氏這麼一說，也心知肚明，遂冷冷地清了清嗓子，換了個話題。

「儀哥兒的病如何了？今日可派人去請太醫再來瞧瞧？」

田氏見趙氏給了她臺階下，這才稍稍穩住心緒，換上平日那副端莊笑容，答道：「昨晚又燒一回，今兒早上好多了，奶娘餵過奶，我出來時已經睡著了，所以還不曾去請太醫。我尋思著，讓杜少爺過來瞧瞧就好，孩子太小，便不煩勞那些老太醫了。」

趙氏聽了，點頭道：「沒事就好，昨兒那光景，可真是讓我嚇破膽了。」

田氏一聽，逮著機會，忙不迭道：「都怨我房裡那丫鬟，她不認得路，原本另請了個小丫鬟傳話，可不知怎麼著，那小丫鬟竟把這事給忘記，所以我們知道時，儀哥兒已經嚴重了；若我們早些過去，也不至於耽誤成這樣子，讓老太太受驚了。」

果然，趙氏聽田氏這麼說，臉色一變，開口道：「哪個小丫鬟敢把如此重要的事情給忘了？這樣的丫鬟還要她做什麼，發賣出去算了！這便告訴妳大嫂，讓她辦了吧。」

事。」

田氏聞言，臉上假惺惺地露出幾分不好意思的表情，笑道：「這不大好吧，不過是件小事。」

「耽誤主子的事情，能叫做小事嗎？」趙氏厲聲道。

田氏裝出嚇了一跳的模樣，壓低聲音道：「就是那個、那個叫阿秀的小丫鬟。」說完，神情多了幾分怨毒，抬頭掃了孔氏一眼。

孔氏一聽，忍不住抬起頭來，正打算開口，旁邊的蕭謹言就說話了。

「老太太，要罰就罰我吧！是我昨兒拉著那小丫鬟出門，連個說話機會也沒給她，她在路上還一直念叨這件事。

「我同她說，國公府裡的丫鬟多著呢，況且她也不是西苑的跑腿丫鬟，是二嬸娘那邊的丫鬟沒眼色，見她年紀小，以為好使喚罷了。我已經訓了她一通，在海棠院裡當差，就要有海棠院丫鬟的氣派，又不是跑腿丫鬟，以後不必再應下這種差事。」

孔氏聽蕭謹言說出這番話來，頓時對這個兒子刮目相看，跟著道：「老太太，您不知道，言哥兒對這丫鬟實在疼愛得緊，連我都不怎麼敢使喚她做事，許是慣壞她了。」

趙氏從孔氏的話語中聽出幾分維護來，擰著眉頭道：「不過就是個小丫鬟，也值得你們娘倆一個接一個護著？言哥兒，你這樣太過了點，儀哥兒畢竟是你的堂弟，這種事情可大可小，你不能一味替那小丫鬟說話。」

蕭謹言聞言，瞧瞧房裡的人，臉上一派欲言又止的表情。

孔氏見了，覺得奇怪，便使眼色讓自己的丫鬟先出去。趙氏身邊的丫鬟見狀，也跟著退下了。

田氏瞧著她們一個個離開，不知道要說些什麼，又不願意走，便讓自己的丫鬟也退出門。

這時，房裡只有趙氏、蕭謹言、蕭謹璃、孔氏和田氏五人，蕭謹言才開口道：「老太太，我原本不想說的，但老太太問起，也不得不說了。

「我這樣護著阿秀，一來是我確實喜歡她；二來卻是因小郡王特意交代，要我好好照顧她。小郡王說，阿秀很像恒王爺在南方打仗時和明側妃生的女兒，這幾日正派人在南方查呢，只怕過幾日就有回音。阿秀當真只是個小丫鬟，還是王府千金，可不好說呢。」

眾人一聽，頓時睜大眼睛，孔氏更是當了真，抬眸道：「怪不得我瞧著那丫頭不像一般小丫鬟那樣土氣，骨子裡透出幾分尊貴，如今聽言哥兒這麼說，真有那麼點意思了。」

「這事還有什麼人知道？」趙氏問道。

「並沒有其他人知道，是上回帶阿秀去紫廬寺時，小郡王瞧見阿秀，說她和明側妃長得有七、八分相像，才動了去探查的心思；只要找到把阿秀賣掉的林秀才，就可以知道阿秀究竟是誰的女兒了。」

其實到底像不像，蕭謹言自己也不知道，但明側妃深居簡出，就算不像，難道他們還能去恒王府請她出來瞧一眼不成。

趙氏擰眉道：「這事情若屬實，那當真要好好對她。恒親王的女兒……可是當今皇上的親姪女。」

這會兒，田氏臉上的神色已經可以用變化莫測來形容，她真是中了邪，才瞧一個小丫鬟不順眼，想藉機發作，人家卻搖身一變，居然成了王府郡主。

田氏不敢貿然開口，只聽趙氏繼續道：「言哥兒，這事非同小可，冒認皇親是重罪，這件事，大家都先當不知道，明白嗎？等小郡王那邊有了回音，再商量後頭的事情。」

蕭謹言見趙氏小心謹慎的樣子，便知她信了一大半，只是他在這種時候搬了此事來救急，後面要怎麼辦，倒是得和周顯好好商量商量了。

孔氏已經完全相信了蕭謹言的話，小聲道：「怪不得小郡王每次請你過去，都要讓你帶著阿秀，原來還有這樣的故事。如今我知道了這些，該如何是好呢？總不能還把她當丫鬟使喚。」

蕭謹言便笑著道：「老太太不是說了嗎？先當作不知道。阿秀自己也還不曉得呢，母親且讓她安安心心在府裡住著，後面的事情，小郡王自有主意。」

孔氏回海棠院後，雖然不敢把這事情告訴別人，但還是讓人把阿秀喊到了跟前來。

今兒阿秀穿著許國公府丫鬟的豆綠色衣裙，外頭罩著顏色稍深的比甲，雙垂髻梳在兩邊，小小的很是俏麗。

雖然孔氏也覺得阿秀長得好看，但畢竟存著她將來不過就是個通房的想法，所以從沒往細裡觀察；今兒仔仔細細地看，還真覺得阿秀的眉宇間散發出一種不是普通小丫鬟能有的氣派來。

阿秀見孔氏看著她發呆，覺得有些奇怪。論身分，輪不到她在房裡服侍，孔氏忽然喊她過來，肯定有事情，便悄悄抬起頭，問道：「太太喊奴婢過來，是有什麼吩咐嗎？」

孔氏這才回過神，忙笑著道：「也沒什麼事，就是上回妳繡的帕子，我用著覺得不錯，妳要有空，再給我做幾塊；還有言哥兒，他是男子，鞋襪耗得快些，前陣子我聽他說，針線房做的鞋子不合腳，妳要是有工夫，給他做雙鞋。」

阿秀一邊應下、一邊疑惑，孔氏讓她繡手帕就算了，怎麼還要她給蕭謹言做鞋襪呢？即便蕭謹言開口，她還覺得有幾分羞澀呢，孔氏這麼說，讓她越發不好意思了。

孔氏瞧阿秀的臉頰上泛起紅暈，笑著道：「不如，妳先給他做鞋襪吧。如今開春了，鞋襪得天天替換，只怕言哥兒不夠穿呢。」

阿秀抿著嘴，越發想笑了，許國公府的世子爺會少鞋襪穿，怎麼可能呢？前陣子她在文瀾院當差時，明明記得針線房每個月會送十雙新鞋襪來，一個月不過就三十天，蕭謹言哪裡會有少鞋襪穿的日子。

不過，既然是孔氏親自開的口，阿秀自然不會拒絕，點點頭道：「可奴婢的針線活做得也不是很好，以前只給鄰居納過鞋底，不知道鞋子怎麼做才舒服呢。」

孔氏聞言，便笑著道：「妳若不會，就問秋菊，她是我房裡針線活做得最好的丫鬟。」

阿秀聽了，雖然覺得有些奇怪，還是點頭答應了。

孔氏看著阿秀退出門外，瞧著那俏生生的小背影，心裡一陣嘆息。

「這麼好的姑娘，怎麼就流落成一個小丫鬟呢？」

孔氏感嘆完，忽然間又想起另一件事，驚得從靠背椅上站起來，在大廳裡來回踱步。

這時，王嬤嬤進來了，孔氏見到她，急忙喊她一起進屋。

主僕兩人坐下後，孔氏知道王嬤嬤素來口風緊，便將今兒蕭謹言說的那些話告訴她。

王嬤嬤畢竟是跟在孔氏身邊的老人，相當了解孔氏，見她愁眉不展，遂開口問道：「太太在擔心，世子爺對阿秀已是上了心，若阿秀真為王府郡主，那世子爺的婚事……」

孔氏急忙點頭。

「正是如此呢！若不是因為太后娘娘的事情，只怕言哥兒和姝姐兒的婚事早定了下來。如今孔家就等著我們去提親，若阿秀的事成真，瞅著言哥兒對阿秀那心思，讓他娶別人，怕是萬萬不可能的。

「我原本想著，就算言哥兒喜歡阿秀，她終究只是個丫鬟，將來提做貴妾，已經是頂了天的體面；可如今看這情形，只怕言哥兒心裡想得沒這麼簡單了。」

王嬤嬤是個腦筋活的人，聽孔氏這麼說，稍稍有了些主意，試探道：「太太，依我看，如果阿秀真是郡主，趁著現在年紀還小，好好調教幾年，未必就不能嫁進國公府。表姑娘好雖好，從小又跟世子爺一起長大，但卻不曾親厚過，終究是強扭的瓜不甜。」

這會兒，孔氏也猶豫起來，嘆息道：「可姝姐兒都十五了，他們兩個的事情，從小說到大，哪裡能不提就不提。」

王嬤嬤聽了，低頭想了片刻，才道：「其實沒什麼，舅太太心裡也清楚得很，老太太屬意的人選一直都是趙家姑娘，只要還沒上門提親，這事情便作不得準的。」

孔氏擰著眉頭，鬱悶道：「偏生阿秀年紀還這麼小，言哥兒要是鐵了心等她，那我得等多少年才能抱上孫子？」

王嬤嬤笑道：「女孩子過十歲，長得就快了，太太若著急這些，也是沒辦法的事。不過，眼下的事不是還沒定下來嗎？太太不如安心等等，沒準兒是小郡王弄錯了，橫豎世子爺說已經派出打探的人，過不了幾日，就可以知道真假了。」

西苑裡，田氏正在生氣，她不過是想發落個丫鬟而已，竟然牽扯出這麼多事情來，還能弄出個王府郡主，倒是稀奇了。

她雖然氣不過，但趙氏交代這事不准透露出去，只能自己生悶氣。可她越想越覺得氣憤，這趟回來算是越活越回去，連發落個小丫鬟的能耐也沒有了。

其實田氏也不想想，要不是蕭謹言心善，喊了二老爺回來，只怕沒過兩個月，她就要守寡了。

當然，這些事情，田氏是不知道的，但在文瀾院裡看著一連下了十來天雨的蕭謹言，心裡卻清楚得很。

第六十一章

豫王才去淮南幾天，就發現大堤有偷工減料的情況。

蕭二老爺拿出這兩年工部撥款的奏摺，發現按著奏摺上的款項，只能修成這樣子；而戶部調出來的銀兩，早在還沒撥下來時，就在工部一批批被盤剝了。

接下來，春雨不期而然，足足下了十幾天；幸好豫王來得早，徵調當地守軍，連夜加固各處堤岸，又命人日以繼夜在大堤上守著，才熬過了第一次的洪災。

這幾日，許國公也是早出晚歸，但臉上終於有了些微喜色。

因這次的事情，皇帝私下狠狠誇了蕭謹言一番，說他胸懷百姓，乃國之棟梁，還特意遞出橄欖枝，問許國公要不要為兒子謀個一官半職。

不過，許國公有自己的打算，他不想在豫王沒站穩腳跟之前讓蕭謹言出仕，也希望蕭謹言靠自己的能力考上舉人，若有功名在身，即便許國公府將來有什麼不測，蕭謹言也會在赦免之列。

另一邊，自從蕭謹言說出周顯的猜測後，阿秀的活就更少了，孔氏壓根兒不讓她在跟前服侍，有時候請她進房說話，也只是問問她這幾日過得如何、吃得好不好，除此之外，倒沒讓阿秀得到別的特殊待遇。

這日，雨依舊沒有變小，周顯卻難得來了許國公府。蕭謹言正被這瀟瀟雨幕弄得沒有心思讀書，瞧見他來，很是高興。

此時阿秀沒有在文瀾院裡，因為雨太大，蕭謹言也沒派人去請她，只讓小丫鬟送熱茶進來，引周顯到書房說話。

前幾日為了幫阿秀開脫，蕭謹言把郡主的事說出來後，便寫信給周顯商議，偏生他這個工部堂官忙得很，這幾日工部徹查，他一點空也沒有。今日下著大雨，蕭謹言本以為周顯不會來，沒承想他竟來了。

不過，這次周顯卻給蕭謹言帶來了另一個消息。

周顯手中捧著熱茶，略略抿了一口，說完正事後，接了句玩笑話。「還是你這邊的茶喝著順口。」

這句才說完，蕭謹言便打斷他，問道：「你說什麼？趙小將軍回邊關了?!」

周顯放下茶盞，點點頭。

「我也是前兩日聽見皇上身邊的李公公說，趙將軍犯了舊疾，皇上似乎派了太醫過去瞧，請趙小將軍隨行。但後來又聽說，趙將軍不是犯疾，而是被韃靼的殺手行刺了。」

蕭謹言聞言，越發驚訝，他如今尚未出仕，難得能聽到這些消息，更覺得不可思議。

他擰眉想了想，韃靼和大雍確實打過那麼一仗，應該是在他重生前的四、五年，按照時間推算，要是正常發展，這一仗應該是在三年之後；可如今太后娘娘都提早死了，還有什麼事情是不可能發生的？

蕭謹言好奇問道：「那皇上是什麼意思，你可知道？」

周顯搖搖頭，忽然又開口道：「不過，前日皇上召見了恭王，只怕是要交代什麼事情吧。」

蕭謹言眉梢一動，在大雍，恭王府就像是京城的鐵門，歷代恭王都掌控著京城的防衛，是韃靼進軍大雍的最後一道防線。皇帝在這個時候召見恭王，只怕是大戰將至，先行部署。

兩人又商議了一會兒國家大事，周顯這才放下茶盞，從腰間解下一塊玉珮，遞給蕭謹言。

「這個給阿秀，到時候有誰問起，只要拿出它，自然可以證明阿秀的身分。」

蕭謹言接過來看了一眼，是一塊半橢圓形的鳳珮，如果他猜得沒錯，應該還有一塊龍珮。

不等蕭謹言開口，周顯便繼續道：「這幾日，我想了良久，得拿個有分量的東西證明阿秀的身分才好，所以從父王的遺物中選了這塊鳳珮。這是先帝所賜，當今皇上也有一對。」

蕭謹言看著那晶瑩剔透的美玉，就像阿秀白皙的臉頰一樣無瑕，將它放在掌心，感受著它的冰涼。有了這個，阿秀就可以擁有一個新身分。

「小郡王出手，果然不同凡響，那我先替阿秀收下了。明側妃那邊，等你安排好，再通知我吧。」

蕭謹言親自把周顯送到二門口，外頭的雨還沒停，淅淅瀝瀝下個不休。

送完客，蕭謹言正要折回文瀾院，就見小廝進來傳話，說許國公回府了，請世子爺去外書房。

外書房向來是許國公議事的地方，有時候還會遇上一、兩個同僚、門客，所以蕭謹言先回文瀾院，換上見客的衣裳，這才領著一個小丫鬟，往前頭去了。

果然，才到外書房門口時，就聽見了裡頭有人說話。

蕭謹言上前，請小丫鬟進去通報，小丫鬟傳了話，這才過來領他入內。

書房裡的人也不是陌生人，都是許國公的同僚和部下，還有兩個長年跟在他身邊的幕僚。

眾人雖熟識蕭謹言，但畢竟有些日子沒見，見蕭謹言進來，都覺得眼前一亮，誇讚道：「世子爺越發英俊出眾，意氣風發了。」

許國公只謙虛地笑了幾聲，不過，這段日子蕭謹言的長進，他確實看在眼裡，所以喊他上來給各位長輩請安，然後讓他坐在最下首的位置了。

這陣仗看上去像在商議什麼大事，但剛進去的蕭謹言還不知道最近有哪些事情，便恭恭敬敬地坐下來，聽大家討論。

「也不知道趙將軍那邊的消息是否屬實，韃子若真的又要打過來，少不得生靈塗炭。依我看，國公爺不如上書皇上，派出使臣議和。如今淮水正鬧洪災，大雍境內也不安生，要是再打起來，只怕國庫空虛。」兵部侍郎想了想，開口道。

許國公撫著鬍子，臉上神色透著幾分嚴肅，卻看不出多餘的情緒。

他身邊的幕僚聽眾人把話說完，才慢慢開口道：「今兒國公爺把世子也喊進來，只怕是有事情要交代，國公爺的意思，難道是想親自跑這一趟？」

許國公眉梢一動，覺得還是老跟班了解他，點了點頭。

「皇上的意思是打。但如今趙將軍遇刺，前方的其他將軍雖然驍勇善戰，但若論統帥三軍，還欠缺一些經驗，皇上是想……」

許國公說到這裡，蕭謹言已然明白了，恭王要保衛京畿，自然不能輕易出征，而京城現有的將門裡，老的老、小的小，唯有許國公是最佳的人選。而今日許國公請這些人來，只怕皇帝已經找過他了。

蕭謹言忽然覺得握著紅木把手的掌心微熱，有一股熱流在胸口湧動，咬了咬牙，開口道：「若父親要去，兒子想跟父親一起去！」

許國公微微一愣，隨即反應過來，斥道：「胡鬧！戰場上刀劍無眼，你連騎射都不熟練，還想去打仗？少丟人現眼了。」

但這時蕭謹言卻似鐵了心一樣，站起身，當著這麼多人的面，跪在許國公跟前。

「父親，我們蕭家的國公封號是怎麼來的，父親可還記得?!」

許國公聞言，只覺眸中微微發熱，轉過頭，看著跪在自己跟前的蕭謹言。

「老太爺力敵韃子，在離京城一百里遠的五溝坡，用一千個將士的性命，爭取一天一夜讓京城百姓撤離，等來了恭王世子的救兵，戰到最後一兵一卒，死在亂箭之下。」

許國公說完這些，眼前早已模糊，即使享受著現在的潑天富貴，蕭家也不會有人忘記那段歷史。

許國公看著蕭謹言，深深嘆息，他流著蕭家的血液，骨子裡就應該有這樣的氣魄，而不該是那副溫文爾雅、文質彬彬的模樣。

許國公彎腰，伸手搭在蕭謹言的肩膀上，思緒轉得飛快，最後開口問蕭謹言。「你真的想去戰場？」

蕭謹言抬起眼，一本正經地看著許國公，認真地點了點頭。

許國公並沒有馬上答應蕭謹言，似乎有意迴避了這個問題，和眾人又談論起別的事來。

蕭謹言頭一次聽到這麼多的國家大事，忽然覺得自己面前像是打開了一道新世界的大門，既好奇又驚嘆，忍不住跟著他們的步伐向前。

但是，奇怪的事情發生了，一向身體康健的孔氏，第二日忽然病倒了。

丫鬟來給蕭謹言傳話時，只說孔氏感染了風寒，不能起身，讓蕭謹言不必去海棠院用膳，又吩咐廚房把今日的三餐直接送到文瀾院。

蕭謹言放心不下，派了丫鬟過去請安，丫鬟回來只說沒見到孔氏，卻也沒聽說海棠院的人請太醫。

蕭謹言心下有些疑惑，遂悄悄請人去喊阿秀過來。

阿秀瞧見蕭謹言那樣子，就知道他想問什麼，偏生如今她不在孔氏房裡服侍，也不知情，只說依稀聽見昨晚有哭聲從孔氏房裡傳出來。

蕭謹言聽阿秀這麼說，只當孔氏又和許國公吵架了，也沒當一回事，想起昨天周顯留下的鳳珮，便領了阿秀進房，親自交給她。

「這是小郡王派人送過來的，說是可以證明妳的身分。上回因為四少爺的事，我已向府裡透露了這個消息。阿秀，妳記好了，從今以後，妳就是恒王府明側妃的女兒，知道了嗎？」

阿秀略顯驚訝地看著蕭謹言，掌心的玉珮冰涼涼的，愣了半刻才點點頭，心裡卻有種說不出的感覺。

她低下頭看了鳳珮一眼，抬起頭問蕭謹言。「世子爺，奴婢要是真的當了明側妃的女兒，還能在許國公府裡待著嗎？」

蕭謹言聞言，略略嘆了口氣，退後兩步坐下，拉起阿秀的小手，看著她。

「也許不能了吧，只要小郡王認了妳，妳就是恒王府的郡主，如何還能在許國公府當丫鬟呢？記著，妳以後是要做我蕭謹言的正妻，不能只當個小丫鬟，明白嗎？」

蕭謹言看著阿秀，不知以她十歲多的年紀能不能明白這些，卻依然開口，說得清清楚楚。

阿秀如何不明白呢，可這一切對她來說，就像是一場夢，完全不真實。她很想點頭，但對將來還是有很多不確定，更何況，她並不是真的郡主，不過就是個冒牌貨。

「我怕……要是真的郡主回來了，那怎麼辦？」阿秀小心翼翼地問出口，這件事一直盤旋在她的腦海中，揮之不去。

「放心吧，那個真郡主回不來了，恒王府的人在江南找了十年，一點消息都沒有，只怕是凶多吉少，有小郡王在，他會幫妳的，妳放心。」

阿秀點點頭，忽然幾步走上前，抱住蕭謹言的身子，踮起腳跟，在他耳邊輕聲道：「爺，我一定會努力當個郡主，不讓爺失望的。」

又過了兩日，孔氏的病才算好了些。

蕭謹言瞧著孔氏的精神尚可，就是眼睛有些腫，看著他的眼神，透出幾分不捨。

這日，眾人從老太太的榮安堂出來，孔氏並沒有去前院處理家務，而是把蕭謹言喊到海棠院，母子倆安安靜靜地坐在房裡。

蕭謹言鮮少見孔氏這個模樣，平常孔氏的臉上都透著溫和的笑意，很少這樣鬱鬱寡歡。

孔氏愣了片刻，才開口道：「你的事情，老爺跟我說了，我心裡雖然捨不得，但這幾日略略一想，老爺的話也是有幾分道理。

「沒有誰家能長長久久地富貴，孔家靠科舉出仕，蕭家雖然有世襲罔替的爵位，可若是沒有個能撐得起門楣的人，以後少不得也會和那些落魄的世家一樣，只能靠著皇帝的恩蔭過日子，即便有爵位，又能讓誰看得起呢？」

許國公終究還是心疼孔氏，並沒有再往深裡講。其實這時把蕭謹言弄到邊關去，還有個好處，就是可以避過京城即將掀起的奪嫡風雲。到那個時候，蕭謹言就算沒有衣錦還鄉，但至少置身事外，不會受到絲毫牽連。

第六十二章

因蕭謹言有了去邊關的心思，這幾日便沒窩在書房裡看書，反倒常去校場。校場位於許國公府的西北角，平素許國公活絡筋骨時會去，裡面住著許國公府的侍衛和親兵。因在內宅以外，所以院子裡的人是不會經過的。

阿秀並不知道蕭謹言要去邊關，這幾日總想著去恒王府的事，心事重重，去文瀾院的次數便少了許多。

這日，豫王妃命人送南方剛進貢的鮮果來，孔氏便喊阿秀去文瀾院送果子。

孔氏心裡仍有些捨不得蕭謹言，瞧著阿秀乖巧伶俐的樣子，奇怪兒子如何能撇下她去邊關，遂把阿秀叫到跟前，問道：「世子爺最近有沒有跟妳說些什麼？」

阿秀想了想，以為孔氏知道了她要離開的事情，便點點頭。

孔氏以為阿秀曉得蕭謹言要去邊關的事情，嘆了口氣。

「妳也不幫忙勸一勸，若是分開，想見面就不容易了。」

阿秀心裡真是這個想法，孔氏一說，又忍不住落下淚來。

孔氏見她這個模樣，不忍心再逼迫，只淡淡道：「妳再勸勸他吧。行武從軍，那是沒辦法的事情，可他唸了這麼多年的書，眼看著就要去考舉人，這時去了邊關，回來想撿起書本，可是不容易了。」

阿秀聞言，當即愣住，連尊卑都忘了，抬起頭問孔氏。「太太，您說什麼？誰要去從軍？」

孔氏見了阿秀的反應，才發現她並不知情，開口道：「除了世子爺，還能有誰？之前他忽然跟我說要去邊關打仗，急得我病了好幾日。」

阿秀想起蕭謹言近日的種種囑咐，越發覺得孔氏說的是真的，只是她還不知情。怪不得他最近又提要她去恒王府的事，一開始明明說好了，讓她在許國公府多待上兩年的。

阿秀心急，只福了福身子，連孔氏交代要端過去的果子都忘了拿，逕自往文瀾院去了。

孔氏瞧著阿秀遠去的背影，心裡生出些念想，不知這小姑娘能不能讓蕭謹言回心轉意。

阿秀去文瀾院時，聽丫鬟說，蕭謹言正在校場上練功。

阿秀在廳裡坐了一會兒，也沒見蕭謹言回來，倒是墨琴送了一盞茶，和阿秀說起這幾日的事情。

如今，許國公府上上下下的人都知道孔氏留著阿秀是為什麼，也不避嫌了，再加上墨琴的年紀比阿秀大兩歲，卻仍是一副孩子樣，所以不會像冬梅這般故意疏遠阿秀。

「妳這幾天來得少，自然不知道世子爺的辛苦。昨兒我替他打水淨面時，瞧見他掌心上都磨破了皮。」

墨琴一邊說、一邊嘆氣。「也不知道世子爺怎麼就改了性子，依我看，這持刀弄棒的，終究沒有看書寫字容易，不如不練了。」

阿秀聽墨琴這麼說，便知道孔氏所言非虛，可前世蕭謹言分明不是個好武的人，大雍和韃靼幾次在邊關交戰，他也沒有半點要去從軍的意願，為什麼重新活了一世，所有事情都變了呢？

阿秀正不知道如何回應墨琴，忽然聽見門口傳來柱兒焦急的聲音。

「快來人，世子爺受傷了！」

阿秀聽聞蕭謹言受傷，心下咯噔，急忙站起來挽了簾子迎出去，卻瞧見柱兒扶著蕭謹言往裡頭來。

蕭謹言右手上多了一道血痕，貫穿整個掌心，阿秀看了，只覺得鼻子一酸，眼淚就落了下來。

蕭謹言見阿秀在房裡，也是一愣，不過很快便笑著道：「阿秀怎麼來了？」

阿秀收起傷心，上前扶蕭謹言坐到椅子上，早有丫鬟拿藥箱過來，裡頭放著紗布和金瘡藥。

墨琴打來熱水，阿秀親自絞乾汗巾，幫蕭謹言將掌心的血跡擦乾淨，這才瞧清楚，原來皮肉都翻裂了，看著就讓人心疼。

撒上金瘡藥的瞬間，有些疼痛，蕭謹言嘶了一聲，阿秀便嚇得不敢再動，只抬起眼看著他，見他神色回復如常，才又低頭，小心翼翼地為他上藥。

動作間，兩人竟一句話也沒有說，直到將紗布一層層包好，阿秀才鬆了口氣，再抬頭時，卻發現蕭謹言正目不轉睛地看著她。

這時，房裡沒有其他人，阿秀的心口沒來由地猛烈跳動了幾下，略略咬唇低下頭。

蕭謹言凝視著阿秀，伸出另一隻沒受傷的手，撫摸她的頭頂。

阿秀看向他，鼓足了勇氣問道：「世子爺沒有什麼話要對阿秀說嗎？」

蕭謹言愣了一下，心道阿秀如今在海棠院住著，未必不知他要去邊關的事，但這不是一時半刻能解釋清楚的，說得不好，徒惹得阿秀傷心，於是只笑道：「我差點兒忘了，過幾日是小郡王的生辰，想請妳我去恒王府。」

阿秀聞言，臉上一驚，蹙眉道：「世子爺也不早說，我好幫小郡王趕製禮物，如今倒是要空手去了。」

蕭謹言便道：「小郡王從不記得自己的生辰，還是我前幾日提了，他才想起來。他一向深居簡出，也沒幾個朋友，不過就請了妳我而已，妳倒是不必客氣，我已經替妳準備好禮物了。」

阿秀聽蕭謹言這麼說，稍稍放心些，見蕭謹言並沒有提及要去邊關的事，低頭遲疑了片刻，才開口道：「方才奴婢過來，太太喊住奴婢，想讓奴婢……」

阿秀頓了頓，再抬起頭時，眼裡已經含著淚光。

「世子爺若真的想去軍中歷練，何必非要跑這麼遠去邊關呢？聽說京城附近也有軍營，不是一樣嗎？」

阿秀眸中閃著晶瑩的淚光，她骨子裡雖然不是十歲的小姑娘，但對蕭謹言的不捨之心，是和孔氏一樣的。

蕭謹言見手上的傷口已經包紮妥當，便站起來，在房中走動幾步，然後轉頭看著阿秀。

「阿秀，妳還小，有些事情未必明白，可我如今做的這一切，將來妳我必不會後悔。」

阿秀似懂非懂，對她來說，前世的蕭謹言生活在許國公府裡，似乎沒什麼不如意之處，雖然在仕途上庸碌，但娶了欣悅郡主，朝中也沒人敢小看他去。可以這樣閒散富貴地過一生，是多少人盼都盼不來的願望，如今他卻不想要了。

「世子爺，邊關戰亂，刀劍無眼，奴婢不過擔心而已。」她能做的，只是說幾句軟語，如何忍心讓有了志向的蕭謹言又困在這裡呢？

「妳不用擔心，眼下韃靼還沒有正式向大雍宣戰，我們就是練兵防守，做給那群韃子看，沒準兒這仗不用真的打起來。」

蕭謹言說的是寬慰之語，他心裡清楚，如果按照前世的發展，這場仗怕是勢在必行。阿秀自然也知道，但前世打仗的事離她太遠，她如何能理解戰場上的拚殺有多慘烈，聽蕭謹言這麼說，只低下頭應了。

阿秀還沒從文瀾院出來，孔氏那邊聽說蕭謹言受傷，派了大丫鬟春桃過來瞧。

待春桃與阿秀一起回海棠院後，孔氏留下了阿秀，阿秀遂把蕭謹言那番話原原本本地說給她聽。

孔氏曉得蕭謹言的脾氣，雖然聽話，但決定好的事卻不輕易更改。這次，只怕他真是下定決心了。

至晚間，才用過晚膳，海棠院裡來了一位客人，是孔夫人洪氏身邊的嬤嬤。

阿秀未去房中服侍，但見那嬤嬤出來時，眼角微微濕潤，便猜到大概是孔家出了什麼事情。

原來，孔姝年後染上風寒，卻一直沒有好全，原本前幾日終於好些，誰知去了廣安侯府，回來後就一病不起了。一開始以為是在侯府沾染到不好的東西，還請了道士作法，誰知全然無用，這幾日聽說還咳起血來。

之前孔氏遣了身邊的嬤嬤去瞧過幾次，本想等自己身子爽利了再回孔家瞧瞧，沒想到孔家的人倒是先來了。

從嬤嬤的口氣中，孔氏聽出了一些端倪。原來洪氏見孔姝身子不好，太醫院的人又束手無策，所以想著能不能辦個喜事，給她沖一沖，說不定就好了。這樣一來，想到的第一個人選，便是蕭謹言。

雖然孔氏也疼愛孔姝，可事關蕭謹言，她卻不能同意了。若孔姝身子骨兒好，那倒無所謂，她是很喜歡這兒媳的；可如今這光景，分明是死馬當成活馬醫。萬一過門沒多久，孔姝就去了，那蕭謹言以後找的媳婦就是續弦，有幾家續弦的身分是比元配高的？

孔氏想到這裡，就覺得不能應下，但她和洪氏姑嫂倆感情向來很好，也沒有一口拒絕，只說明日會先去瞧瞧孔姝。

第二日一早，孔氏向趙氏請安後，就啟程去了孔家。

因昨日手上受傷，所以蕭謹言今日並沒有去校場學騎射，而是在書房裡看書，聽聞孔氏要去探望孔姝，便打算一同前往，卻被孔氏攔下來，只讓蕭瑾璃陪著她走這一趟。

孔氏到孔家時，是巳時二刻，正是洪氏處理家務的時辰，孔氏便先讓洪氏身邊的嬤嬤帶她們去孔姝的閨房，看看孔姝。

俗話說「病來如山倒，病去如抽絲」。孔姝原本就是個嬌弱閨秀，一病之下，更是弱不禁風，讓人看了更覺心疼。

蕭瑾璃見了孔姝這模樣，早已忍不住落下淚來，倒是孔氏還比較挺得住，安慰了孔姝幾句，讓她好生養著，其他事情無須多想。

孔氏看過了孔姝，就去前院找洪氏說話。

這幾日，洪氏擔心孔姝身體，根本沒能休息好，孔氏才進去，就瞧見洪氏臉上帶著幾分疲憊之色，斜斜靠在身後的寶藍色大引枕上，連眉梢都添了幾道皺紋。

洪氏看見孔氏，正要起身相迎，卻被孔氏攔住了。

「妳快歇著吧，難得這時候空一些。」

洪氏也不客氣，先讓孔氏在對面的炕上坐下，又命丫鬟上茶，這才支起身子，悠悠地嘆了口氣。

「太醫說，姝姐兒這病雖因風寒而起，卻還是心病引發的；可我瞧著，她能有什麼心病呢？橫豎也就是沒給她訂下婚事罷了。」

孔氏聽洪氏開門見山就提到婚事，知道她大概是著急了。蕭謹言和孔姝的婚約，雖然沒抬到明面上講，但孔、蕭兩家心中有數，若不是趙氏一直攔著，只怕早訂下來了。

但是，現在這時機說婚事，確實讓孔氏有些為難。先不說孔姝的病什麼時候能好，單單籌備婚事也要不少時日，且如今在太后娘娘的孝期中，蕭謹言又一心想去邊關打韃子，這麼多事情湊到一起，很難成事。

「我今兒過來，一來是為了瞧瞧姝姐兒；二來也是有事要和妳商量。」

說話時，孔氏抬眸看了洪氏一眼，洪氏會意，遣了丫鬟們下去，才開口問道：「有什麼事情？妳跟我之間，還有什麼不能直說的嗎？」

孔氏知道，蕭謹言要從武是瞞不住的事，索性開口道：「私下裡，我確實想讓姝姐兒早些進門，只是如今瞧著，這喜事恐怕一時間未必辦得成了。」

洪氏瞧見孔氏臉上露出的為難之色，心裡暗想，難道是因為孔姝病了，孔氏就嫌棄她？

臉上遂有些不悅，卻按捺住不發作，聽孔氏怎麼說。

「前幾日，言哥兒不知發了什麼瘋，竟鬧著要和老爺去邊關。妳也知道國公爺的脾氣，向來嫌棄言哥兒文弱，這次言哥兒想去邊關，正中他的下懷，如今已是答應了他，我勸了幾日都不管用。

「這幾日，言哥兒天天都在校場練騎射，昨兒還把手弄傷了。我瞧著這樣的光景，只怕他是走定了。」

洪氏雖然是婦道人家，但孔老爺是朝中大員，平素會在家中說些國家大事，所以最近也從他口中聽聞了邊關不穩的消息。不過孔家是文官之家，只要韃靼的大兵沒有打到城門口，向來都覺得打仗這事離自己遠著呢，如今聽孔氏這麼說，便覺得有些心慌了。

「這麼說，北邊是真要打起來了？」

「我也不清楚，朝廷的事情，我向來問得不多，但依稀聽老爺說起，即便這次不打，也要派些兵馬去邊關，給韃子下馬威。」

「這可如何是好……」

洪氏一下子沒了主意。男人一旦到了邊關，就算不打仗，也未必穩妥，三年五載的，不知道什麼時候才能回來，如果這樣，那孔姝和蕭謹言的婚事當真要被耽誤了。蕭謹言是男子，娶親晚些無礙，可孔姝卻是等不起。

孔氏知道洪氏和她想到了一塊兒去，也跟著嘆了口氣。

「若沒有太后娘娘的大孝，這幾日就把姝姐兒娶進門，也是可以的，偏生有這事情耽誤；若是等到年後，只怕言哥兒早跟著軍隊走了，不知道什麼時候才能回來。」

洪氏完全沒想到，原本板上釘釘的事情，如今竟變成這樣，頓時氣得說不出話，摀著胸口道：「言哥兒當真心意已決，非要去邊關嗎？難道留在京城就沒有出息了，為什麼非要往那些地方跑呢？妳是他的親娘，難道勸不了他嗎？」

孔氏被洪氏這麼一說，勾起了傷心處，低頭哽咽一聲，擦了擦眼淚道：「我要是能勸服他，今兒就不必特意來找妳了，說起來，是我們蕭家對不住孔家。」

洪氏聽孔氏這口氣，竟是沒了結親的意思，頓時覺得一陣鬧心。

孔姝病得厲害，洪氏本想把她的婚事訂下來，好讓她安心養病，沒準兒還能熬過今年，到時再嫁去許國公府，好歹是成了家；可如今，這婚約竟是不能成了。

洪氏想到這裡，心中隱隱生出怒意，可是在孔氏跟前，也不好發作。

孔氏見洪氏的臉色越發不好看了，便推說家中有事，先行告辭。

第六十三章

到了許國公府，孔氏進海棠院，蕭瑾璃也帶著丫鬟回了自己的玲瓏院。

這時，跟著孔氏一起去孔家的春桃，小聲在孔氏耳邊道：「太太，奴婢今兒在孔府裡偷偷打聽了一下，只怕表姑娘的病有些蹊蹺呢。」

孔氏原本並沒有覺得有何不妥，但聽春桃這麼說，忍不住好奇，問道：「有什麼蹊蹺？妳且說給我聽聽。」

春桃上前，替孔氏斟滿一杯茶，遞了上去。

「奴婢聽說，表姑娘的病雖是從年後開始的，可之前分明已經好了，是去了廣安侯府後，才病重起來。那日，表姑娘在廣安侯府弄濕了衣裙，正巧被廣安侯世子給撞見了。」

「什麼？竟有這樣的事情！」

孔氏聞言一驚，這事關閨譽，孔家和洪家沒有洩漏半句是對的，但天下畢竟沒有不透風的牆，總會被人給傳出來。

孔氏想著，又微微一笑，忽然想起不久前蘭嫣發生的事。聽說，廣安侯世子的馬驚著蘭家的馬車，廣安侯世子救了蘭嫣，隨即就說要納她做妾；如今親表妹在他面前弄濕了衣裙，怎麼反而不站出來呢？說來說去，只有一種可能，就是明慧長公主並沒有看上孔姝，只怕這正是孔姝病重的原因了。

「奴婢是悄悄去了下人房找認識的人打聽，她的孫女是表姑娘身邊的大丫鬟，這消息應該不會有假。」

「那就怪不得了。」孔氏沈下臉，嘴角露出一絲戲謔的笑，搖頭道：「原來表姑娘的心病居然是這個，幸好我存了心思，沒把這事情應下，否則，只怕表姑娘進了門，病也未必能好得起來。」

兩人正說著，外頭有小丫鬟來報，說是王嬤嬤來回話了。

原來，昨兒孔氏見阿秀在趕製繡品，便多問了兩句，才知道過幾日就是恒王府小郡王的壽辰。孔氏知道蕭謹言對這些庶務不甚精通，便特意讓王嬤嬤去庫房裡找幾件像樣的禮物，等小郡王生辰那日，讓阿秀一起帶過去。

至晚膳時，蕭謹言用完飯後，特意在海棠院多留了一些時辰，打探孔姝的病情。前世他雖然沒有娶孔姝，但孔姝也是另嫁他人，倒沒有年紀輕輕就香消玉殞。兩人從小一起長大，若孔姝真有什麼三長兩短，他心裡也是難受的。

若是往日，孔氏只怕又要拿蕭謹言和孔姝的婚事來說道，可今兒孔氏卻沒有提起半句，只說這幾日孔姝身子不好，需要好好靜養。

聽孔氏沒提起娶親的事情，蕭謹言便放下了心。

這時，春桃送茶進來，見了蕭謹言，開口道：「世子爺快去看看阿秀吧，這幾天她沒日沒夜地做繡活，都熬出黑眼圈了。」

前日蕭謹言見到阿秀時，發現她神情委靡，就猜是做繡活熬的。不過，想起以後阿秀回了恒王府，可是有大把閒散時光，遂也不拘著她做這些，只問道：「這幾天她都在做什麼繡品呢？連我的文瀾院也去得少了。」

孔氏端起茶盞笑了笑。前兩日，她看見阿秀在做一雙繡青竹花紋的短靴，看了便知是蕭謹言的。昨天又開始繡別的東西，只怕那靴子已經做好了。

孔氏解決了孔姝的事情，這會兒也不需要避諱什麼，就笑著道：「你既然想知道，不如親自去看看吧。」

蕭謹言聞言大喜，直接向孔氏請安告退，去找阿秀了。

蕭謹言進去時，阿秀正在燈下繡著一只歲寒三友的荷包。她身無長物，想給小郡王送生辰禮物，僅能親手做，偏偏時日又緊，只來得及繡個荷包表示心意。

「阿秀，妳又在忙什麼？」蕭謹言未命人喊她，直接挽起簾子進去。

阿秀一驚，指尖上傳來微微刺痛，急忙把手指含在嘴裡，睜大了眼睛，看著從外間進來的蕭謹言。

蕭謹言瞧見阿秀的動作，知道方才的莽撞害她受傷了，蹙著眉頭往前走兩步，拉住她的手，放在面前細細看了一番，直到血珠乾了，才放下來。

蕭謹言掃了阿秀房裡一眼，丫鬟們住在後罩房，只有一等丫鬟有單獨房間，阿秀雖然是二等丫鬟，但孔氏也給她小房間，裡面雖然不過一床一桌，倒也收拾得乾乾淨淨。

然後，蕭謹言瞧見，阿秀的床上放著一雙銀白色繡青竹圖案的短靴。

原來，阿秀早已把靴子做好了，可鑑於是第一次做，不知道蕭謹言能不能穿，心裡沒底，才把靴子放幾天，打算找個機會偷偷送過去，免得人多尷尬，誰知卻被他發現了。

「阿秀，這是妳做的嗎？」蕭謹言拿起床上的靴子問阿秀。

阿秀臉上微微泛紅，點了點頭。「是。」

「是做給我的？」不知道為什麼，蕭謹言心裡激動了幾分。

「是。」阿秀仍舊只是點頭，不敢直視蕭謹言，想了想，從他手上接過靴子。

「世子爺坐下吧，奴婢給您換上試試。」

蕭謹言依言坐下了，把靴子交給阿秀，見她蹲下要給他脫鞋，那恭敬順從的模樣，又讓他想起她前世的慘死，遂蹙眉搖頭。

「阿秀，站起來，妳不需要這麼做，以後這些都不用妳來做。」

蕭謹言說著，自己彎腰脫下鞋，將阿秀做的鞋穿上了。

阿秀見他沒穿好，半跪著伸手幫他整了整褲腳，抬起頭問道：「爺，這靴子穿著舒服嗎？」

蕭謹言站起來，前前後後走了幾步，點頭道：「舒服，果真比針線房的人做得好。」阿秀忍不住又臉紅起來，原來蕭謹言這麼容易就滿足。

「爺，那趁您還沒去邊關，奴婢給您多做幾雙，帶著路上穿。」

蕭謹言聽了，笑道：「若真的去邊關，怕是沒機會穿這樣的靴子了，那裡都要穿軍靴的。」又看著靴子上精美的繡花圖案，淡淡道：「再說，這靴子做得這般好看，我也捨不得穿。」

這時，阿秀的臉已經紅得不能再紅了，遂岔開了話題，問道：「孔姑娘的身子好些了嗎？過年時見她還好好的，怎麼就病了呢？」

前世阿秀雖然也在許國公府當差，但沒聽說孔姝生病的事情，所以才開口問。

「母親說是無礙，可我看著不像，不然，昨兒也不會有老嬤嬤過來傳話。改日，我再派人去問一問。」

不知道為什麼，興許要認親的日子近了，阿秀覺得心緒不安起來。她原本胸無大志，只想在蕭謹言身邊當個小丫鬟，至於能不能做通房，已經不強求了，可誰知道，蕭謹言竟然為她安排好一切。

幾日前，周顯便親自修書一封給許國公，許國公看完信，又親自問過孔氏，察看了阿秀的鳳珮，這才相信阿秀真的是恒王爺的滄海遺珠，兩家人便約定，在四月二十八、周顯生辰當天，讓阿秀認祖歸宗。

這樣的安排雖然妥當，但對阿秀來說，當真有幾分趕鴨子上架的感覺。阿秀心裡很猶豫，她根本勝任不了郡主這樣的角色。平常看著蕭瑾璃在許國公府中的做派、行事，處處顯現出大家閨秀的風範，而她生來卻只是個貧家女。

蕭謹言瞧見阿秀心事重重的樣子，以為他要出征的事仍讓阿秀耿耿於懷，便勸慰道：「阿秀，過了今年，太后娘娘的孝期就結束了，到時只要我在京城，很多事情是躲不掉的，妳明白嗎？」

阿秀一愣，她原本以為蕭謹言執意要去邊關，是真的想掙一份功名。蕭家是武將世家，蕭謹言又是許國公的嫡長子，於情於理，他從武也算是繼承祖業；可萬萬沒想到，蕭謹言之前所說的將來必定不會後悔，是針對她說的。

阿秀的眼睛有些濕潤，方才她還有些自暴自棄，瞬間就覺得自己太過懦弱了。蕭謹言可以為她做到這一步，而她不過是去挑戰一個新的身分，便如此忐忑不安。

「世子爺，奴婢明白了，奴婢會在京城等著世子爺凱旋而歸的。」

「等我回來，然後呢？」蕭謹言嘴角勾笑，看著阿秀，彷彿此時的阿秀並不是十歲的小姑娘，而是待嫁的妙齡少女。

阿秀微愣，隨即反應過來，強忍著臉上火辣辣的燙，小聲道：「奴婢等著世子爺回來娶我。」

蕭謹言聽了，笑容越發放大，伸手把阿秀抱到膝蓋上，對著她的額頭吻了兩下。

第六十四章

又過了幾日，正是四月二十八，小郡王周顯的生辰。

因為時間緊急，來不及為阿秀趕製新衣，孔氏遂讓玲瓏院的大丫鬟找出幾套蕭瑾璃早已不能穿的新衣裳，命針線房的人修改一下，好給阿秀穿。沒想到穿在阿秀身上，竟出奇地合身。

孔氏又讓春桃等人為阿秀梳妝，打扮妥當時，蕭謹言也正好來海棠院請安。

蕭謹言從簾後進來，瞧見阿秀穿著一身鵝黃繡白玉蘭長裙，細腰盈盈不足一握，正是嬌小可人的模樣。

孔氏見蕭謹言進來，便問道：「恒王府那邊都安排好了嗎？」

蕭謹言低頭道：「都安排好了。」又回頭看了阿秀一眼，眼中終是帶著幾分濃濃的不捨。

孔氏見了，伸手幫蕭謹言理理鬢角，笑著道：「瞧你這樣子，有什麼心思都寫在臉上了。」

蕭謹言勉強一笑，開口道：「時候不早了，我們去老太太那邊吧，順便讓阿秀給老太太請安。」

孔氏點點頭，一群人浩浩蕩蕩地往榮安堂去了。

雖然阿秀心裡還有幾分忐忑，但經過了這些事，她就像提線木偶一樣，被一路牽著往前走，彷彿再也停不下來。

榮安堂裡，在眾丫鬟豔羨的眼光下，阿秀將手中的鳳珮遞給趙氏。

趙氏只看了一眼，便讓丫鬟把玉珮還給她，笑著道：「這東西，我年輕時候跟著老國公爺拜見太皇太后的當口看過一次，如今竟然到了妳的手上，可見是緣分，又讓妳流落到我家來，可見還是緣分。」

孔氏聞言，臉上的笑容越發濃了。「可不是，這孩子和言哥兒也投緣得很呢，可見這就是……」

她頓了下，差點說出天賜良緣這樣的話，幸好收住了，忙改口道：「可見這是天意，讓這孩子有個好造化。」

「就是，恒王爺雖然福薄，但現在也算是兒女雙全了。」

在場的老嬤嬤們無不開口讚嘆，唯有田氏臉上帶著幾分尷尬的笑，忍不住偷偷瞄向阿秀，心裡總覺得痛快不起來。

從榮安堂出來後，蕭謹言和阿秀一前一後走在往西角門的路上，兩人都沒有說什麼話。

過了良久，蕭謹言才轉頭看阿秀，問道：「妳的東西都收拾好了嗎？今日一去，只怕未必有機會回來。」

阿秀一直強按住心裡的傷感，被蕭謹言這樣一問，忍不住落下淚來，只狠狠地點了點頭。

「世子爺放心，奴婢已經收拾好，也跟春桃姊姊說過了，若奴婢真的回不來，自有春桃姊姊幫奴婢張羅。」

「好，妳安排了就好。」

蕭謹言聞言，覺得鼻腔一酸，說話的聲音哽咽了幾分。「王府那邊也準備妥當，明側妃早盼著妳過去了。」

他說著，抬起頭，看著遠方的天空，有些怔忡。

重活一世後，他看清了很多以前沒看清的東西，正因為如此，有時候也會自嘲，今生的他似乎沒有前世那般灑脫。可那樣的他，終究護不住心愛的女子。

阿秀並沒有回應蕭謹言的話，只是抬頭看他，從他的眼底發現了一些晶瑩的水光，知道蕭謹言此刻定然也像她捨不得他一樣，捨不得她。

許國公府和恒王府相隔並不遠，坐馬車不過就是小半個時辰而已。

這次阿秀去恒王府的心情，和往日不大一樣，少了幾分期待、多了幾分感嘆。她已明白蕭謹言這麼做的苦心，即便心有猶疑，也只能在這條未知的路上走下去。

「世子爺，奴婢的事，請您轉告蘭夫人和蘭姑娘，若日後有機會，奴婢會去看她們的。」

「妳放心吧，我會安排，等妳安頓好，我自然會告訴蘭夫人和蘭姑娘，讓小郡王接她們去王府看妳。」

阿秀點頭，心中仍有幾分忐忑。

蕭謹言說著，抬起頭看端坐在馬車角落裡的阿秀，她臉上的神情帶著幾分莊重，略帶青澀的臉頰上滿是嚴肅神情，讓人忍俊不禁。

這時，趕車的柱兒開口道：「世子爺、阿秀姑娘，恒王府到了。」

阿秀聽見，身子微微一動，忍不住伸手捏住衣角，扯了起來。

馬車停下，蕭謹言伸出大掌，撫摸阿秀纖細的手指。

阿秀抬起頭，和蕭謹言四目相對，忽然感覺得到了莫大的鼓舞。

「走吧。」

阿秀沒有開口，用力點了點頭，目送蕭謹言先轉身下車。

車簾一掀開，阿秀就瞧見門口侍立著一排下人。周顯和明側妃站在中間，滿含期待看著馬車上的人。

有那麼一瞬間，阿秀很想退縮，可當蕭謹言跳下車，回頭向她伸出手時，她還是鼓起了勇氣，將手放在他的掌中。

「給蕭世子請安、給阿秀姑娘請安。」

蕭謹言和阿秀下了車，就聽見下人們恭順有禮的請安聲，

蕭謹言往前走了幾步，來到周顯面前，笑道：「恒王府什麼時候也開始講這套虛禮了？」

周顯的目光掃過阿秀，然後回答蕭謹言。「姨娘說了，以前可以不拘小節，但以後恒王府要處處按著規矩來了。」

阿秀跟在蕭謹言身後，對周顯微微福身。周顯向她點了點頭，隨即抬眸往明側妃看去。這時，周顯才發現，阿秀長得還真是跟明側妃有幾分相像。

「給明側妃請安。」阿秀聲音軟軟地開口。她早聽蕭謹言說過，周顯並沒有告訴明側妃真相，所以明側妃不知道她是冒牌貨，大抵因為如此，見到明側妃時，她竟然有些心虛。

「快起來吧。」明側妃柔聲道：「妳隨著小郡王，喊我姨娘就好。王府沒有別的女眷，以後，妳便陪著我住下。」

明側妃的反應很平淡，並沒有找到女兒之後那種欣喜若狂的樣子，仍像以前一樣安靜溫婉。

眾人在門口說了幾句話，周顯便帶著他們進內院。因未到用午膳的時辰，所以明側妃先帶著阿秀四處走走，周顯則把蕭謹言請進了書房。

周顯的書房古樸幽靜，裡頭點著凝神香，讓人的思緒更清明了幾分。

丫鬟送上茶，周顯請蕭謹言入座，開口道：「有件事情，我要同你說一聲。」

「怎麼了？」蕭謹言問道，暗暗心驚，順勢放下了手中的茶盞。

「明姨娘太過聰明了，也許是你平素對阿秀的心思太直白，她一眼就看穿，這是我們的計謀。」

「這……那怎麼辦？」蕭謹言看著周顯，焦急問道。

「不過她心裡也喜歡阿秀，所以還是答應了，但有一個要求。」

「什麼要求？」

「以後，若真的郡主回來，我們也不能委屈了她。」周顯帶著幾分感嘆道。

「那是自然的。」蕭謹言蹙眉，淡淡應下了。

如今正值春光明媚的時節，明側妃住的紫薇苑早已開滿了紫薇花，像大片大片的錦緞鋪在院子裡。

明側妃牽著阿秀的手往裡頭走，臉上流露溫婉的笑意。

「這邊是我住的院子，因為滿院子都是紫薇花，所以叫紫薇苑。小郡王住的院子是清風院，離這邊不遠。中間隔著兩座我們剛才瞧過的空院子，妳喜歡住哪個，就住哪個吧，我都讓下人收拾出來了。」

雖然阿秀和周顯比較熟悉，但知道將來必是陪著明側妃的時日多一點，遂開口道：「奴婢就住方才我們經過的凝香院吧。」一來，這院子居然和她前世在許國公府住的院子同名；二來，凝香院離紫薇苑比較近，以後可以和明側妃多親近親近。

明側妃見阿秀選好了院子，便吩咐下人。「姑娘要住凝香院，妳們開了庫房，把前兒我選好的東西都搬出來，去凝香院布置吧。」

話音剛落，即有兩個婆子站出來應了，領了一群丫鬟浩浩蕩蕩地過去，另一群丫鬟則依然跟在阿秀與明側妃身後。

兩人進了正廳，小丫鬟送上茶來，下頭侍立的一排丫鬟卻沒有要退下的意思。

明側妃低頭抿了口茶，放下茶盞，看著眼前的丫鬟，對阿秀道：「這些是剛剛從莊子挑上來的，也有新買進府的小丫鬟，妳隨便挑幾個去院子裡吧。至於貼身的大丫鬟，先讓我身邊的青靄和紫煙服侍著，等妳在那群小丫鬟中找到合意的人選，再讓她們回來也不遲。」

阿秀起身謝過了，心裡卻默默想道，明側妃對她的態度，分明是禮數大過親情，大概小郡王最後也沒能瞞得過她。她是個冒牌貨，這是騙不了人的。

明側妃瞧阿秀神色沈靜，也知道她這樣的舉動不妥，可臉上卻擠不出笑來，畢竟尋了十多年的孩子依然沒有找到，她再喜歡阿秀，和親生女兒還是有區別的。

「好了，時候不早，該備午膳了，我們去清風院吧。」

明側妃淡淡地開口吩咐，再抬眼見阿秀時，稍稍緩和了傷感。

書房裡，蕭謹言又喝了一盞茶，眉間的皺紋卻依然沒有鬆開。

「按你這說法，明側妃是打算再給半年之期，若還是沒找到她的親生女兒，就同意你向皇上上表，給阿秀封號？」

「姨娘是這個意思，不過也許會有轉機。這事情，你儘管怨我，原是我沒有做到答應你的事。」

「罷了，這跟你沒什麼關係，明側妃會這麼想，是人之常情。」蕭謹言垂下眼，這世上終究還是沒有十全十美的事。

此時，外頭有小丫鬟傳話，說明側妃和阿秀姑娘過來了。

周顯聞言，便和蕭謹言一塊兒起身，往大廳去了。

明側妃領著阿秀進來，兩人的神色都帶著幾分靜淡。蕭謹言抬起頭看去，忽然覺得，阿秀的眉目跟神韻居然和明側妃有七、八分的相似。

此時又見著了周顯和蕭謹言，阿秀總算放鬆下來，將這兩天趕製出的荷包送給周顯。

「阿秀祝小郡王福如東海、壽比南山。」

蕭謹言聽了，笑著道：「阿秀，這兩句可是獻給老壽星的。」

阿秀臉頰微微泛紅，周顯接過荷包，放在掌心細細看了一眼，然後把它繫在自己的腰上。

明側妃也瞧見那個荷包了，先是略略一怔，隨即開口道：「這荷包做得可真精緻呀。」

阿秀笑道：「若姨娘不嫌棄，以後阿秀也給姨娘做幾個。」

明側妃點頭。「好啊，這歲寒三友的樣子還挺特別的，尤其是那個梅花圖樣，瞧著真是好看呢！」

第六十五章

用過午膳，明側妃起身去外頭安排認親事宜，留下兩個丫鬟在跟前服侍著。

周顯見阿秀神色淡然，心知明側妃必然沒對她如何，稍稍放下了心。

「阿秀，明姨娘就是這樣安靜的性子，妳不用放在心上。」

周顯目光柔和，他本就是翩翩公子，雖然瘦弱些，但這兩個月在朝堂的磨礪之下，少了之前的桀驁、多了些圓滑，更顯得可親起來。

「阿秀明白，明側妃畢竟還有心結，阿秀會好好孝順明側妃的，請小郡王放心。」

阿秀坦然地回答，她原是占了別人的位置，本就覺得有幾分不安，如今明側妃這稍顯冷淡的態度，也在她的意料之中。

倒是蕭謹言還有幾分不放心，開口道：「不然，阿秀還是先跟我回國公府，等明側妃想通了……」

周顯卻擺了擺手。「這種事情，沒有那麼容易想通的。既然來了，就不要走，一會兒我帶著阿秀，去給爹娘上香。」

恒王夫妻的靈位奉在宗廟中，所以恒王府並沒有祠堂，只有一處小香堂，擺上恒王和王妃的牌位，供周顯平常祭拜之用。

在阿秀沒有親自祭拜宗廟之前，郡主身分是定不下來的。如今既然已開口說她是恒王的女兒，便不好再提義女之事，事情要有轉機，只能等明側妃真正點頭了。

蕭謹言嘆了口氣，深覺自責，是他想得太過簡單了。父母自然是對親生子女多在意一點，他也沒料到，明側妃如此聰慧，竟一下就看清了真相。

阿秀瞧見蕭謹言臉上的表情，心裡的退縮反而少了許多，只勸解他。

「世子爺，這樣才好呢。奴婢一直覺得，若不告訴明側妃，倒像是我們欺瞞了她，奴婢見到她，也覺得有幾分心虛；如今這樣，反倒好了，我們之間沒有秘密，更可以安安心心地相處，奴婢定會好好服侍明側妃的。」

「阿秀說得對，所謂路遙知馬力，日久見人心，阿秀這樣乖巧孝順，明姨娘總會點頭的，你不用太過擔心，眼下該擔心的，還是你自己的事情。皇上已經命兵部、禮部、吏部推選去邊關和談的官員，許國公勢必會在名單裡。你是真的下定決心想去邊關嗎？」

周顯說完，抬起眼掃過坐在一旁的蕭謹言，又淡淡道：「若只是單純想躲開京城的人事，就跑去邊關，這代價也太大了點。」

「你放心，邊關也算不得什麼龍潭虎穴，難道趙小將軍去得，我就去不得了？」

蕭謹言多活了這幾年，雖然沒別的好處，但看事情比前世透澈很多。在軍中歷練之後，衣錦還鄉，並不比科舉及第後出仕差；況且許國公府本就是行武之家，大雍有難，理應要率先站出來抗敵。

「你怎麼能和趙小將軍比呢？他生在邊關，根本沒在京城待幾年；而你從小養尊處優，未受過半點委屈，便說拳腳功夫，你也不如他。雖說你父親的親兵有幾個身手好的，但戰場上畢竟刀劍無眼。依我看，想要成就一番事業，在京城也是一樣的。」

周顯放下手中的茶盞，心平氣和地再次勸蕭謹言。其實他心中很明白，任何一個男兒都有保家衛國、血戰沙場的心思，但作為好友，還是不忍心看著蕭謹言涉險。

「你說得固然有道理……」蕭謹言略略遲疑，抬起眼看見阿秀低著頭，似乎並未在意兩人的談話，但她握著絲帕的手指，卻偷偷擰動了幾下。

「只是……人在京城之中，有許多事情是身不由己的。」

周顯聽見蕭謹言身不由己這句話，唇邊湧現一絲笑意，點頭道：「我明白了。你去吧，阿秀就交給我。」

蕭謹言和周顯又閒聊了幾句，至未時二刻，外頭便有小丫鬟來傳話。「小郡王，明側妃已經安排好了，請小郡王和姑娘過去香堂。」

周顯聽丫鬟喊阿秀時，並沒有再加上名諱，便知道這是明側妃交代的，略微鬆了口氣，率先起身道：「走吧，不要耽誤了吉時。」

恒王府的香堂安置在一個單獨的小院落裡，分了兩進，頭一排供奉的是觀音大士，明側妃不喜歡出府，每日都會過來祈福誦經，後面一進，供奉的便是恒王以及恒王妃的靈位。

因為蕭謹言是外人，不好入私家供奉之地，所以便在門口停下來，目送阿秀和周顯進去。

這時，香堂的大門洞開，蕭謹言瞧見裡面齊刷刷地跪著好幾排奴才，明側妃站在殿外的臺階上，一身素色衣衫，神情平和，臉上雖沒有太多欣喜之色，卻顯得端莊溫婉。

周顯領著阿秀走到明側妃跟前，明側妃抬起眼掃過兩人，目光卻在阿秀臉上停留，心裡的那一絲絲不甘心，只能強逼自己吞忍下去。

她的眼角有些濕潤，但唇邊卻多出了一些笑容，開口道：「阿秀，妳過來。」

阿秀從周顯身邊走過去，在臺階下停步，恭恭敬敬地欠了欠身子。

「給姨娘請安。」

「起來吧。」明側妃伸手，冰涼的手指按在阿秀纖細的手背上，把她拉到身邊，對著跪成一片的下人道：「府上的老人都知道，我和恒王原本有個女娃兒，不過在南邊時弄丟了，我苦苦尋找她十年，如今……總算是找到了。」

明側妃說完，眸中已經含著淡淡的淚光。這幾句話說起來容易，可認下了阿秀，就代表著，以後她的女兒回來，也不能再認她了。

站在一旁的周顯，聞言鬆了口氣，薄薄的唇抿了抿。

下跪的奴才們給阿秀行禮，口中喚著姑娘。

「好了，以後阿秀會住在王府裡，過幾日我便上書，讓皇上將阿秀的名字納入皇室族譜。等皇上下了旨意，阿秀就是恒王府的郡主了。」

下人們一片安靜，規規矩矩聽著周顯說話。對他們來說，恒王府的主子確實太少了，如今多了個姑娘，也不算加重負擔。

不過，能讓他們半句話也沒有的原因，是因為阿秀和明側妃確實長得有六、七分相似，而恒王府的老人，只要見過恒王的，也看得出阿秀不像明側妃的那三、四分，分明是隨了恒王爺。雖然明側妃心有所疑，因此看不出來，但下人們卻半點疑慮也沒有。

將一應事情吩咐下去後，周顯帶著阿秀叩拜恒王爺和恒王妃的靈位，出來時，外頭的下人已經散了。

阿秀跟著周顯從院中走出，遠遠就瞧見蕭謹言雙手負在背後，站在不遠處的梧桐樹下，落日餘暉落在他的肩膀上。

阿秀有瞬間的愣怔，以為自己回到八年之後，看見那時的蕭謹言。

蕭謹言聽見後面的腳步聲，回過頭來，看見阿秀眼中帶著一絲疑慮望向他，遂對她微微一笑，朝一旁的明側妃拱拱手，臉上神色是前所未有的肅然。

「明側妃，大恩大德，沒齒難忘。至於您的事情，我和小郡王會銘記在心，不管如何，都會一直為您尋下去的。」

這時，附近並沒有丫鬟跟著，明側妃見蕭謹言說得如此磊落，便嘆了口氣。

「找了十多年，若那孩子真的在，也該找到了，如今找不到，不過只有一種可能，我心裡又何嘗不清楚。阿秀是個好孩子，有她陪著我，也是一樣的。」

阿秀瞧明側妃的臉上帶著幾分疲憊，開口道：「姨娘，我扶您回去休息吧。」

明側妃點點頭，由阿秀扶著，兩人一起回了紫薇苑。

紫薇苑裡，明側妃身邊的方嬤嬤早已先回去，吩咐廚房熬了她的藥送過來。

阿秀扶著明側妃在炕上歇著，親手接過藥碗，遞給她喝了，又送上漱口的茶水。等服侍好了，明側妃才讓丫鬟陪阿秀出去，送蕭謹言一程。

阿秀剛剛走開，方嬤嬤便好奇地開口問道：「今兒側妃怎麼瞧著不高興呢？這大喜的日子，側妃該不是高興得糊塗了，反而笑不出來吧？」

明側妃心中的苦楚說不出口，只得勉強道：「我哪裡不高興了，只是一時間居然反應不過來。那天小郡王跟我說的時候，我也歡喜極了，可真瞧見了人，想想這十多年來尋人的辛勞，竟就笑不出來了。」

方嬤嬤信以為真，笑著道：「說句心裡話，打從姑娘頭一次進府時，奴婢就覺得她面善，只是當時沒往這方面想去，如今回想，姑娘可不就和側妃是一個模子裡刻出來的嗎？側妃小時候也是這個樣子的，連走路的姿態都有幾分相似呢。」

明側妃的眉梢微微一挑，想起周顯身上繫著的荷包，遂問道：「嬤嬤說得可當真？」

「自然千真萬確。側妃是我一手帶大的，您小時候的光景，我都還記著呢！」

阿秀從紫薇苑出來，身邊跟著明側妃賞的兩個丫鬟。路上經過凝香院，她雖然選了那裡做住處，卻還沒進去瞧過。

丫鬟紫煙見阿秀在凝香院門口停留了半刻，便問道：「姑娘要不要進去瞧一瞧？裡面是明側妃親自布置的。」

阿秀往裡頭看了一眼，這時正是四月，院子裡草木扶疏，一派鬱鬱蔥蔥的景象。這輩子，她從沒想到有朝一日會過上這樣的日子，如今站在門口，還覺得有幾分恍惚，遂開口道：「不進去了，先去送世子爺吧。」

早在阿秀沒來之前，這兩個丫鬟就向以前服侍過蕭謹言的清霜打探過她的事，知道她是蕭謹言看上的人，如今又成了恒王府的姑娘，當真是天大的好福分。

「那奴婢們跟姑娘一起去吧。」兩人開口，跟在阿秀身後。

阿秀扭頭，微微一笑。

「也不用兩位姊姊一起跟著，紫煙姊姊跟我去就好了。以前在許國公府，我只是個小丫鬟，如今這般，倒覺得有些不自在呢。」

阿秀知道自己的過去瞞不過恒王府的人，所以沒打算瞞著，坦然以對。

於是，青靄留下來，目送紫煙陪著阿秀往清風院去了。

周顯並沒有別的愛好，就是喜歡品茶、下幾盤棋罷了。蕭謹言在品茶方面有些本事，但在擺弄珍瓏上，便明顯不是周顯的對手了。

兩人的棋才下了半局，有小丫鬟進來回話，說是趙家姑娘過來給周顯送生辰禮物。

周顯生辰的事並沒有告訴其他人，除了皇后娘娘知道，一早即命人送了壽禮之外，還有眼前跟他下棋的蕭謹言，應該沒有別人曉得了。

蕭謹言瞧周顯一臉疑惑地看著他，笑道：「你不用看我，我不至於多這個嘴。」

說話間，周顯已命人將趙暖玉請進來。趙暖玉如今年方十五，正是要注意男女大防的時候，奈何趙家夫人遠在邊關，家裡只有一個年邁的老太太，又三天兩頭地病在床上，無論如何也管不住她。

趙暖玉今日穿了一身靛青色男裝，沿著額頭編麻花辮至頭頂，聚成一個總角，繫在腦後，若不仔細瞧，還真瞧不出她是個姑娘家。

趙暖玉負手走進來，身後跟著王府的小廝，手裡捧著一個黑紅漆盒子，見了周顯，便開口道：「我今兒去許國公府看望老太太，老太太便說言表哥來王府給小郡王慶賀生辰。小郡王也真是的，難道我哥哥去了邊關，我們趙家跟王府就不是故交了？怎麼連張帖子也不送？」

周顯笑著回答。「趙姑娘誤會了，今年並不是整歲，所以沒請什麼人過來，再加上家中有事情要辦，也不便請外人到場。」

趙暖玉聞言，遂道：「這有什麼不便的，我早已經聽老太太說了。你失蹤的庶妹竟然在許國公府做丫鬟，也真是巧了。」

趙暖玉說完，沒有再提及此事，只是命小廝將那盒子送上去。

「這是古雅齋的徽墨與湖筆，我素來不知你們讀書人喜歡什麼禮物，就讓掌櫃的幫我隨便選了幾樣。這個時辰過來已是晚了，連飯也沒蹭到。」

蕭謹言聽趙暖玉這麼說，跟著笑了起來。「那妳就不該來，權當不知道得好，也省下一筆銀子。」

「那怎麼一樣，知道便是知道，若當作不知道，豈不是欺人了。」

趙暖玉才說完，小丫鬟便進來道：「姑娘過來了。」

外頭簾子一閃，阿秀進來，瞧見趙暖玉，以為是外男，愣了一下，隨即聽她出聲道：「原來就是這個小丫鬟。」

趙暖玉才說完，立刻呸呸兩聲，改了口。「瞧我這狗嘴裡吐不出象牙來，如今不能說是小丫鬟，要是拜過宗廟，可得稱一聲郡主了。」

阿秀聽出了趙暖玉的聲音，向她福了福身子。「給趙姑娘請安。」

「別別，如今妳是正兒八經的金枝玉葉，不能這樣向我請安，真要見禮，也只須行半禮。」趙暖玉雖然性子跳脫，但該有的禮數，還是一樣都不少的。

周顯聽趙暖玉這麼說，便記下了，道：「等阿秀的封號下來，我自然要請皇后娘娘派個宮裡的嬤嬤來府裡，教她一些基本的禮儀。」
要做王府的姑娘，改變的不僅僅是身分，更是生活，這一點，他們都知道。
蕭謹言點點頭，目光又落在了阿秀身上。「阿秀，妳就跟著小郡王在王府好好住下，我有空再來看妳。」
趙暖玉聽說蕭謹言要走，也跟著告辭。「禮物已經送到，茶也喝了半盞，我不算虧了。言表哥，我同你一起走吧。」

第六十六章

從恒王府到許國公府和趙家，有一段是順路的，所以趙暖玉和蕭謹言騎馬，一起走了一小段路。

趙暖玉瞧出蕭謹言眼中鬱鬱寡歡的神色，試探問道：「前幾日我收到兄長的家書，說是邊關可能再興戰事。我略略數了數，如今得閒在京城的武將，不是年紀太大，就是資歷尚淺，怎麼瞧，這次國公爺都逃不掉了。」

蕭謹言素知趙暖玉在軍事上很有慧根，便也不瞞著她。

「朝中已經開始推舉人選，家父確實在其中；我也上書自薦了，打算和家父一同去邊關。」

趙暖玉抬起頭瞧了蕭謹言一眼，眼神中帶著幾分不確定，笑著道：「言表哥，不是我說你，論拳腳功夫，你還不如我呢，這個時候巴巴地跑去邊關，安得是什麼心思呢？」

她眨巴著大眼睛，忽然噗哧笑了出來。「難道是怕表嬸逼婚嗎？太后娘娘才去世沒多久，你怕什麼？」

被趙暖玉一下猜出了心思，蕭謹言頓時覺得有幾分氣惱，只微笑道：「武將無軍功不得晉升，我對唸書考科舉本就沒什麼興趣，不過是為了堵家裡人的嘴而已，如今得了這樣的機會，更要出門好好看一看了。」

趙暖玉聽蕭謹言這麼說，點點頭。「這樣也好。我父親跟兄長都在邊關，衝鋒陷陣的事情也輪不著你們，少不得讓你賺個便宜軍功回來。」

蕭謹言哈哈笑道：「聽妳這麼說，這打仗倒像是玩一樣了。」

「可不是。」趙暖玉也笑了。「我在邊關住時，也時常偷跑去軍營玩，打仗時有先鋒、有後援，像我父兄這樣的，雖然也要衝鋒陷陣，但身邊有親兵保護，雖說刀劍無眼，要傷到也是不容易。若真像京城裡的傳言，上戰場打仗就得死人，哪裡還有這大雍江山。」前幾句話還像話，後面就越發不像話了。

蕭謹言聽了，便道：「要真如妳說得這般簡單就好了。我去邊關的事，我們家老太太還不知道，到時她若不放心，我可得請妳去府裡開導開導她了。」

「老太太用不著我開導，從趙家出去的人，沒有一個是怕打仗的。」趙暖玉笑著回答。

趙暖玉說得不錯，兩天之後，朝中果然定下了以許國公為代表的和談人選。此番雖是和談，但皇帝還是命令許國公調集五萬兵馬支援趙將軍，言下之意就是，談不攏就打，沒什麼好說的。

距離上一次與韃靼的大戰，已經過了十幾年，大雍早已休養足夠，雖然今年淮南一帶發了洪災，但因及早防備，並沒有釀成大禍，所以國庫的銀兩仍然很充足。

許國公領了旨，皇帝遂放他回家整理行裝，欽定五月初八，由他親率五萬大軍奔赴邊關。與其說他是和談總指揮，不如說是援軍將領。

事已至此，蕭謹言要跟著許國公一起去邊關的事，再不能瞞著趙氏了。

不過，倒是和趙暖玉猜測的一樣，趙氏聽說蕭謹言要去邊關，心中雖然不捨，卻沒有說半句不准的話，只是忍不住多叮嚀了他幾句。

「俗話說『上陣父子兵』，你爹像你這樣大的時候，也曾跟著你爺爺去過戰場。如今到了你這一代，我原以為許國公府這桿槍要生鏽了，沒想到你居然也是個有血性的，我當真是高興得很。」

孔氏聽了這話，心裡難免有些不痛快，當初讓蕭謹言考科舉，也不是她一個人的主意，現在說得好像是她耽誤了蕭謹言一樣。

「老太太，瞧您說的，咱們國公府是行武之家，這封號還是祖上的軍功賺來的，我們做小輩的如何會忘了呢？」

「忘不了就好。言哥兒將來要襲爵，出去跟著他父親歷練歷練，有軍功傍身，以後回朝中也可以挺直腰板，總比那起酸腐的文人要強些。」

趙氏是將門之女，向來對讀書人有偏見，說話也是這樣，讓孔氏不由氣惱在心。

不過這會兒孔氏沒什麼心思跟趙氏置氣了，丈夫、兒子都要上戰場，最擔心的人莫過於她。雖然許國公對孔氏再三保證，一定會好好照顧蕭謹言，奈何孔氏這顆慈母之心，還是一點兒也放不下來。

孔氏親自到文瀾院給蕭謹言整理行裝，箱子排了一整排。又想起這幾年蕭謹言正長個子，遂命針線房連夜做了幾套稍微大一點的中衣，深怕到時蕭謹言的個子又長了，沒有合身的中衣穿。

蕭謹言看著十來口箱子，撫著額頭勸道：「母親，我這是上陣殺敵，又不是外放為官，這麼多東西，我哪裡帶得了。軍中的將領，少說也有十幾二十個，若人人都帶上那些行李，五萬士兵全用來搬箱子，只怕還不夠呢！」

孔氏聞言，便數落道：「你當我不知道呢，你父親有親兵，你用他們就是了，哪裡還用得著其他人。你這一去，不知道什麼時候才能回來，我給你多準備些東西，總是沒錯的。」

雖然許國公說這次未必能打得起來，但未雨綢繆總是對的，她自然是要天天在家裡上香，祈求邊關打不起來，可這些東西，她也一定要備齊的。

蕭謹言嘆息道：「母親還是回海棠院給父親整理行裝吧，如今蘭姨娘懷著身孕，這些事情難道讓父親自己做嗎？兒子這邊多得是丫鬟服侍，她們不會少了什麼的。」

孔氏聽蕭謹言這樣說，也不好推託了。她和許國公的感情冷淡已久，如今好不容易趁著蘭姨娘懷孕的契機好了些，結果這會兒許國公又要出征，老天爺當真看不得他們夫妻和睦呢！

孔氏嘆了口氣，囑咐站在下面的丫鬟。「等會兒妳們幫世子爺整理好行李，把箱子裡的東西歸檔記冊，送到海棠院讓我看看，若缺什麼東西，再添補上。」

上次阿秀想出來的收納辦法很是不錯，所以孔氏現在也沿用這個法子。

孔氏帶著丫鬟離開，走到門口時，轉頭看著蕭謹言。「也不知道阿秀在恒王府住不住得慣，過兩日你就要啟程，不如明日把她接回來，你們也好見一面。」

孔氏倒不是想念阿秀了，不過是心裡覺得，如今能留住兒子的，只有阿秀。她雖然已經同意讓蕭謹言去邊關，但仍不想放棄最後的機會。

自從阿秀住進恒王府後，吃穿用度都是王府姑娘的規制，奴才對她也很恭敬，雖然仍舊有幾個心裡有疑的，但大多數人都能瞧出阿秀和明側妃的相像之處，光這一點，就不知按住了多少口舌。

「上回姨娘說我送給小郡王的荷包好看，阿秀便給您繡了一方手帕，不知道合不合姨娘的心意。」

阿秀原本就是乖巧的人，又比別人多活了幾年，自然知道明側妃對她有所保留，心裡曉得這是沒辦法憑藉一朝一夕就改變的，只能在明側妃面前盡心，讓她少想一些。

王府的丫鬟、婆子不多，大家背地裡議論什麼，阿秀都知道，私下裡也照過鏡子，發現自己的眼睛和鼻子長得的確跟明側妃很相似。至於別的地方，有人說長得像恒王爺，可是恒王爺死了十多年，王府裡見過他的人也沒幾個，說出來的話有幾句能當真呢？

方嬤嬤接過阿秀遞來的帕子，送到明側妃手上。

阿秀繡的正是梅花的圖案，粉色花瓣裡，夾著米黃色花心，花心上頭用紅線點綴，看上去又精緻、又鮮亮。

方嬤嬤只看了一眼，便笑著道：「喲，側妃瞧瞧，阿秀這繡梅花的手藝，倒是和您有些相仿呢！」

明側妃垂眸看著帕子，阿秀的針法真和她的有些相似。這是蘇繡的繡法，素來講究寫意雅致，和京城人的繡法不一樣，在南方比較常見，北方倒是少見得很。

明側妃心裡起了一絲疑惑，問道：「阿秀，妳的繡功是誰教的？」

說起來，阿秀學繡花是從前世開始的，當時也沒有特別讓人教，不過就是請許國公府針線房裡的繡娘教了幾天，其實底子是極差的。

「奴……」阿秀想到如今自己的身分和從前不一樣了，急忙改口。「是小時候和我家隔壁的阿婆學的，也沒有學好，後來進了許國公府，就跟府裡的繡娘學。」

明側妃見阿秀說的不過是平常之事，沒什麼特別的，也不大留心，又問道：「那這梅花的針法，又是誰教妳的呢？」

阿秀瞧了帕子邊角上的梅花一眼，小聲道：「這梅花的樣子，是我瞧見別的繡品上繡的，看著比現下好多繡娘繡出來的好看，所以學了學。」

其實這梅花的樣子，是阿秀在自己那件斗篷上瞧見的，雖然繡的是百子嬉春的圖案，但在邊角點綴了不少梅花、桃花、杏花，她瞧著好看，就學了一些。

明側妃聽阿秀說完，點點頭，心裡釋懷了。世上會這種針法的繡娘不計其數，不過就是南方多見些罷了，也許阿秀是瞧見了南方某個繡娘繡出來的梅花，才會這麼繡的，也未可知。

明側妃想通了這一層，越發自嘲起來，遂高高興興地收了阿秀的帕子。

一時間，外頭有小丫鬟進來傳話，說小郡王回來了。

小郡王周顯年幼失恃，對明側妃相當孝順，每日下朝後，定然會來紫薇苑請安。明側妃素來身子弱，如今有阿秀陪著她，周顯也放心許多。

天氣向暖，厚重的門簾卸了下來，周顯才進院子，瞧見阿秀在房裡坐著，就笑著進去道：「許國公府派人來傳話，說是明兒一早接妳去坐坐。皇上定下五月初八讓國公爺出發，明兒正好是端午，妳帶些禮過去吧。」

明側妃聽了，開口吩咐方嬤嬤。「嬤嬤，等會兒開了庫房，挑幾樣東西給小郡王過目，明兒讓阿秀一起帶回去。」

方嬤嬤應聲出去，周顯坐下喝了一杯茶，瞧見明側妃手裡的新帕子，便知道是阿秀送的。他是個男子，素來對家務不關心，況且像他這樣在廟裡住過三年的人，如今在家中有明側妃處處照應著，已是覺得極好，自然想不到有什麼不周之處。

他開口道：「阿秀，妳做針線若是缺什麼東西，只管跟身邊的丫鬟說。這些年府裡精簡，如今也沒有針線房，主子、丫鬟們的衣服都是請外頭的人做的，妳若是覺得不好，也跟丫鬟說，我們再尋好一些的針線房。」

周顯是真心對阿秀好，生怕她受丁點委屈，所以一再地交代。恒王府雖然尊貴，但沒落了這麼久，比起興盛百年的許國公府，反而顯得清苦。

「家裡的東西都是極好的，哥哥不用擔心；便是一些小東西，丫鬟、婆子也會自己做，我並不缺什麼，姨娘都給我安排得妥妥當當呢。」

阿秀說著，忍不住往明側妃那邊看了一眼，知道明側妃對她有心結，說話做事便不自覺有些小心翼翼。唯有這個時候，母女倆看著有些生疏。

這事情，王府的人背地裡也議論過，說明側妃其實是個冷心腸的人，別看她辛辛苦苦尋了閨女十年，結果姑娘回來了，她卻還是一副冷冷淡淡的樣子；也有人說，明側妃的個性就是如此，從來做不出熱絡的樣子，瞧著阿秀和明側妃這幾分的相像，便知道她們是親母女了。

其實眾人的議論也對，明側妃確實性子冷，即便找到了親閨女，歡天喜地地鬧一通，也是不可能的，頂多就是平日裡上心一些，不經意中流露出幾分歡喜而已。

「你剛剛下朝回來，只怕也累了，先去歇著吧。」明側妃看著周顯的眼神中，總多出幾分慈愛，明眼人一眼就能看出來。

周顯便站起來，向明側妃拱了拱手。「姨娘好好休息，那我先出去了。」

阿秀親自送周顯到垂花門口，周顯回過頭，看著阿秀小小的面頰，很想伸手摸一把以示安撫，又想起兩人並非親生兄妹，遂硬生生地止住了動作，只柔聲道：「阿秀，委屈妳在王府多住些時日，只要謹言凱旋歸來，定會用八抬大轎將妳娶進許國公府的。」

「小郡王，奴婢一點也不覺得委屈，能在明側妃的跟前服侍，是奴婢的福分。」

不知道為什麼，雖然明側妃對她的態度有些冷淡，但阿秀對明側妃卻有種說不出的感覺，總想著多服侍她一些，便覺得心裡舒坦。

周顯笑了笑，終究還是忍不住，伸手摸了摸阿秀的頭頂，寵溺道：「我已經上表讓皇上立妳為郡主了，以後在我跟前，可不能再自稱奴婢；在其他人面前，也要抬起頭來，拿出恒王府郡主的做派。」

第六十七章

用過晚膳，方嬤嬤挑揀好東西，把禮單送去阿秀的凝香院。

雖然阿秀原來只是個上不了檯面的丫鬟，但前世她做蕭謹言的通房時，也管過蕭謹言外書房的事物，所以見過不少世家往來常見的禮品。

阿秀打開禮單看了一眼，見雖然是尋常東西，卻仍有幾樣標著御賜的字跡，便知道這些定然是意義非常的。

其實，按照規矩，在許國公府裡認回了恒王府的郡主，算是大事，就算小郡王親自登門道謝、多送一些禮，也算不得突兀。

但這件事情，蕭謹言和周顯都不想張揚，其原因阿秀自然清楚，因為她這身分是假的，若大張旗鼓地辦了，被有心人看出破綻，反而弄巧成拙；不如安分些，等皇上的旨意下來，阿秀當上郡主，有天家承認的身分，那些小人即便想做些什麼，只怕也沒那個膽子了。

阿秀合上禮單，問方嬤嬤。「姨娘和哥哥都瞧過這禮單了嗎？」

方嬤嬤原本以為阿秀看不明白，如今聽她問起來，一點也不顯得生疏，便知她是懂的，遂道：「明側妃瞧過了，添了一架五福臨門的玻璃炕屏。御賜的官窯青花白地瓷梅瓶是小郡王添的，說許國公府二姑娘的院子裡有棵梅樹，沒準兒會用得著這對瓶子。」

阿秀聞言，想起玲瓏院裡的梅樹，聽說是從趙家遷回來的，便點了點頭。

「既然姨娘和哥哥都看過了，那定然是妥當的，明兒我就帶去吧。」

說話間，紫煙領了小郡王身邊的陸嬤嬤進來，見方嬤嬤也在，兩人互相見過禮，這才開口道：「小郡王讓我來說一聲，皇上方才遣人傳話，明兒宮裡有端午家宴，要他出席，所以不能陪著姑娘一起去許國公府了，讓姑娘路上小心。」

阿秀心裡雖然有些不安，但想起周顯年紀輕輕就要撐起整個恒王府，實屬不易。如今她雖然看著不過十一歲，其實骨子裡早已長大，這樣的事應該難不倒她；況且她答應蕭謹言，要做個稱職的郡主，定要堅持下去。

這時，小丫鬟送了衣服進來，是外頭針線房新做的，兩位老嬤嬤和丫鬟一起服侍阿秀穿戴整齊。

陸嬤嬤看著阿秀，由衷讚嘆道：「姑娘穿這身衣服，當真好看，越發和王爺相像了幾分。」

方嬤嬤也笑著道：「我看著跟側妃更像一些。妳瞧瞧這眼睛、鼻子，和側妃簡直是一個模子裡刻出來的。」

陸嬤嬤聽了，又笑起來，數落方嬤嬤。「妳個老貨，姑娘長得好，都像明側妃，行了吧？」

方嬤嬤笑得更開懷了些，一個勁兒點頭。「可不是！」

院。

阿秀試穿完衣服，幾個大丫鬟留下來服侍她洗漱安寢，方嬤嬤和陸嬤嬤便一起出了凝香院。

陸嬤嬤在王府服侍的年歲長，又瞧著明側妃進府，心裡跟明鏡似的，見明側妃對阿秀的態度這般冷淡，就覺得有些不對勁。

「我說方嬤嬤，妳有沒有瞧出什麼不對勁來？」

「什麼不對勁？」方嬤嬤是個聰明人，聽陸嬤嬤暗示，心裡也狐疑起來。這幾天，王府那些下人嘴裡說什麼，她不是不知道，可她也想不明白，當然不能跟著亂說。

「說起來，明側妃找姑娘也有十年了，好不容易找到了，怎麼瞧著似乎不大高興呢？」

明側妃原本性子就冷，喜怒哀樂不常流露在臉上，若不是陸嬤嬤這樣火眼金睛的人，還不一定能瞧出其中的不對勁來。

方嬤嬤卻是看著明側妃長大成人又出嫁的，對她的性子比誰都熟悉，就算別人瞧不出來，她難道還看不出？況且之前她確實因此事問過明側妃，明側妃的回答卻是有些牽強的。

「不瞞妳說，我也瞧出了幾分，私下早就問過了，側妃說，許是因為盼得太久，一時見了，反倒不知該怎麼親近起來，未免就冷淡了些。」方嬤嬤是明側妃的奶娘，自然護著她，又幫著解釋了幾分。

陸嬤嬤聽了，嘆氣道：「明側妃也真是的，怎麼還有這樣一說，若換了我，十幾年沒見的閨女回來了，還不得好好地疼呢。不過我瞧著姑娘是個孝順的，似乎也不在意。」

方嬤嬤便笑了起來。「我看姑娘挺懂事，側妃就是這樣的性子，大抵她也明白幾分。」

兩人又閒聊了幾句，才各自回去。

凝香院裡，阿秀已洗漱完畢，房中點著安神的瑞腦香，她半靠在床上，一時間，倒是有些睡不著了。

紫煙正在碧紗櫥外的炕上鋪被子，瞧見阿秀愣在那邊，便猜測她是為了最近王府裡的傳言煩惱呢。

紫煙是明側妃跟前的大丫鬟，服侍了這麼些年，了解她的性情，便開導阿秀。「姑娘早些睡吧，側妃的性子就是這般冷冷的，素來同什麼人都熱絡不起來，妳不必掛心。」

阿秀被紫煙說中了心事，低下頭，有些自怨自艾道：「姨娘不喜歡我，大概是我做得還不夠好。」

紫煙不明就裡，笑著道：「姑娘是側妃的親閨女，如何會不喜歡姑娘？只是這些年姨娘都和小郡王相依為命，如今姑娘回來了，只怕還有些不習慣罷了。等側妃習慣了，待姑娘定會和小郡王一樣的。」

紫煙將方才阿秀試過的衣服收拾好放在箱籠裡，合上蓋子，轉身道：「若是側妃不喜歡姑娘，如何會為姑娘張羅這麼多東西？這房裡的擺設、姑娘的穿戴用物，每一樣都是側妃交代安排的。」

阿秀聽紫煙說了這麼多，又覺得不好意思了。她原本就是冒牌貨，明側妃能做到這些，已經不容易，如今她還胡思亂想，當真是不應該。

於是，阿秀嘆口氣，翻身睡了過去。

第二日一早，用過早膳，阿秀向明側妃請安後，帶著丫鬟、婆子往許國公府去了。明側妃不放心，非要讓方嬤嬤跟著，阿秀也沒有推辭。

阿秀坐上馬車，抬起有些沈重的脖子，想到頭上戴著的許多東西，合上眼，深深呼吸了一下，然後吩咐車伕出發。

近日，許國公府也是門庭若市，這是許國公出征前最後一個節日，所以到府裡慶賀的人不少，但許國公向來不張揚行事，只見了一下，並沒有設宴款待。

阿秀的馬車是從許國公府正門旁邊的左角門進去的，那邊有小路直接通往內院，平常親戚們出入也多從這裡走。

原本阿秀想從僕婦出入的後角門進去，但想起自己如今的身分，車子還是在左角門前停了下來。

許國公府的下人聽說恒王府的大姑娘來了，一時間還有些摸不著頭腦，在京城那麼多年，也沒聽說過恒王府有姑娘。不過因為小郡王和蕭謹言交好，恒王府的馬車經常出入許國公府，看門的看了馬車上的規制一眼，便知道果真是恒王府的車子。

丫鬟進去稟報時，眾人正在趙氏的榮安堂裡說話，聽說恒王府的大姑娘來了，趙氏一時怔了一下。

虧得孔氏提醒她。「老太太，您忘了？是阿秀啊。昨兒我特意讓人去王府傳話，請她今兒回來瞧瞧的，言哥兒過兩日就要走了……」

孔氏的話沒說完，趙氏就想了起來，又聽她提起蕭謹言，頓時心裡全明白了。

一旁的田氏聽見這話，鼻腔裡幾不可聞地哼了一聲。

這會兒，蕭謹言正在外院陪許國公待客，並不在榮安堂裡。

「快請她進來吧，如今不能再把她當成小丫鬟看待了。」趙氏瞧著孔氏臉上的笑意，心裡琢磨起來。

阿秀如今有了這層身分，尊貴倒是尊貴了，可這十幾年耽誤下來，要想從頭做出大家閨秀的做派，只怕也難，很多東西不是有了身分，就會跟著有的，比如長期的教養、習性……當然這些在趙氏眼裡不是什麼大問題，關鍵是，蕭謹言喜歡阿秀。

雖然趙氏心裡仍是有些不如意，奈何孫子喜歡，兒媳婦看著也滿意，只好算了。不過，阿秀的年紀畢竟還是小了些，興許孫子會有等不及的時候，趙氏自我安慰地想。

阿秀下了馬車，坐上許國公府的轎子，一路走到榮安堂的垂花門口，婆子們才停轎，扶阿秀出來。這裡有些人以前便跟阿秀熟識，如今見了阿秀這般模樣，忍不住豔羨起來，都說佛靠金裝、人靠衣裝，阿秀穿上這樣的衣服，竟真像個大家閨秀了。

雖然阿秀重活一世，但她做慣了丫鬟，向來恭順乖巧，故意收斂鋒芒，任誰瞧見了，都是一副軟軟糯糯的模樣。但如今身分不同，往日故意隱藏起來的慧黠表現出來，一顰一笑中，比從前多出了幾分自信。

出來迎她的是老太太身邊的大丫鬟如意，乍一瞧見阿秀從轎子裡下來，如意便愣怔了一下，若不是阿秀年紀小，容貌並未長開，這通身的氣度，只怕不輸府裡的二姑娘蕭瑾璃。

如意畢竟也是聰明人，稍稍閃神後，就反應過來，笑著迎上去。「如今倒不知如何稱呼了，暫且喊一聲姑娘吧。」

若皇帝下了冊封郡主的詔書，只怕消息早就傳遍許國公府，如今卻沒有聽見什麼風聲，大抵是詔書未下。皇家的親緣，若是沒有皇帝的詔書，也不能隨便亂認。雖然恒王府的人已經認了，外面的人家到底不敢造次，所以如意喊阿秀姑娘，便是最貼切的稱呼。

阿秀對如意微微一笑，免了她的禮，跟著她往裡頭走，看外面候著的丫鬟並沒有文瀾院的人，猜想蕭謹言應該不在裡面。

阿秀覺得有些失落，但轉念一想，這樣的日子，若蕭謹言還在內宅裡廝混，反倒讓人不放心。想通了這一點，阿秀心裡便豁然了，蕭謹言肯為了她上進，這是她莫大的福分。

門口的簾子一閃，如意引著阿秀進去，榮安堂裡果然很是熱鬧，趙氏、孔氏、田氏、蕭瑾璃，還有二房的雙胞胎姑娘都在。

趙氏原本沒怎麼在意，還在同身邊的田氏說話，只抬頭看了阿秀一眼，卻瞬間覺得眼前一亮，竟好似從來沒見過她一樣，立時忘了和田氏說到哪裡，細細打量起阿秀來。

「這……」

孔氏也覺得阿秀今日打扮得大方得體，不失王府郡主的做派，臉上的笑越發深了些，開口道：「老太太，這是阿秀啊。您瞧瞧，恒王府的明側妃真會調教人，才幾日不見，比起離開許國公府時，阿秀簡直是變了個模樣。」

此時趙氏也認出阿秀了，瞇著眼瞧半天，點點頭道：「這一打扮，倒是真和恒王有幾分相似了。」

在場的人只有趙氏清楚記得恒王的模樣，其他人對恒王並不熟悉。雖然孔氏也見過恒王，但她一個婦道人家，無論如何都不會盯著男人的臉看，故而也不大記得恒王長什麼樣子，但既然老太太這麼說，想來是像的。

「如今找回阿秀，想必王爺在天之靈也安慰，小郡王好有個伴了。」

孔氏早已把阿秀當成自家兒媳婦看，說話間都帶著幾分寵溺，再回頭瞧二房那對雙胞胎時，也覺得面上有光。蕭瑾璃雖然是孔氏嫡出的姑娘，容貌卻比那對雙胞胎稍稍差了點，以至於她們回了京城後，趙氏就被她們哄得團團轉。

不過，蕭瑾璃才不會為這個吃味，但作為母親的孔氏，卻嚥不下這口氣。今日見阿秀一出場，氣勢上就壓倒了她們，讓孔氏覺得很有面子。

阿秀跟房裡眾人見過禮後，趙氏親自請她坐下。小丫鬟送上茶，趙氏便道：「這是二太太從南邊帶來的大紅袍，味道比別的茶柔和些，我吃著覺得不錯，妳也嚐嚐。」

趙氏不是個對吃穿用度很挑剔的人，有好東西也樂意跟人分享，但凡有些好東西，總是留不住，誰見了好就拿一些走，她也不甚在意。

阿秀稍稍抿了一口，確實是好茶，卻不是最頂級的大紅袍。前兩日她在王府幫周顯整理書房時，清霜便沏了一杯皇后娘娘御賜的大紅袍給她喝，那味道才真正叫好，連杯蓋上都沾著茶香。

「可不是，這是福建布政司送給父親的，說去年大紅袍產量極少，除了進貢入宮的之外，總共就得了那麼一點，若不是念著與父親的同窗之誼，只怕還沒有呢！」蕭瑾珊笑著對趙氏道。

一旁的蕭瑾珍跟著道：「父親又捨不得吃，非要母親帶回來給老太太，誰知老太太最是大器，從不藏著掖著，連帶我們也有福了。這樣的好茶，也只有老太太才能喝出滋味來。」

第六十八章

阿秀聽了蕭瑾珊的話，便覺得福建布政司和二老爺之間的同窗之誼有些廉價；再聽蕭瑾珍這麼說，是傻子也能聽出她話裡的意思，無非是說，這茶給她喝是浪費了，反正她也品不出茶的好壞。

阿秀蓋上茶盞，動作優雅地將之放在一旁的茶几上，臉上帶著溫和的微笑，小聲道：「果真是好茶呢，比前兩日在王府喝到的御賜大紅袍也差不了多少，可見二老爺當真孝順老太太。」

孔氏一聽這話，眉梢頓時往上挑了挑，強忍著笑道：「倒是忘了，如今妳住在恒王府，吃用自然和以前不同。皇后娘娘又是小郡王的親姨母，時時賞賜些東西，也是有的。」

阿秀便謙和道：「皇上和皇后都心疼兄長這幾年在紫廬寺受的苦，吃穿用度，無一不是從宮裡送出來的。兄長又心疼我這些年流落在外，是以處處關懷備至。」

阿秀不是個記仇的人，也不喜歡搬弄是非，但上次田氏那頤指氣使的模樣，她還記在心裡，雖然沒打算逮著這件事不放，可讓她心裡不痛快些，也是好的；況且今日的事情，本就是那對雙胞胎先挑起來的。

「我瞧妳這樣子，應當是過得不錯，只是我再沒有想到，妳是這樣的有福之人。」

趙氏的目光掃過田氏，見田氏臉上尷尬，便知道阿秀這幾句聽起來無關痛癢的話，已經戳到了她的痛處。況且那日的事情還鬧到了榮安堂裡，如今阿秀不過是說兩句，並未對田氏如何，趙氏也不想多管。

此時，蕭瑾珍姊妹早已脹紅臉頰，連話都說不出來了。

房裡的氣氛正略顯尷尬，孔氏身邊的王嬤嬤進來回話。「恒王府送來的禮物都抬進來了，奴婢是先入庫呢，還是放著，一會兒太太給各房各院分下去？」

孔氏臉上表情便越發得意起來，只開口道：「先入庫吧，這些禮也不能白收著，少不得要禮尚往來，等登記齊全了，再分下去，也是一樣的。」

王嬤嬤聽孔氏吩咐完，上前兩步，將手裡的禮單遞給孔氏身邊的大丫鬟春桃。春桃只瞄了一眼，臉上便現出驚訝，將禮單交到了孔氏手中。

孔氏翻看著，臉上露出喜色，隨即卻愁了起來。不過就是一趟平常的走動，恒王府送來這麼多東西，倒讓她不知如何是好了。

孔氏想了想，遂扭過身子，將手裡的禮單送給趙氏。

趙氏略看了一眼，開口道：「人過來就好了，這些東西太過貴重，有好些御賜的東西，我們怎麼敢要呢。」

阿秀笑著道：「兄長說，原本要親自登門道謝的，只是今日宮中有家宴，所以不便前來。這些東西並非什麼貴重之物，還請老太太收下吧。」

趙氏聽阿秀這麼說，便明白了，雖然詔書未下，但恒王府認阿秀是認定了，送來這麼多謝禮，這事情只怕是板上釘釘一樣，不容改變。

趙氏又看了禮單一眼，笑道：「這官窯青花白地瓷梅瓶可是好東西，聽說是先帝命製造局做的，那一批釉上得不好，總共就得了十對，咱們老爺書房裡也只有一個。」

雙胞胎姊妹聽到這個，眼光早已閃爍起來，恨不得立時開口把那對瓶子要過來。

阿秀見狀，抬了抬眼皮，扭頭對蕭瑾璃道：「兄長說，璃姊姊的玲瓏院裡種著一株老梅樹，等入了冬，正好拿梅花配這瓶子，最好不過，所以特意添上這兩件。」

趙氏目光一閃，心中忽然有了個念想。周顯一出家就是三年，大家幾乎忘了他的年紀，其實他只比蕭謹言大兩歲，如今已是弱冠之齡，只怕過不了多久，皇后娘娘也要為他張羅婚事了。只是，蕭瑾璃一心念著趙小將軍，如今小郡王對她如此關照，不知是何道理。

孔氏瞧見趙氏忽然閃爍的眼光，似乎也一下子開竅了。她以前沒考慮過周顯，是因恒王府乃京城權貴中的異類，可如今仔細想想，周顯確實是個不錯的選擇。皇帝的子姪輩不多，像周顯這樣上進的又少，且那幾年受的苦，足以讓皇帝對他生出愧疚，日後必定能得重用。

孔氏想明白這一點，眉梢的笑意越發大了。

阿秀見著蕭謹言時，已是過了午時二刻。

原本蕭謹言都在孔氏這邊用午膳，但這幾日跟隨許國公處理事務，便在外院用了。

他一早就聽說阿秀來了，奈何客人多，許國公臨行前又有很多事情交代，所以一時沒抽到空閒往內院跑。直到用完午膳，許國公有午後小憩的習慣，便放蕭謹言回去，囑咐他也休息一會兒。

蕭謹言哪有心思休息，一溜煙就往孔氏房裡跑去。

孔氏剛用過午膳，這會兒也有些睏了，阿秀和海棠院的人熟識，孔氏就讓她在廳裡坐著，自己去房間歇午覺。

和阿秀交好的幾個大丫鬟，見阿秀穿著綾羅綢緞，梳著好看的髮型，一整套赤金紅寶石頭面熠熠生輝，都快閃瞎人眼了。

「姑娘，您進過宮嗎？」

「尚未進宮。兄長說，先上摺子給皇上看過後，再進宮請安。」

春桃遞上好茶，又撿了幾樣茶果送來，一邊笑、一邊道：「真沒想到，我們這院子裡居然出了一個郡主。恒王爺的閨女，那可是皇上的親姪女呢！」

其他丫鬟羨慕地看著阿秀，一向罕言少語的秋菊也笑著道：「前些日子還跟您商量做針線活的事呢，一眨眼您就成郡主了。」

眾人又對阿秀細細打量一番，皆眉眼帶笑。「越發好看了呢。」

這時，有小丫鬟進來回話。「世子爺來了，我說太太在房裡歇午覺呢，他就不進來，只讓我問問姑娘，能不能移步到文瀾院一趟。」

依如今蕭謹言與阿秀的身分，私下相見極不合適，能在孔氏這邊見上一面已是不易，若跑去文瀾院，只怕閒言碎語越發要多起來。但阿秀實在想見蕭謹言，於她來說，這些閒言碎語都算不得什麼。

阿秀正想答應下來，外頭又走進一個小丫鬟，笑著道：「姑娘，我家姑娘請您和世子爺上玲瓏院吃彩粽去。」

阿秀見是蕭瑾璃身邊的丫鬟，心下鬆了口氣。去蕭瑾璃的院子，她還是很方便的。

阿秀出了海棠院，便遠遠瞧見蕭謹言在過道上等著。

見阿秀出來了，蕭謹言才稍稍挪動腳步，卻是走得極慢。

不過片刻工夫，阿秀就到了蕭謹言後頭，幾個丫鬟識相地落後幾步，讓兩人並排走著。

蕭謹言個子頎長，阿秀卻尚未長成，兩人站在一起，雖然瞧著不是很般配，但別有一番溫馨的感覺。

蕭謹言伸出大掌，很想牽阿秀的小手，阿秀卻擰著帕子，把手放到身前，小聲問道：「世子爺何日啟程？一切可都安排好了？」

「五月初八啟程，都安排好了。」

阿秀早聽周顯提過這日子，可還是忍不住要自己問過了，才算確認，便點了點頭。

「你從未出過遠門，一切小心，戰場上刀劍無眼，你可不要衝在最前頭；即便沒有軍功，也沒人會嫌棄你的。」

阿秀說著，悄悄抬頭看蕭謹言，略帶羞澀的眉眼中透著一絲擔憂，怎麼也掩蓋不住。

「妳放心吧，我身邊有府裡的親兵，自然不會涉險；倒是妳，如今雖然有了身分，也要處處留心。」

說話時，蕭謹言一直盯著阿秀，總覺得才幾日不見，她似乎又長大了些。

「這些我自然會注意，爺儘管放心。」

蕭謹言點點頭，又道：「小郡王身子不好，如今妳在王府，也要盡心照顧他。」

前世周顯纏綿病榻，為了這事，蕭謹言沒少上心，如今阿秀以妹妹的身分陪在他身邊，多加照料是應該的。

「爺放心，奴婢會好好照顧小郡王跟明側妃。」

阿秀說完，抬起眼看蕭謹言，似是發誓的模樣。

蕭謹言聽了，便道：「說了多少遍，不要再自稱奴婢，妳怎麼就學不會呢？如今，妳可不再是個無足輕重的小丫鬟了。」

阿秀低著頭，臉上微紅，小聲呢喃。「阿秀永遠都是世子爺的奴婢。」

蕭謹言停下來看著她，一時無語，見後面的丫鬟要跟上了，才道：「好了，咱們進去吧，不要讓瑾璃等急了。」

說是來吃彩粽，但大家剛剛才用過午膳，不過就是尋個由頭，讓蕭謹言和阿秀見面而已。

兩人到了廳中，蕭瑾璃就笑著道：「這會兒我正好有事，要去後罩房找丫鬟拿東西，就不招待兩位了，兩位吃好喝好。」

蕭謹言沒料到蕭瑾璃如此識相，笑道：「璃丫頭這是怎麼了，客人才來，就急著走了？」

蕭瑾璃聞言，停下腳步。「你不想要我走，我自然是不走的。」說著，便坐了下來。見蕭謹言被蕭瑾璃將了一軍，阿秀臉上微微泛著紅暈，坐在一旁的靠背椅上不說話。

此時，丫鬟送茶上來，開口道：「世子爺還不知道呢，今兒三姑娘、四姑娘可是吃了個暗虧。」

最近蕭謹言雖然忙，但對於二房雙胞胎妹妹回來後，蕭瑾璃在趙氏跟前不如往日受寵的事情，仍略知一二。不過蕭瑾璃不覺得有什麼，所以他也不甚在意。

「這是怎麼了？」

蕭瑾璃聽丫鬟開口，遂假裝嗔怪道：「我還在呢，要妳多嘴。快出去吧！」

丫鬟忙陪笑出去了，蕭瑾璃指著旁邊多寶槅上擺著的一對花瓶，道：「瞧見了嗎？是小郡王送的。」

蕭謹言的目光掃過那對花瓶，立時明白了，笑著道：「原來是收到賄賂了。」

蕭瑾璃挑了挑眉梢，冷笑著。「你還不知道呢，老太太才開口說出來，三妹妹、四妹妹的眼睛都直了，幸好有阿秀在，說這是小郡王點名要送我的，才保住了。平日裡她們拍馬賣乖，我一點都不在乎，只是要搶我的東西，可要掂量掂量自己的身分再說。」

蕭謹言素來知道自己的妹妹極有主見，並不擔心她，只笑道：「好妹子，妳方才不是說要去後罩房找丫鬟嗎？」

蕭瑾璃聞言，忍不住噗哧一笑，這還在她的院子呢，他就急著對她下逐客令了，遂撇撇嘴道：「你不提醒，我還真忘了呢，那我這就去了。」

蕭瑾璃挽起簾子離去，房裡只留下阿秀與蕭謹言。

阿秀抬起頭，正好迎上蕭謹言熱切的眼神，只覺得臉頰頓時又通紅起來，忙低下頭去。

蕭謹言卻開口道：「阿秀，妳過來。」

阿秀不過只坐了半邊椅子，聽蕭謹言這樣開口，越發覺得椅子也燙人起來，有些坐不住了，遂緩緩起身，不知不覺就往蕭謹言跟前靠過去。

蕭謹言伸手握住阿秀擰著帕子的小手，安撫著，感受她柔軟的骨節，似乎感覺到阿秀的身子微微發抖，帶著幾分緊張和不安。

其實，這時阿秀不是緊張，而是動情了。她的身子雖然是十歲多的小丫頭，但芯子卻是個大姑娘，面對喜歡的男人，她沒辦法做到無動於衷。

蕭謹言瞧見阿秀這副樣子，嘴角勾起了一絲笑。「阿秀，妳怕什麼？在妳沒長大之前，我不會做什麼的。」

身體明明有了不小的反應，連說話的聲音都越發低沈起來，但蕭謹言還是硬著頭皮許下諾言。這輩子，阿秀是他一個人的，所以，他並不需要著急。

阿秀聽見蕭謹言這麼說，知道他誤解了，但她樂見這樣的誤會，要是讓蕭謹言知道她心裡真正的想法，她就沒臉見人了。

阿秀想了想，探出身子，在蕭謹言的臉頰上親了一口。蕭謹言便順勢將她攬入懷中，低下頭嗅著她身上好聞的氣息。

阿秀把頭埋進蕭謹言的懷裡，最後不由自主地抱住了他的腰，心裡默默唸著——

世子爺，待你凱旋而歸，阿秀就不是小姑娘了。

第六十九章

三年後。

正是二月裡的天氣，天才濛濛亮，恒王府凝香院裡的小丫鬟就忙了起來。青靄帶著幾個端臉盆、痰盂的小丫鬟進去，挽起碧紗櫥外的簾子，小聲喚道：「郡主、郡主該起床了。」

阿秀向來淺眠，況且做丫鬟時也經常早起，早已醒了過來，不過是躺在床上閉目養神，也好讓丫鬟們遲些起身。她做過丫鬟，自然知道其中的不易，所以很照顧身邊的丫鬟。

聽見青靄的聲音，待在房裡的紫煙便開口道：「妳小聲點，郡主還沒醒呢。」

兩個大丫鬟都壓低了聲音，阿秀知道她們已經預備得差不多，便開口道：「進來吧，我已經醒了。」

紫煙遂笑道：「郡主怎麼一早就醒了？這正是春睏的好時節，郡主該多睡一會兒的。」

話雖這麼說，人卻早已上前，挽了床簾，扶阿秀起來。

瞧自家郡主初醒的睡顏這般俏麗，紫煙嘴角的笑意越發濃厚起來。

這兩年，正是阿秀長身體的時間，去年年尾來了癸水，如今瞧著，身量已經比進府時整整高出了一個頭半，容貌長開後，阿秀和明側妃看起來更是相像了。

「今兒要去蘭家參加宴會，去遲了可不好。」

前年時有才考上進士，迎娶蘭嫣，在京城做了兩年庶起士，適逢去年年底散館，蘭老爺遂打發銀子，讓他領了安徽歙縣知縣的職位，過一陣子就要上任，所以在京裡設了個小宴會，請些相熟的人聚一聚，也算是餞行了。

阿秀和蘭嫣交好，見她當初誓死不從洪家，如今小日子過得這般紅火，也替她高興。這幾年，阿秀在京中過得也算滋潤。皇后娘娘見了阿秀，對她心疼得很，皇帝自知虧欠恒王許多，二話不說就封阿秀為玉秀郡主，恒王府的榮寵可謂一時無比。不過，周顯和阿秀都是不愛熱鬧的性子，且恒王府又沒有女主人，所以那些應酬交際，除了需要周顯親自到場的，其他內院、閨中的聚會，阿秀鮮少參加。

皇后娘娘仁慈，知道恒王府的難處，宮宴、聚會總請阿秀過去，如此阿秀和京裡經常入宮行走的各家閨秀之間，也算有些往來；但若說真正和阿秀走得近的，不過就是蘭嫣和蕭瑾璃罷了。

阿秀洗漱完畢，穿戴整齊後，便按著老規矩，去明側妃的紫薇苑請安。

明側妃見阿秀今日打扮得分外俏麗，笑著道：「我這身分，不便帶妳出門，如今妳事事都要自己應付，可還應付得來？」

明側妃在認下阿秀後，又陸陸續續找了一陣子，奈何仍是一無所獲，且阿秀的容貌和她越發相似起來，不禁讓她覺得，阿秀似乎就是她丟失的女兒，好幾次起了好奇心，恨不得拉阿秀滴血認親，但又怕結果令人失望，還是捺住了這份心思。不過兩人之間的關係，倒是比以前融洽不少，也熱絡多了。

「姨娘說什麼呢，這又不算什麼大事，況且今日去蘭家，也沒有別人，只是同蘭家大姑奶奶說說話而已。」

明側妃點點頭，伸手將阿秀髮髻上的鳳釵扶正，柔聲道：「早去早回。」

阿秀點頭應了，又問道：「今兒不是休沐嗎，怎麼沒瞧見哥哥？」平常這個時候，周顯早已到了，今兒卻沒見到人。

「妳哥哥一早就進宮去了，前幾日邊關不是又傳來捷報嗎？皇上猜這仗是打完了，所以命妳哥哥進宮，商討和談的事。」

明側妃一邊打量著阿秀、一邊道：「再過半年，妳就及笄了，有些事情該向皇上提一提了。」

阿秀聞言，臉頰頓時脹得通紅，低下頭咬了咬唇瓣，輕聲道：「姨娘，我還小呢！」

明側妃見阿秀如此羞赧，伸手拍拍她的手背，笑著道：「我看著已經不小了。去吧，早些回來，今日兵部必定有戰報送回，等妳哥哥回來，就能看見了。」

蕭謹言雖然人在邊關，但沒有忘記阿秀，每次都會藉著送戰報的時機，讓周顯帶信給她。阿秀雖然不能回信，但每每看見蕭謹言的信，心裡就會踏實許多。

有一陣子，約莫個把月沒收到蕭謹言的信，嚇得阿秀日日不得安眠，眼看著病了起來。

周顯趕去兵部問，才知原來是送信的小兵被韃靼的奸細暗害了，所以漏了一次奏報。得知蕭謹言無礙，阿秀的病就不藥而癒了。

見時辰差不多，明側妃又叮囑阿秀幾句，就讓她用膳，準備出門。

時有才中了進士之後，便一直住在蘭家。原本蘭嫣想單獨出去住的，但朱氏身子差，泓哥兒年紀又小，蘭嫣怕自己一走，方姨娘又爬到朱氏頭上，便讓時有才跟著住到家裡來。

時有才雖然是個書生，卻不迂腐，即便對那些笑話他倒插門的同僚，也不過就是笑笑。好在去年蘭嫣一舉得男，大公子堂堂正正地姓時，才堵了一些小人之口。

阿秀用完早膳，不緊不慢地上了馬車，蘭家離恒王府並不遠，坐車約莫半個時辰就到了。最近戰事近尾，再加上月中有三年一次的春闈科考，京城裡比往年更熱鬧。

阿秀挽著簾子，朝車外看了一眼，兩邊小販的叫賣聲讓她覺得親切，眼神稍稍一閃，忽然覺得似乎有個熟悉的身影從車旁經過。阿秀愣了片刻，待想起來，再往外瞧去時，卻早已不見對方的人影。

青靄見阿秀面色有異，也朝阿秀望去的方向看了一眼，轉身問道：「郡主在看什麼呢？」

阿秀心下一驚，蹙眉道：「沒、沒什麼。」嘆了口氣，擰起秀眉發呆。

她方才看見的人，正是親手把她賣了的林秀才。

阿秀心裡瞬間湧起複雜的情緒，如今她這個身分，是再也不能認林秀才做爹了。這幾年，她過得甚為舒心，眼看著蕭謹言就要班師回朝，從未想到會發生這種事情。

如今她貴為王府郡主，林秀才想見她，只怕也不容易；可紙包不住火，若林秀才有心找她，也不是找不到，只須問問當初買她的人牙子，便能尋得她的下落。

想到這裡，阿秀便惴惴不安了。

青靄見阿秀面色有些難看，又問道：「郡主是不是身上不好？要不要回府裡歇著？」

車子已經走到半路，這時候回家，越發顯得此地無銀三百兩，阿秀遂搖了搖頭。

「也沒什麼，許是昨晚沒睡好，這會兒有些頭暈罷了。」

青靄聞言，轉身囑咐車伕，把車趕得平穩些。

阿秀合眸養了一會兒神，心下已經有些想法，只是由她出面只怕不妥，回去後，少不得要找小郡王商量商量。

王府的郡主親自往廣濟路上的商賈家跑，只怕滿京城也找不出第二個來。雖說阿秀的馬車算不得豪華，但有王府的規制在，行在廣濟路上，還是很扎眼的。

蘭嫣早已在門口候著，雖然小腹微微凸起，但臉色紅潤，眉眼帶笑，一看就是日子過得極滋潤的模樣。

阿秀見蘭嫣親自迎出來，急忙道：「姊姊還懷著身孕呢，怎麼出來了？倘若累著了，可是我的不是。」

蘭嫣笑道：「幾步路的工夫，哪裡就能累著？大夫說了，多走動走動才好呢，我生詢哥兒的時候，就是動得太少了，可把我給累得……」

阿秀見蘭嫣精神好得很，行動靈活自如，便知道她說得不是假話，笑道：「總歸還是小心些地好，就算多走動是好事，但這天還冷呢，在門口站著，也是不好的。」

蘭嫣又是一笑，揭過這個話題。「聽說世子爺他們快回來了，也不知道是不是真的。我相公說，最近皇上給翰林院出了道題目，讓他們每人寫一篇歌頌大雍軍驍勇善戰的文章；幸好他已經領了職，要外放了，不然只怕不能不寫。妳也知道，他那文章向來是針砭時弊的，要歌功頌德，怕是寫不出來。」

阿秀聞言，心下喜了幾分，皇帝都高興成這樣，想必邊關的狀況定然是萬無一失。她一面高興、一面卻想起方才看見的人，心裡又擔憂起來。

蘭嫣領了阿秀進正院，朱氏也在裡面，蘭家在京城的親友不多，所以並沒有多少客人，大廳裡只坐著蘭姨娘而已。蘭姨娘仍如以前阿秀初入許國公府時那樣嬌美，時間彷彿在她的臉上靜止了；倒是朱氏的鬢邊多了幾縷白髮，瞧著有些憔悴。

朱氏和蘭姨娘看見阿秀進來，起身相迎。阿秀瞧朱氏神色中透出幾分倦意，忙上前道：「太太快坐下吧，一家人有什麼好客氣的。」

一番寒暄後，眾人坐下，阿秀便問起五姑娘。許國公去邊關那年，蘭姨娘正懷著孩子，年底生了一個閨女，許國公寫家信回來，賜名瑾瑤，正是許國公府的五姑娘。

「五姑娘也好。昨兒老太太收到國公爺的信，聽說過不了多久，國公爺就要回來了。」

蘭姨娘笑得溫婉，抬眸看了阿秀一眼。其實大雍戰勝的消息，去年年底就已經傳回京城，但因和談未果，所以一直沒班師回朝，生怕韃子狡猾，出爾反爾。

「我也聽哥哥說了，說是這一、兩個月有消息，只怕快了。」阿秀也隨口說了一句。

蘭姨娘臉上的笑容更盛，又道：「我聽老太太的意思，似乎等國公爺回朝之後，就要讓二姑娘和趙小將軍完婚。」

「太太同意了嗎？」阿秀忍不住問了一句。她知道孔氏對趙小將軍一直有些不滿，可是許國公不在府裡，她又沒辦法決定蕭瑾璃的婚事，眼看蕭瑾璃已經十七，尚未出閣，心裡只怕也著急了吧。

「太太原先是不答應的，不過兩個月前世子爺給太太寫信，說國公爺在戰場上受了傷，是趙小將軍搭救的，信裡又提及二姑娘的婚事，太太這才勉強答應，如今已經開始預備二姑娘的嫁妝了。」

阿秀聽蘭姨娘這樣說，知是八九不離十，略略寬心。

蘭姨娘瞧著阿秀，上下打量一番，心裡兀自想著，如今阿秀也快到及笄之年，蕭謹言等得不就是這一日嗎？待他回來，阿秀進門的日子也近了。

蘭嫣是個嬌俏的美人，婚後打扮一改，便多出了幾分成熟風韻，如今又懷著第二胎，身子微微發福，聽蘭姨娘說起蕭瑾璃的婚事，便開口問阿秀。「妳別光顧著關心別人，自己的嫁妝又備好多少了？眼看著世子爺要凱旋歸來，總不能真等許國公府上門求親，才開始預備嫁妝吧？」

阿秀聞言，臉頰頓時紅起來，其實明側妃私下裡已經開始為她準備嫁妝了。如今周顯很得皇上器重，恒王府比從前興旺不少，皇后娘娘也曾提及阿秀年歲漸長，到了婚配的年紀。不過阿秀是個聰明人，且上頭還有個沒娶王妃的哥哥在，自然是輪不到她。

所以，每次皇后娘娘提及此事，阿秀便道：「皇后娘娘若真的疼阿秀，請先給阿秀找個好嫂子來，有嫂子在，阿秀才捨得出閣呢。」

帝后也很為周顯的婚事傷腦筋，每次一聽他們提起這事，周顯便裝傻充愣，皇上也拿他沒辦法，只好把這件事交給皇后娘娘；偏偏皇后娘娘又縱容周顯，既然他沒有心上人，遂又耽誤了兩年。

其實阿秀冷眼瞧著，周顯心裡未必沒有人呢。

那年，趙小將軍在邊關受傷，趙暖玉出京照料時，特意去了恒王府一趟。那日下著大雪，周顯一路把她送到城門口，回來後染了風寒，但讓她代筆給蕭謹言寫信時，卻隻字不提這件事。

不過蕭謹言何等聰明，看筆跡也能知道一二，若周顯沒有病倒，如何會讓阿秀代筆？

可惜趙暖玉去邊關後，便沒了消息，有時阿秀還在想，到底是趙暖玉太傻，還是小郡王藏得太深？

眾人見阿秀低著頭，一直未出聲，當她是怕羞了，蘭嫣便笑著道：「妳可別見外，如今只有妳仍待字閨中，我自然為妳著急。」

阿秀知道蘭嫣的好意，笑著道：「姊姊放心吧，王府的事情有姨娘和哥哥做主，我何必操這個閒心。」

蘭嫣又笑起來。「也不知道妳是哪裡來的福氣，竟有這樣好的造化，在外頭流落這麼多年後，還能認祖歸宗。」

蘭嫣等人自然不知道阿秀認親裡的貓膩，只當阿秀是真正的金枝玉葉，才會說出這番話來。但這對阿秀來說，卻是個禁忌，更何況，就在今兒早上，她還瞧見了林秀才。

阿秀忍不住打了個冷顫，心裡又害怕起來。當年，林秀才把她賣給趙麻子，趙麻子再把她賣到蘭家，要是林秀才向趙麻子打探，她的行蹤就露餡了。

她越想越不安，用過午飯，就推說身子不爽快，先回恒王府了。

蘭嫣見阿秀走得急切，只當是剛才提及婚事，讓她不自在了，便問蘭姨娘。「姑母，府上的老太太和太太到底怎麼打算世子爺的婚事？難道真的沒提過？」

蘭姨娘想了想，道：「私下裡應該是提過的，只是沒在明面上說。世子爺去邊關之前，太太還推了她娘家姪女的婚事，後來孔姑娘嫁給廣安侯的世子，只是身子一直不好，才過門半年，就去世了。」

這件事之後，孔、蕭兩家就疏遠了，孔家因閨女在洪家去世，對洪家人也心有怨言，原本訂下欣悅郡主和孔文的婚事，也作罷了。如今欣悅郡主已經十八歲，還尚未出閣。

蘭嫣和時有才成親後，對京城這些達官貴人的事也有所了解，聽蘭姨娘這麼說，便笑著道：「欣悅郡主也沈得住氣，真當自己是金枝玉葉不愁嫁呢，如今京城貴冑中年歲相當的男子可是不多了，能配得上她的，少不得已經在朝中嶄露頭角，這樣的人有幾個是沒娶妻的呢？」

原本蘭姨娘對這些事情並不在意，可如今一想，的確正如蘭嫣所言。

第七十章

阿秀回恒王府時，周顯還未從宮裡出來，她就先去紫薇苑見明側妃。

明側妃心細如髮，見阿秀今日回來得格外早，便知她心裡藏著事情，遂問道：「今兒怎麼回來得這般早，沒和蘭家大姑奶奶多聊一會兒嗎？」

阿秀回答。「大姑奶奶有了身孕，用過膳後要歇午覺。我見沒什麼事，就先回來了。」

阿秀這藉口雖不算拙劣，但明側妃如何不知，蘭家的人很看重阿秀，哪有她還在，卻跑去歇午覺的道理。

明側妃見阿秀不肯據實以告，也不多問了，只笑著道：「聽妳這麼說，我也該歇歇了。妳哥哥怕是還要一會兒才回來，妳先去休息吧。」

從紫薇苑出來，阿秀就進了凝香院，命小丫鬟在門口等周顯。

她心亂如麻，想著坐下來做針線活，興許能靜一靜，誰知手指上卻被戳了好幾個洞，越發煩躁起來。

好不容易熬到小丫鬟進房稟報，說小郡王回來了，阿秀急忙迎出門，卻見幾個下人架著周顯往清風院去。原來宮裡的宴會結束後，周顯出宮時被廣安侯世子叫住，兩人又去飄香樓喝了一杯，周顯不勝酒力，就喝成這樣了。

阿秀見了，一邊遣丫鬟去廚房煮解酒藥來、一邊命人去紫薇苑傳話，只說小郡王回府了，多喝了幾杯酒，並無大礙，請明側妃不用擔心。

眾人扶著周顯進去，讓他先躺在東次間臨窗的大炕下，阿秀擰了濕帕子，幫他擦拭臉頰。

睡夢中，周顯感覺有人替他擦臉，一時迷糊，伸手握住阿秀的手腕，柔軟的指腹緊了緊，悠悠睜開眼眸。

阿秀白玉一樣的臉頰倒映在周顯的瞳仁中，他的神智有些昏沈，開口道：「阿秀……」

阿秀並不是十一、二歲的孩子，以她如今的心智，如何看不出周顯眼眸中那一絲眷戀，早已超出了兄妹之誼。

阿秀試著掙脫周顯的掌握，但酒後之人的力氣不是一般地大，她扭著手腕甩了幾下，還是沒能掙開。

這時，周顯的眸子合上了，手中的力道卻沒有鬆開，聲音帶著幾分沙啞道：「他就要回來了，我也要把妳還給他了……妳我能做兄妹，已是蒼天見憐，我此生無憾……」

幸好此時房中並無他人，阿秀見周顯醉話連篇，一時無計可施，只得推著他的身子道：「小郡王、兄長……哥哥，你快醒醒！」

周顯睜開眼睛，朝阿秀勾唇一笑。「我……並沒有睡著，能和妳獨處的工夫，哪怕是一時一刻，我也不願睡著。」說完這句話，卻是不勝酒力，再次合上了眸子。

阿秀咬著唇瓣，終於掙開他的手腕，拿帕子替他再擦了把臉，轉身要出門時，卻瞧見明側妃帶著方嬤嬤站在簾外。

阿秀的臉色陡然變了，站在明側妃身旁的方嬤嬤也愣怔地看著她，倒是明側妃神情自若，除了臉上比平常更冷幾分，沒看出其他的情緒。

明側妃見到阿秀，垂下眼眸，轉身道：「這邊有丫鬟們服侍就好。阿秀，妳跟我過來。」

阿秀擰著帕子跟在明側妃身後，又有方嬤嬤在旁，實在不好開口，只得低著頭，跟明側妃走。

明側妃過來時並沒有多帶丫鬟，此時兩人一前一後在王府的過道上走著，更顯得有幾分奇怪。

明側妃並沒有把阿秀帶到紫薇苑，而是就近在凝香院停下。

院裡的小丫鬟見明側妃過來，上前侍奉茶水。阿秀使個眼色，眾人便退到門外候著了。

阿秀接過茶盞，親自拉裙跪下，雙手將茶盞遞到明側妃面前，怔怔看著她。明明是再冷淡不過的神色，但這些年看慣了，阿秀也覺得分外親切。

「姨娘，請喝茶。」阿秀輕聲開口，清脆悅耳的聲音在明側妃耳邊迴盪。

明側妃抬起眼，目光停留在這個酷似自己的女孩身上。三年的朝夕相處，她早已忘了阿秀不是她的親生女兒，可今日的事情若傳出去，對恒王府來說，是滅頂之災。

明側妃閉上眼睛，沒去接阿秀手中的茶盞，過了良久，才悠悠開口。「阿秀，妳是皇上親封的玉秀郡主、是小郡王的嫡親妹妹、是我的親生女兒，這個身分，不是隨便一句話就能得來的。妳的名字早已上了皇家玉牒，妳知道嗎？」

阿秀舉了茶盞半晌，手臂已微微發疼，可這些話卻如雷貫耳般刺入她的耳中，想起今日看見的那個人，她眼裡的鋒芒又變得尖銳起來。

「阿秀知道，阿秀會努力守住這個秘密，絕不會連累王府。」

明側妃看著阿秀，對著這樣一張臉，她著實捨不得厲聲斥責，只開口道：「妳知道就好。今日的事情，我只當沒發生過，方嬤嬤是我的奶娘，她那邊，我自然會打點好。以後妳和小郡王不要私下見面了，你們並無兄妹之實，他如今也大了，萬一踰矩，誰也說不清。」

阿秀臉上透出灰敗的神色，今日周顯的反應，也超出了她的想像。她是真心把周顯當成自己兄長一樣敬愛，從沒有別的想法，可她如何知道，周顯對她居然有了那樣的心思。

明側妃見阿秀不說話，又道：「前陣子皇后娘娘召我入宮，談及小郡王大婚的事，我和皇后娘娘私下裡選好了人，只等他們一家凱旋歸京後，就要賜婚，在這個節骨眼上，我並不想節外生枝。妳也知道小郡王性格倔強，不是聽任擺布之人，只是這件事，卻由不得他違逆了。」

阿秀聽明側妃說到這裡，猜出了所謂的人選是誰。如今不在京城的，只有趙將軍一家，既然是凱旋後就要賜婚，那定是趙暖玉無疑了。

阿秀略抬起頭，看著明側妃，她的目光清澈，讓人敬畏。

「阿秀知道了，阿秀一定會守口如瓶。」

明側妃聽阿秀這麼說，鬆了口氣，見她雙手還捧著茶盞，遂伸手接了，稍稍抿了一口，便擱在一旁的茶几上，隨即站起身。

「這些話，我只說到這裡。如今你們都大了，妳也快到及笄之年，能在一起的時日也少了，希望你們恪守禮教，不要做出讓恒王府蒙羞之事。」

阿秀目送明側妃離去，才緩緩從地上站起來。青石地板透著一股寒涼，她揉了揉膝蓋，有些無奈地嘆口氣。

如果蕭謹言在，那就好了，他永遠都會為她排憂解難。

周顯清醒時，已是第二天一早，聽說昨兒喝多了酒，唯恐自己失禮，一早就找明側妃請罪去了。

平常這個時候，阿秀也該到了，但今兒卻沒瞧見她的蹤影。片刻後，凝香院裡的小丫鬟來稟報，說阿秀昨兒出門受了些風，這會兒還沒起身，要晚些過來。明側妃點頭允了，命丫鬟回去好好服侍。

周顯聽了，道：「還是請個太醫來瞧瞧吧，雖然最近天暖了，早晚卻還是涼得很。」

「她沒事，昨兒我瞧過她了；倒是你，雖然年輕，也不能不顧自己的身子，喝成那副模樣，也不成體統，以後再不能這樣。」明側妃向來疼愛周顯，話語中雖然有幾分責怪，卻仍充滿了關愛之情。

周顯忙行禮請罪，謙和笑道：「姨娘說得是，昨兒是我貪杯，以後定不會這樣了。」

周顯很重禮節，且兩人年歲漸長，雖然暫且當了親兄妹，但彼此之間也懂避嫌，不輕易去凝香院。今日聽聞阿秀病了，周顯才忍不住多問幾句。阿秀從小過得艱辛，所以身子骨兒挺好，除了換季時偶染風寒，來王府這幾年，沒病過幾次，所以周顯心裡有些疑惑。

這會兒，阿秀早已打扮整齊，只是為了避開周顯，所以故意先請丫鬟去明側妃那邊打招呼。

她正支著額頭，在房中百無聊賴地等著周顯去應卯，誰知外頭小丫鬟來稟，說周顯過來了。

阿秀無奈，只好從頭上取下兩根朱釵放在一旁，裝出正在梳妝的樣子，去外間迎周顯進來。

周顯才進門，就瞧見阿秀白皙的臉頰有些黯淡，那雙靈動的眸子更是紅了一圈，一看就是晚上沒休息好的模樣。這樣的阿秀可不常見，周顯頓時起了幾分疑心。

丫鬟奉上茶，周顯親自遣了眾人離去，阿秀坐在周顯對面的梨花木靠背椅上，低著頭不說話。

「聽說妳病了，所以過來瞧一瞧。」

因昨晚沒睡好，阿秀早上醒來，發覺嗓子也啞了三分，這會兒開口還帶著些鼻音。

「昨天出門染上風寒，吃兩劑藥就好了，兄長不必掛懷。」

周顯垂下眉，一時也不知道說什麼好，良久才道：「他就要回來了，這時妳更要保重身子才好，不然……只怕他要苛責我了。」

阿秀幽幽嘆了口氣，想起昨日之事，咬了咬唇瓣，道：「兄長，我昨日出府時，瞧見我的生父，他來京城了。」

周顯聞言，不由一怔。當日蕭謹言也曾派人找過林秀才，奈何他在京城交往的人甚少，沒幾個人知道他的底細，只知道他是南方人氏，究竟祖籍何處，已不可考。

「阿秀，妳別害怕，他不過是個秀才，若知道妳如今的身分，只怕也不敢亂說。這幾日我派人好好打探打探，看看怎麼樣能堵住他的嘴。」

秀才賣女，本就為人所不齒，若林秀才是個愛財之人，少不得給他一些銀子，讓他回原籍去，也就罷了。

阿秀咬了咬嘴唇，心裡還是難安，開口道：「兄長，萬一有人要對王府不利，咬住這件事不放，說你混淆皇室血脈，那就說是阿秀自己冒認，兄長並不知情，這樣就不會連累到兄長了。」

周顯見阿秀這副模樣，越發心疼，擰眉道：「妳不要亂想，好生在家裡養著，這些事情自有我們處置。有我在，定不讓妳受半點委屈。」

阿秀感激地看了周顯一眼，稍稍鬆口氣，又抬起頭對他道：「林秀才畢竟是我的生父，兄長看在我的面子上，放他一條生路吧……」

其實這次林秀才進京，當真沒抱半點認親的打算。當年他賣了阿秀回原籍，為的就是湊些銀子，回鄉參加鄉試。

林秀才名叫林文耀，當年撿到阿秀時，原本想進京投親的，孰料在路上遇上一名女子，兩人一路相互扶持，雖沒有經過父母之命，媒妁之言，卻生下了一對雙胞胎兒女。到了京城後，原先的親友不知何處，林文耀又屢試不中，女子嫌他沒用，就撇下一雙兒女，跟別人跑了。林文耀無力撫養三個兒女，這才想要回鄉，至少家裡還有幾畝薄田、兩間祖屋。

誰知林文耀回了老家後，竟一下改了運道，當地地主請西席，他應上了，收了個七、八歲的學生，那孩子天賦極高，不過兩年就中了童生。林文耀發覺自己能教出這樣的學生，便又起了考科舉的念頭。地主贊助了他二十兩，讓他上省城參加鄉試，一考便中了。

地主家裡有個寡居的姑奶奶，看上林文耀，見他出息了，也不嫌棄他還有一雙兒女，讓兄長前去說親。林文耀中了舉人，本還想往上考，奈何囊中羞澀，湊不出進京的銀子，聽了地主一席話後，想著那寡婦頗有姿色，遂應下來，不管此次進京中與不中，回去都娶她當續弦。如此一來，進京的銀子便有了，又有人幫忙照顧兒女，林文耀沒了後顧之憂，只全心備考。

林文耀養育阿秀十年，自然是有感情的，可也知道如今自己的身分不能和她相認，幾次到了趙麻子家門口，仍是沒敢進去，也不敢回之前住過的房子，只得在廣濟路上租朱氏的房子住下。聽說這房子曾出過幾個進士，最近一位還娶了房東家的女兒，如今任了歙縣知縣。林文耀住進來，也想蹭一些喜氣。

邢嬤嬤領著林文耀進房，笑著介紹。「林老爺，這就是當年我家姑爺住的地方。我家姑爺十八歲進京，考了兩屆就中進士，是這院子裡考得最好的人了，如今你住在這間房，說不定一考就中了呢！」

林文耀少年失意，對一舉高中已經不抱希望，這次之所以一心想來京城，主要是為了圓自己的心願。多年寒窗苦讀，終於又能進京，更何況他這趟來，是要考進士的。

謝過邢嬤嬤的招待，林文耀將行李安放妥當，看天色快暗了，便去外面的飯館吃飯。

這陣子，飯館裡茶餘飯後聊的都是和韃子打仗的事。大雍和韃靼對峙已久，幾百年來，大大小小的仗不知打了多少。大雍先祖曾被韃子打得避居江南一隅，這是他們最丟人的事情，所幸太宗皇帝爭氣，帶著人打回來，可惜他命短，仗還沒打完，自己就先嚥氣了。

這一仗打了三年，比起之前動不動就打上十幾年的，已經算短了。幾名男子喝多了酒，就開始吹噓起戰場上的見聞，說得最多的乃是許國公世子的事蹟，人稱玉面將軍，聽聞韃靼的將軍見到他，連大刀都不會砍了，正是因這位小將軍丰神俊美，容貌舉世無雙。

坊間總有這些誇大其詞之人，林文耀只付諸一笑。京城的風景就是如此，熱鬧得讓人不忍心離開，儘管窮困潦倒得快活不下去，但總會給人一種奢望，只要堅持下去，繁華中就會有自己的影子。

阿秀在家中待了兩日，明側妃對她的態度，雖然外人瞧著和往日一樣，但阿秀心裡清楚，其中的生分，只怕一時難以彌補了。

周顯整日早出晚歸，和阿秀沒有半點見面的機會，唯一能瞧上阿秀一眼的時候，不過就是一家人用晚膳時。但往日氣氛融洽，此時看起來卻有些沈悶了。

周顯用過小半碗米飯，見明側妃和阿秀均不開口，自覺很是無趣。恒王府雖然也有飯不語的規矩，但平日裡阿秀總會趁這個時候，問些外面的事情。女人困在家裡，難免對外頭的世界好奇，因此周顯也樂得跟她們說道一番。

「今兒兵部的文書下來了，說下個月初一大雍軍會和韃靼的使臣團一起回京，大小條件都談好了。這次韃靼的使臣團前來，主要是為了跟大雍和親，聽說韃靼的四公主是個不可多得的美人，仰慕大雍人文風俗，一心想嫁到大雍，不知道誰家的少爺有這樣的運氣。」

其實周顯幾日前就知道這個消息了，當時朝臣風傳，說帝后選定之人就是他，鬧得他一直心神不寧，端午那日還喝醉了。

今兒午後，皇后娘娘傳周顯進宮，和他商議這事，最後定的人選是廣安侯世子洪欣宇。皇帝的子姪輩，除了周顯之外，要麼年紀太小、要麼早已有了正妻，不符合迎娶公主的資格。若選大臣之子，又少了皇室的威嚴，畢竟和親是大雍皇室的事情。所以，挑來挑去，明慧長公主之子洪欣宇便成了最好的人選。

至於為什麼不挑周顯，原因很簡單，一則皇帝看重周顯，將來周顯必得重用，若是娶了個韃靼王妃，總讓人有種不寒而慄的感覺；二來周顯父母雙亡，說起來並不是帶福相之人，正好趁著這一點推託。

周顯聽了皇后娘娘的話，頓時鬆口氣，連日來陰鬱的心情好了不少，比往日更早些到家，誰知家中這兩位卻是冷冷的樣子。周顯本就是聰明人，見狀不由疑心了起來。

阿秀聽了周顯的話，心下一驚，開口道：「四公主必定要配皇子的，如今二皇子、三皇子都有了王妃，五皇子、七皇子尚且年幼，兄長難道不怕皇上和娘娘想到你嗎？」

明側妃倒是沒露出絲毫驚訝，周顯的婚事，她早和皇后娘娘商議妥當，皇后娘娘一言九鼎，自然不會在這個時候改變；再看周顯的神情，分明是一派輕鬆，若真讓他去迎娶公主，只怕早已愁眉不展了。

明側妃想通了這一點，忽然對周顯前幾日滿臉鬱色的樣子恍然大悟，眼中透出一絲笑意。

「既然和親之人不是你，又何必賣關子呢？到底定了誰，說出來讓我們聽聽。」

周顯見飯桌上的氣氛又放鬆起來，便笑著道：「是廣安侯府的世子爺。」

明側妃一聽，嘴角勾起笑容，皇帝對韃子還是記恨得很，好好的公主，居然讓她做世子爺的續弦，也不知道韃子曉得了會不會答應。

「洪世子是不錯，不過已經有過元配，韃靼公主可會答應？」

「皇上說了，離鄉背井送出來和親的，哪會是受寵的公主，我們只要以禮相待，又有什麼好挑剔的？況且提出和親的是他們，又不是大雍。」從周顯這話的語氣可以聽出來，此次大雍定是大勝，不然如何這麼有底氣。

明側妃素來對朝廷之事沒什麼興趣，便笑著道：「既然是朝臣們的主意，這樣自然是最好的。只是，他們的事情都有著落了，那你呢？」

周顯一愣，不知明側妃是何意，正欲開口問，卻聽明側妃繼續道：「等趙將軍一家回京後，你和趙姑娘也早些完婚吧，我會請皇后娘娘賜婚，你不得抗旨。」

第七十一章

下午，阿秀收到了蕭瑾璃送來的拜帖，約她明兒晌午到許國公府一聚。

自從那次阿秀幫蕭瑾璃保住那對梅瓶後，兩人的關係一直很好。蕭瑾璃知道阿秀沒什麼閨中姊妹，便時常請阿秀過去坐坐，介紹朋友給阿秀，如今兩人是關係極好的密友。

因周顯的事，阿秀實在沒心情過去，本想打發人辭了，但轉念一想，若她在家，明側妃對她終究是不放心，倒不如出門得好，省得她擔憂。

第二日一早，阿秀備上薄禮，向明側妃請安後，去了許國公府。

許國公府早得了國公爺要班師回朝的消息，府裡一片喜氣。蕭瑾璃用過早膳，和孔氏一起去給趙氏請安，田氏和她的雙胞胎女兒也在席上。

如今蕭瑾璃已將十八歲了，放眼望去，整個京城這個年紀還沒出嫁的姑娘，一隻手就數得過來。孔氏很是著急，後來見許國公寫了家信回來，訂下蕭瑾璃和趙暖陽的婚事，也不好再干預，只能天天燒香拜佛，祈求這場仗早日打完，她的一雙兒女能早日成婚。

這幾年，趙氏被田氏服侍得舒舒坦坦，雖然她越發覺得孔氏在她跟前不過只是應景，但孔氏畢竟掌管了許國公府十幾年，趙氏也不想再跟她有爭執；況且如今阿秀是正兒八經的王府郡主，孔氏有這樣的準兒媳，自己也覺得很長臉面，說起話來，精神都好得很。

田氏見孔氏和蕭瑾璃過來，便笑著道：「太太今兒又遲了，大抵是國公爺要回府，家裡上上下下忙不過來吧？」

田氏就是這種脾性，笑面虎一隻，瞧著滿臉堆笑，實則句句誅心，分明就是她早到了，偏說是孔氏來遲，孔氏若是笨一些，只怕還聽不出這話語中的離間之意呢。

蕭瑾璃卻是比母親還吃不了虧的性子，如今又是議定了婆家的人，橫豎在府裡也待不久，更沒必要給田氏好臉色瞧，便笑著道：「也不知道二嬸娘是幾更天就來的，如今老太太年紀大了，更要多休息才好，二嬸娘不會為了全自己的孝道，每日一早就把老太太吵醒吧？最近還是犯春睏的日子，若是能在床上睡個回籠覺，是最好不過的。」

田氏一聽，臉綠了一半，她可沒蕭瑾璃說得那樣傻，都是打探好趙氏起床的時辰，才過來侍奉。

趙氏早已聽出了這些話裡的機鋒，只笑著道：「璃姐兒說得是，不過我年紀大了，到了早上就睡不著，你們年輕人原該多睡一會兒，只要記得別睡過頭，誤了用膳的時辰就好。」

蕭瑾璃聽趙氏的話說得不偏不倚，沒有偏幫誰，就想揭過去了，誰知旁邊的雙胞胎卻開口道：「二姊姊想睡回籠覺，還要帶上我們，我們可不喜歡睡回籠覺，一日之計在於晨，這些道理，我們還是懂的。」

蕭瑾璃聞言，頓時氣得險些脹紅臉頰，真是低估這對雙胞胎了。說也奇怪，幾年前二老爺外放上任，送她們離開時，明明還是那般活潑可愛、天真無邪，不知那幾年她們在田氏跟前怎麼學的，竟學了這些小家子氣的做派。

方才蕭瑾璃幫孔氏，這會兒孔氏自然不能坐視不理，遂笑道：「珊姐兒和珍姐兒真是懂事，還知道一日之計在於晨。難怪如今的管事媳婦們越發勤快起來，一早就在海棠院門口等著，我雖急著要來給老太太請安，卻也不敢把她們晾在外頭，少不得先讓她們回了話，又命廚房的人安排早膳，送到議事廳裡給她們吃。國公爺就要班師回朝，好多事情要偏勞她們，我更是不敢怠慢。」

趙氏一聽，便明白了，她本來就不覺得孔氏來遲，也知道這幾日事情頗多，孔氏確實忙得厲害。

「這些事情，當真是辛苦妳了。對了，皇上新賞下的兩個莊子，裡頭的人可安置好了？還有皇上賞給言哥兒的宅子，妳派人看過沒有？有沒有讓工匠去瞧，要不要重新整修？」

戰勝的消息才傳入京城，皇帝的封賞已經下來，這些只不過是隨常賞賜，其他的要等他們班師回朝之後，才另行封賞。

「那兩個莊子原是景國公府的，後來景國公犯了事，便收歸朝廷，裡頭除了管事是朝廷新派的人，其他都是景國公府的家生奴才。前兩日，我已經安排王嬤嬤去莊子，和她男人一起清點人口，都入了籍。」王嬤嬤的男人是王府外院的管事，專門管理田莊。

趙氏聽了，點頭說好，這時小丫鬟進來回話，說恒王府的玉秀郡主來了。趙氏忙喊丫鬟把阿秀請進來，又道：「難為這孩子，一早就來了。」

蕭瑾璃便笑道：「是我請她來的。昨兒收到大哥從邊關寄過來的東西，裡頭有給阿秀的，所以就請她過來了。」

蕭瑾璃早已把阿秀當成自家嫂嫂，說起話來也不避嫌，因此被雙胞胎所不齒。

孔氏也笑著道：「不是什麼好東西，一會兒正要分派，好送到各房各院呢。」

說話間，阿秀進來了，向眾人請安。

蕭瑾璃瞧了她一眼，開口道：「我不過才小半個月沒見妳，妳怎麼就瘦了一圈？」

這幾日，阿秀雖然消瘦，到底精神還好，遂低下頭，靦覥一笑。「有勞妳掛念。前幾日染上風寒，在家裡靜養幾天，吃得清淡點罷了，如今已經好了。」

蕭瑾璃笑道：「妳得快些好才是，我哥就要回來了，若瞧見妳這般模樣，可不是要心疼了。」

阿秀聞言，羞得紅了半邊臉，孔氏便道：「妳們倆有什麼話，私底下去說，在這裡也不嫌臊得慌？」

蕭瑾璃聽了，便笑著回過趙氏，帶阿秀離開了。

田氏從榮安堂出來，瞧見平日跟著二老爺的小廝等在二門口。因今日休沐，她以為二老爺出門會客去了，便問道：「今兒老爺沒出門嗎？」

小廝回道：「老爺說春試在即，這幾日賓客眾多，他接了好多帖子，都是今日要來訪的，所以就不出去了。」

二老爺在淮南洪災中逃過一劫後，皇帝嘉獎他治水有功，且性格耿介，故擢升兩級，當了吏部侍郎，兼管大雍水務，自是忙得不可開交。

林文耀在朱氏的房子裡住下後，家鄉的地主幫他寫了封信，介紹的熟人正是蘭老爺。蘭老爺和林文耀一見如故，又得知兩人祖籍皆在徽州，更是相見恨晚。

林文耀得知蘭家有個姑奶奶在許國公府做姨娘，一開始並未想通其中關節，還是蘭老爺在生意場上摸爬滾打多年，更懂得搭建人脈，且他這兩年的生意，國公府二老爺沒少參與，遂提筆寫信，把林文耀引薦給他。

這日適逢休沐，林文耀便帶著自己的文章和拜帖，來許國公府見二老爺。

蕭二老爺素來耿直，雖然蕭家得聖恩榮寵，但他自詡是正統科舉出身，所以對飽學之士很是厚待。看過林文耀的文章後，大加讚賞，命下人備了酒菜，決定在外院痛飲一杯，繼續討論。

林文耀考場失意，三十七、八歲才被人看重，更是感激不盡，自然不好推拒，遂痛快答應，兩人在院外會客的偏廳裡喝起來。

「林兄的文章審題沈穩、立意新奇、文風幹練，不是我說，就算不能位列三甲，中個二甲進士，應該不難。」

蕭二老爺是科舉出身，如今又供職吏部，對皇帝的喜好很是熟悉，有他這句話，林文耀越發覺得，此次京城之行似乎有些眉目了。

「蕭大人謬讚了，晚生不過是個屢試不第的而已，不然，為何中了秀才十幾年，才考上舉人，肯定是文章不如人。」林文耀雖然心中欣喜，卻不敢表現出來，只自謙道。

「科舉取士，雖然是憑真才實學，但依我看，能從各地趕來京城的舉子，哪個不是才高八斗？至於能不能高中，除了文章之外，也要有運道，說不定林兄的運道就到了呢，凡事不能太過自謙。」

「雖說如此，到底有運道的人還是極少，不然也不用寒窗苦讀幾十年了。」林文耀飲下一杯酒，仍是有些憂心。

蕭二老爺便笑著道：「說起運道，我們府裡倒是有個好運的丫鬟，原先是預備給世子當通房的，誰知竟是滄海遺珠，乃恒王爺昔年在南邊打仗時丟失的閨女，如今可說是享盡榮寵。我那姪兒本就長得俊逸，為了她不惜棄文從武，去邊關歷練好些年，就是要等她長大。」

蕭二老爺和蕭謹言的關係極好，他回京時，蕭謹言已離開了京城，但從趙氏的話語中，也聽出些許端倪。且這兩年阿秀回許國公府時，曾和蕭二老爺有幾面之緣，蕭二老爺瞧了阿秀的模樣，便猜到蕭謹言不待在京城，要躲去邊關的原因，只怕立軍功是假，等著媳婦長大是真。

當年阿秀被恒王府認回，後來皇帝冊封為郡主，在京城算是不小的事，雖然林文耀不知道內情，但也聽人提過，如今聽蕭二老爺說起來，便感嘆道：「這麼說來，這姑娘算是麻雀變鳳凰了。」

蕭二老爺忙道：「欸，話不能這麼說，她原本就是鳳凰，只不過誤入麻雀堆而已。」

林文耀急忙賠禮，兩人又閒聊幾句，酒足飯飽後，林文耀才離開了許國公府。

阿秀在蕭瑾璃房裡小坐片刻，見蕭瑾璃拿了一匣子飾物出來，都是邊關攤子上的小東西，有瑪瑙鐲子、翡翠玉珮等。如今戰事已停，市集重開，蕭謹言閒來無事就去逛逛，買些小玩意兒寄回來。

阿秀挑了一只赤紅的瑪瑙纏絲手鐲，拿在手裡看了片刻，道：「這些都是給我的嗎？那我就隨便挑了。」

蕭瑾璃笑著道：「這匣全是妳的。妳不知道，我哥命人送回來時，匣上還貼著封條，生怕我搶了妳的一樣。何苦呢，我又沒什麼缺的，倒讓我覺得我們生分了。」

阿秀便笑著道：「妳若喜歡，不管哪樣，拿去好了，我不告訴他。」

蕭瑾璃擺了擺手。「我的手腕比妳粗，就算看上了也戴不進去，反正，我哥就是偏著妳罷了。」

她雖然這麼說，臉上卻沒有半點動氣的表情，只將那瑪瑙鐲子套上阿秀的手腕，讚嘆道：「這赤紅的顏色襯著妳雪白的皮膚，可真好看呢！」

阿秀也覺得好看，抿嘴笑了笑，又問蕭瑾璃。「妳知道韃子要同我們和親的事嗎？」

不知為何，阿秀總覺得這事情似乎沒周顯說得那麼簡單，雖然打了勝仗，但和親卻是韃子提出來的，以前都是大雍打不過，往韃靼送女人，如今換過來，總覺得有些怪怪的。

「昨兒我也聽老太太說起這事，二叔告訴她，聽說皇上選了洪欣宇那小子當韃靼駙馬。也不知道他是什麼命，剋死了孔表姊，現在居然還能娶個韃靼公主。

「但皇上實在太不厚道了，韃子好歹送個閨女過來，就算不高興，也不能讓人家當續弦啊！」

蕭瑾璃是個直言不諱的閨中豪傑，私下說話沒個輕重，阿秀早就領教過了。

「聽說是未婚的皇子還小，韃靼的公主又不能做側妃，所以才……」

「再不濟，小郡王還單身呢，做個郡王妃，也比給洪欣宇當續弦強，我就不信韃子能同意。」

前幾日，阿秀聽明側妃說，周顯的婚事已經定下，她細細想了想，對象大概就是趙暖玉了，可是沒過明路，不能瞎說，遂悄悄湊到蕭瑾璃耳邊，把這事告訴她。

蕭瑾璃聞言，笑了起來，想到自己馬上要成為趙暖陽的妻子，高興道：「這麼說來，以後我們兩家就成親戚了！」

阿秀見她這副樣子，笑著道：「橫豎就是這一、兩個月的事，等妳哥他們回京，便要定下來了。」

蕭瑾璃期待起來，站起身，在房中踱來踱去。

「聽說我哥黑了，也瘦了。三年不見，妳長高了一個半頭，也不知道我哥如今是個什麼樣子。」

阿秀回想蕭謹言走時的模樣，還是個翩翩濁世佳公子，此番出征，雖說他沒做前鋒將領，但畢竟是真刀真槍地上戰場，就算沒有大傷，但皮肉之傷應該少不了。想到這裡，阿秀便覺得心口抽痛起來。

「他變成什麼模樣都不重要，只要平安回來，便好了。」

「說起來，我真佩服我哥，當初竟會做這樣的選擇，他就沒想過，萬一這仗一打便是十年、八年，妳不就成了老姑娘？」蕭瑾璃笑著調侃起阿秀。

阿秀聞言，掩嘴一笑。

「若是那樣，變成老姑娘的，又何止我一個呢？」

蕭瑾璃想起趙暖陽，頓時脹紅了臉，假裝要打阿秀。

「要死了，妳這張嘴，真是一點也不饒人，幸好我要出閣了，不然有妳這樣的嫂子，只怕要被氣死！」

阿秀聞言，越發笑了起來，伸指在蕭瑾璃臉上點了兩下。

「羞羞，哪有姑娘家一天到晚說要出閣的，如此恨嫁，小將軍再不回來，可如何是好？」

蕭瑾璃氣得面紅耳赤，追著阿秀，恨不得打過去，阿秀忙起身躲避，兩人笑鬧一會兒，孔氏那邊就傳午膳了。

兩人聽見，便稍稍歇口氣，然後往海棠院去了。

第七十二章

孔氏在外頭忙了一早上，這會兒正歇在榻上，見兩人進來，臉上便堆了笑道：「丫鬟們正擺膳呢，到這邊坐。」

阿秀行過禮，在廳裡的靠背椅上坐下，蕭瑾璃則挨在孔氏身邊坐了，伸手為她捶肩膀。

孔氏伸手撫了撫她的手背，道：「這幾日忙得天昏地暗，總算把妳的嫁妝備齊了。」

剛剛蕭瑾璃才跟阿秀說過那些羞人的話，現在又聽孔氏提起來，兩人便不約而同笑了。

這會兒，蕭瑾璃也怕羞了，只低頭道：「好端端地，母親提這個做什麼？我還想多陪您兩年呢！」

「女大不中留呀，留來留去留成仇，我雖然捨不得，奈何這門親事是妳自己中意的，妳父親又答應，我也不好多說什麼了。」孔氏到底捨不得閨女，話語中仍有些鬱悶。

蕭瑾璃聞言，便笑道：「哥哥回來後，也該去恒王府提親了，就算我出閣，阿秀也會服侍您的。母親不必難過，不是常說阿秀比我優秀嗎？如今笨閨女嫁人，巧媳婦進門，母親只怕高興還來不及呢！」

孔氏果真被蕭瑾璃逗笑了，伸手捏她的嘴。「就妳會哄我開心。也是，阿秀如今大了，我都這把年紀，還沒抱上孫子，瞅著別人家兒孫繞膝，確實羨慕得緊。」

阿秀聞言，臉上越發熱起來，只抬眸看了孔氏一眼，一派小媳婦的羞澀，孔氏瞧得心頭歡喜得很。

阿秀在許國公府用過午膳，便到了孔氏歇午覺的時辰，於是起身告辭了。

阿秀回到恒王府時，才知道周顯用過午膳之後，就出門了。

阿秀追問了幾句，幾個丫鬟只知周顯出門，並不知道去了什麼地方。阿秀不好再問，先去明側妃的紫薇苑請安。

明側妃見阿秀回來，嘆息道：「早知道，今兒就不讓妳出門。妳哥哥也不知怎麼了，早起才說身子有些不適，過一會兒卻非要出門，我怎麼也攔不住，他不肯說出去哪兒，又不多帶兩個小廝，讓我著急得很。」

阿秀也不曉得周顯是什麼心思，最近他衙門裡沒有特別要忙的事，不至於病著還要出門。

明側妃又嘆了口氣，見阿秀也不知道，便讓她回去歇著了，自己派人在門上等著，盼著周顯早些回來。

原來，周顯在城裡找了林文耀幾日，都沒半點消息，忽然想起今年是春試之年，既然阿秀說她爹是秀才，又不敢讓人知道他賣過女兒，沒準兒他是進京來趕考的。所以周顯順藤摸瓜，去禮部找了今年各省進京趕考的舉人名單，裡面果然有五個姓林的考生，又按照年齡區分，排除三個，如今只剩下兩個人，都是從南方來的。

周顯命人打聽他們的住處，得知其中一個舉人住在廣濟路朱家的宅子裡，且四年前曾長居京城，便急急忙忙過去尋了。

朱家宅子是蘭夫人朱氏的嫁妝，蘭家對阿秀的來歷很清楚，若是走漏風聲，就麻煩了。周顯聽小廝說這個林舉人住在朱家，哪還能安心休息，急忙起身，想過去探問清楚。

林文耀在許國公府喝了些酒，蕭二老爺禮賢下士，安排府裡的馬車送他回去。周顯趕到時，瞧見林文耀從許國公府的馬車下來，心下一驚，強忍著緊張，讓小廝扶著他下車。

見林文耀正要推門進去，周顯上前問道：「敢問這位是從徽州來的林文耀林舉人嗎？」

林文耀雖然生活窘迫，但看人的眼力還是有幾分的，感覺周顯的氣質、神情很不一般，作揖道：「不才正是，敢問公子高姓大名。」

周顯四周看了下，見並無旁人，開口道：「姓周，單名一個顯字。」

林文耀進京趕考，自然也做足了功課，京官的名字差不多都能背出來，如何不知皇帝有個很器重的姪兒，是恒親王唯一的兒子，名叫周顯。可他不明白，周顯為什麼會來找他？

不等林文耀震驚完，周顯又道：「林舉人若是有空，請隨我移駕別處，小王有事相求。」

林文耀聞言，越發疑惑，方才的醉意早醒了，結巴道：「小郡王，請、請……」

周顯帶林文耀去了一處恒王妃陪嫁的別院，那裡鮮少有人出入，且無人知曉那是恒王府的產業，所以隱密得很。裡頭由恒王妃的陪房打點，見周顯過來，便上前殷勤服侍。

待下人上過茶水後，周顯便屏退了他們。

此時，林文耀越發緊張起來，可他畢竟有些年紀，倒是不害怕，甚至還有隱隱的興奮。

兩人落坐，周顯請他用茶，林文耀端著茶盞，卻不敢喝，又放下來，起身朝周顯行禮。

「小郡王有什麼差遣，儘管直說，不才若能做到，定竭盡全力。」

周顯低頭飲茶，抬起頭看林文耀一眼，略舒了口氣。「其實也不是什麼大事，林舉人不過就是舉手之勞。」

林文耀越聽越覺得雲裡霧裡，周顯安撫他落坐，問道：「五年前，你曾賣過一個女兒，對嗎？」

林文耀一驚，冷汗涔涔，秀才賣女兒是犯法的，做了這樣的事情，不能再考功名，如今周顯知道這件事，怕是紙包不住火了。

林文耀咬了咬牙，回答。「沒錯，我是賣了一個孩子，可那不是我的女兒，是十多年前在南方逃難時撿的，一路帶來京城。為了這孩子，我沒少受苦，將她養到十歲，已是不易，小郡王若要為這個治我的罪，我也認了。」

周顯聞言一驚，瞪大了眼。「什麼？阿秀不是你的親生女兒?!」

林文耀羞愧難當，低著頭道：「若是我的親生女兒，我再不是人，也捨不得賣。那孩子聰明可人，我把她賣了，也是希望她有造化，能奔個好前程。」
周顯聽到這裡，已是心神俱定，眉梢露出了笑意。
林文耀見周顯神色變了，心裡揣測，阿秀從小就出挑，難不成進了恒王府做丫鬟，被小郡王看上了？
「她如今的確有了好前程。這次請你來，是有個不情之請。」
林文耀聽周顯這麼說，以為自己猜對了，笑著道：「阿秀要能做小郡王的妾室，那是她的造化，我必守口如瓶，不再和她攀親託熟。」
周顯聞言，臉頰發熱了。他雖對阿秀有心，只可惜，他們永遠不可能。
「你錯了，她並非要做本王的妾室，是本王認了她做親妹子，以後還請林舉人跟阿秀劃清界線，本王不想讓更多人知道她以前的事。如今阿秀是王府的郡主，對她來說，那些事情是不光彩的過往。」
林文耀萬萬沒想到阿秀居然有這等造化，頓時驚得語無倫次。「阿秀果真是……難道是真的……」
當年南邊兵荒馬亂，他在進京趕考的路上遇到一個重傷老嫗，阿秀是她臨死前交給他的，但還沒來得及交代什麼，老嫗就死了，唯一能證明阿秀身世的，只有當時蓋在她身上的百子斗篷了。
雖然林文耀曾猜過，阿秀的身世必然富貴，可是矜貴到這種程度，仍大大地超出了他的想像。

「對，她是我的親妹子，是我父王在江南平亂時，和側妃生的。林舉人，如今你已得知真相，還請對天起誓，不要再讓任何人知道阿秀小時候被賣的事。」

這會兒，林文耀只覺得如夢似幻，有些不大真切，可周顥句句確鑿，必定是事實，況且皇家做事一向嚴謹，混淆宗室血脈，那可是重罪，遂點了點頭。

「我明白了，阿秀的事情，我不會再對任何人提起。」

周顥微微一笑，從袖中拿出一張銀票，推到林文耀面前。

「這裡是王府的別院，並無他人知曉。朱家的院子人多雜亂，不便溫書備考，你就在這邊住下吧。」

這時，林文耀越發明白，周顥邀他住下，表面是說外面喧雜，其實難保沒有監視他的意思；可他一介草民，也沒能力與皇室抗衡，只得點頭應下。

周顥走後，林文耀幽幽嘆口氣，覺得蕭二老爺說的今科必中這句話，只怕是不成了，有小郡王插手，他似乎現在就能打道回府了。

周顥對林文耀到底不放心，如今蕭謹言要回京，下個月又有春試，幾件事情夾雜在一起，京城必定熱鬧，若這時出事，必定難以收拾，遂巴望著林文耀沒考中，早早回鄉去才好。

不過，對於林文耀說起阿秀並非他親生一事，倒出乎周顯意料之外，其中兩種可能，不得不考慮。第一，林文耀怕自己賣女兒的事被人揭發，科考資格不保，故意說謊；第二，林文耀說的是真話，阿秀確實不是他的親生女兒。

如今，從林文耀的立場來看，也只能是第二種了。金榜題名是每個讀書人的夢想，為此，他也不能承認阿秀是親生女兒。

周顯在馬車裡前思後想，覺得不能放過任何一個可能，決定回王府後，再好好問問阿秀，看她到底知不知道這件事情。

周顯嘆了口氣，心裡生出幾分不捨。阿秀小小年紀就被林文耀賣了，若她根本不知道林文耀所說的，還一直把他當成親爹，告訴她這些話，必定會讓她傷心。

但此事事關重大，他不能不管，只好找機會問問她了。

周顯回到恒王府時，已是掌燈時分。

明側妃傳了晚膳，周顯進去時，就瞧見阿秀在那裡伺候，向她點頭一笑，阿秀慌忙低下頭避過了。

周顯見狀，心下微涼，給明側妃請安後，三人便坐下來。

明側妃用膳不喜歡人服侍，丫鬟們擺好杯盞後，就退出了偏廳。

阿秀像往常一樣，為兩人布菜，明側妃只開口道：「阿秀，妳坐下吧。」

阿秀默默應了，坐下來，小心翼翼拿起碗，目光卻有意無意地瞟向周顯，見他精神還算好，便安心低下頭用膳。

用過晚膳後，許是怕兩人一同離開，又有機會獨處，明側妃留下阿秀閒聊幾句，讓周顯先回清風院。

周顯心裡揣著事情，自然不願意走，又怕明側妃不高興，便先告辭，去凝香院等阿秀回來。

明側妃瞅著，周顯應該回了清風院，這才放阿秀離開。

阿秀明白她的用意，心中雖有幾分傷感，面上還如以前一樣恭敬，行禮告退。

到了凝香院，阿秀瞧見周顯的丫鬟在門口候著，才知道周顯在裡面等她。

阿秀身邊的丫鬟都是明側妃指派的，雖然後來她又選了兩個，但年紀都還小，只在外頭留用，並沒有隨身服侍。周顯這樣堂而皇之地進凝香院，只怕不消片刻，明側妃那邊就會得到消息了。

阿秀鬱悶地癟癟嘴，提起裙子進門。

房裡的丫鬟早為周顯沏了他愛喝的茶。以前，周顯常來阿秀房中小坐，兄妹倆或是對弈、或是閒聊，無不暢快，如今想來，那些日子當真是一去不復返了。

「哥哥，你身子不適，怎麼不先回房歇著？」阿秀對周顯只有兄長之情，知道周顯的情愫後，雖然彆扭，但仍舊心疼這個哥哥。

周顯奔波了一下午，臉上有掩蓋不住的疲累之色，見阿秀進來，便將丫鬟們全遣了出去。

阿秀瞧著丫鬟們退下，有些緊張，如今正是尷尬時期，若讓明側妃知道他們獨處一室，不知道要生出什麼事情來。

「阿秀，坐吧。」見阿秀神情緊張，周顯忍不住開口道。

阿秀看著丫鬟們離去的背影，回過頭，眼神帶著幾分不確定，問道：「小郡王有什麼事嗎？」

周顯聞言，想起之前的酒醉失言，臉色帶著幾分憂傷，無奈笑道：「妳有很多年沒這樣喊我了。」

阿秀低下頭，在周顯對面的靠背椅上坐下，擰著手中的帕子。

周顯開口道：「阿秀，妳知道我今日為什麼一定要出門嗎？」

聽這話中帶著幾分玄機，阿秀抬起頭，看著周顯。

周顯微微一笑，道：「我去找了林秀才。」

阿秀倒吸了口冷氣，握著靠背椅扶手，略探出身子問道：「他……他還好嗎？」

第七十三章

聽見阿秀的話，周顯臉上的笑又多了幾分無奈。阿秀是他見過最純真善良的姑娘，林文耀賣了她，她非但不憎恨，還掛念著他過得好不好。

「他賣掉妳之後，倒是時來運轉了。」

周顯端起茶，略略抿了一口，抬起頭看著阿秀。俏麗的臉龐早已沒了初來時的青澀，這樣出色的她，讓他心生感觸。

「去年他中了舉人，所以今年進京趕考。我看過他的文章，很有見地，說不定真能高中。只是……」

周顯說到這裡，頓了一下。「若他考中進士，他日入朝為官，對妳來說，總是個禍患。」

阿秀如何不明白周顯的意思，雖然重活一世，但林文耀想考科舉出仕的渴望，仍深深刻在她的記憶裡。

阿秀低著頭，默想片刻，小聲問道：「就不能給他一些錢，讓他不要把這件事說出去嗎？聽說賣掉女兒的人是沒資格考科舉的，我想……他也不願意讓別人知道我是他的女兒。」

她終是狠不下心腸，雖然知道以周顯現在的能力，只要稍作手腳，林文耀就只能失望返鄉，但她依舊選擇讓他擁有一次公平的機會。

周顯又嘆了口氣，林文耀有阿秀這樣的女兒，不懂得珍惜也罷了，還說她並非他親生，光想都覺得難過。

「阿秀，有件事情，我要跟妳說，也許反而會幫了妳。」

阿秀見周顯一本正經，心中莫名有些緊張，挺直了腰背，等他開口。

周顯看著她，徐徐道：「阿秀，林舉人說，妳並非他親生，所以……他才會賣了妳。」

阿秀愣了片刻，一時沒有出聲。當初，林文耀跟她說過同樣的話，但趙麻子說，所有賣兒賣女的人都會說同樣的話，那不過是句謊話而已；可此時再聽到同一句話，阿秀卻不相信這是謊言了。

阿秀努力回想前世和林文耀度過的日子，卻因時間久遠，想不出任何蛛絲馬跡，於是搖了搖頭，垂下腦袋。

周顯見她傷感，忙安慰道：「也許他是為了給自己脫罪，才故意這麼說的，畢竟有功名的人不可以買賣兒女，不然會被奪去功名。」

阿秀稍稍平復了心緒，臉上帶著幾分苦笑。

「其實也沒什麼，這些話，他當初賣我時就說過了，我一直當成是頑話，如今想想，倒是未必。」

周顯並不知其中還有這麼一段故事，聽阿秀這麼說，便問道：「若妳真的不是他的女兒，那妳的親爹娘又在何處？妳身上可有什麼東西能尋得蛛絲馬跡？」

阿秀想了想，搖搖頭。她哪有什麼東西，唯一的信物還是周顯給的。

她垂下眼，瞥見手裡捏著的繡花手帕，上面繡著一株紅梅，正是那百子嬉春斗篷上的圖樣。

阿秀臉上透出幾分疑惑，開口道：「當初我爹賣掉我時，給了我一件繡花斗篷，料子是上好的綢緞，並非我們那種人家買得起的，而且我記得很清楚，只有我有，兩個弟妹都沒有。」

「那件斗篷呢？」周顯忽然覺得又有了幾分希望。如今阿秀的身世像一根魚刺似地梗在他喉頭，不管如何，都要想辦法弄清楚。

「斗篷在許國公府，世子爺幫我收著呢！」

周顯聞言，鬆了口氣，既然東西在許國公府，那便丟不了，只要等蕭謹言回府，再拿出來好好尋訪，必定會有結果。

且說許國公府裡，這幾日為了許國公和蕭謹言回京的事，眾人忙得不可開交，孔氏更命丫鬟們好好把文瀾院整理一番。

自從蕭謹言出征後，文瀾院裡鮮少有人來，所以只留下兩個服侍的小丫鬟及幾個洗掃下人，其他人不是分配到別處，就是年紀到了放出去。

孔氏趁著蕭謹言還沒回來的當口，又選了幾個出挑的丫鬟，命她們進文瀾院服侍。

這日，恰巧打掃到文瀾院的書房，雖然這裡沒什麼人來，但平日也有丫鬟過來清掃，所以並不髒亂。

幾個丫鬟將桌椅擦拭一遍後，便開箱整理，打開書架後的箱子時，發現裡面放著一個錦緞包袱。因為蕭謹言的衣物都擺放在內間的五斗櫥內，所以丫鬟就把小包袱取出來，拿到外面放。

孔氏見了，喊住丫鬟問道：「這是什麼東西，怎麼隨處亂放？」

丫鬟忙回答。「奴婢也不清楚，想來是世子爺的衣物，就先拿出來，一會兒交給漿洗房的人，洗乾淨再收進去。」

孔氏見包袱一角露出大紅色的面子，心道蕭謹言並沒有這麼小的衣服，便讓丫鬟呈過來，打開看看。

包袱裡是一件大紅色的小斗篷，上面繡著百子嬉春圖，左、右邊角繡著紅梅、桃花、杏花，看著喜氣又漂亮。

孔氏由衷讚道：「真是好繡工，要繡這麼一件斗篷出來，只怕要幾個月才行呢。」

她又翻看一下，見上面的梅花紋樣和以前阿秀繡給她們的帕子上的極相似，想想裡頭的關聯，若不是阿秀的東西，只怕自己兒子也不會保存得這般小心，遂笑著吩咐。「讓漿洗房的人小心著洗，曬乾熨燙平整再送回來，就放進世子爺平日放衣服的櫃子裡。」

丫鬟領命，抱著包袱去了漿洗房。

許國公府裡，除了趙氏那邊有單獨的漿洗房外，其他幾個院子是合用的，二房回來後，也跟著這樣的規制。

這兩年，孔氏實在懶得和二房計較。趙氏在，自然是不能分家，可二房外放時，府裡確實少了好一份開銷，如今回來，卻處處都要走公中的帳務；虧得孔氏不是個小心眼的人，不然準能氣死過去。

田氏自恃能力比孔氏強，人緣比孔氏好、性情比孔氏討喜，奈何虧在丈夫的排行上，所以對孔氏的積怨越發深了。且如今周顯得皇帝重用，孔氏一副能和恒王府結親的得意模樣，也讓她非常不爽，每次瞧見阿秀回許國公府，就更加不高興。

再加上她向來疼愛自己那對雙胞胎女兒，以前外放時，作為地方父母官，那對雙胞胎受眾人追捧，如今回了京城，到處都是金枝玉葉、高門閨女，原先受人奉承的雙胞胎居然備受冷落，讓田氏心裡的不滿更甚。

這日，田氏起身，想穿一件喜歡的衣裳，便命丫鬟找出來。

丫鬟聽了，開口道：「這幾日，漿洗房的動作比前兩日慢了許多，說是國公爺和世子爺要回來，大房拿了好些衣物去漿洗，一時間抽不開人手。昨兒晚上，我讓小丫鬟去取衣服，便回說還沒熨好，等熨好了，再親自送來。」

這本是小事一樁，奈何田氏最近幾天正對大房不滿，這些小事就成了大事。她顧不得去榮安堂請安，便帶著丫鬟，一群人浩浩蕩蕩往漿洗房去了。

負責漿洗房的人是王嬤嬤的嫂子，人稱福嫂，因王嬤嬤在孔氏身邊得臉，所以她才得了這樣的差事。雖是苦差，但她當管事，倒也不必親自去做，不過指派人手而已。因此，孔氏那邊送來的東西，自然是優先浣洗的。

此時，外頭的小丫鬟來傳話，說二太太過來了。

福嫂不信，笑著道：「二太太來這裡做什麼？這骯髒地方，連個落腳之處也沒有。昨兒不是才送了一批二房的衣服嗎？妳何苦唬我。」

以前遇上下雨天，也曾有幾日不能往各方各院送衣服的事，但住在院子裡的都是主子，哪個沒有十套、八套的衣服，從沒有人擺著架勢來催的，因此福嫂並沒料到田氏會親自過來。

福嫂的話才說完，田氏已經進來了，冷笑道：「國公府裡還沒有我去不了的地方。昨天送回的衣服是哪一天洗的？別當我心裡不清楚。」

福嫂見真的是田氏，心裡雖然十分不屑，臉上卻裝出恭敬的表情，道：「二太太，您說的是哪裡的話，這國公府裡，您想去哪兒，自然就能去哪兒，只不過我這地方髒亂，怕污了您的衣服罷了。」

田氏瞥了福嫂一眼，早有丫鬟進了院子，搬出一張靠背椅來，用帕子擦乾淨，讓她坐下。

福嫂見狀，越發不屑起來。平日裡孔氏見到她，都是和顏悅色，哪是這樣高高在上的表情。

「我瞧妳這漿洗房也不是十分忙亂，怎麼二房的衣服偏不能準時送呢？」

「二太太這話可就冤枉奴婢了，平日裡都是準時送的，不巧前日下了一場雨，好些衣服沒乾透，才耽誤一日。二房的衣服早就洗好了，正安排人熨燙呢，好了就給二太太送去，想來是耽誤不了什麼的。」

福嫂平常雖然有些托大，但對這些主子還算恭敬，況且許國公府的主子也不是吃飽閒著，為了一件衣服，就跑到下人的地方來大發雷霆。

田氏一聽這話，原本竄火的心就越發生氣了，起身怒罵道：「妳說耽誤不了什麼就算數嗎？我今兒偏想穿那件衣服，妳卻沒送來，豈不是耽誤？」

福嫂聽田氏這話，就知道她是來生事的，平常也略有耳聞，說田氏和孔氏不和，今兒便硬是不肯遷就了田氏。

「二太太又不像我們奴才，只有兩、三件衣服替換，您這樣說，未免太冤枉奴才。這天要下雨、娘要嫁人的，奴才又不是東海龍王，能管著雨水不讓它落下來。再說了，各房各院都知道最近國公爺和世子爺就要回京，好些衣物得漿洗準備，漿洗房只有那麼多人，也湊不開手。」

田氏就等著她說這些話，好去趙氏跟前哭訴一番，見福嫂上鈎，便冷笑道：「妳們都聽見了吧，這狗奴才就是這麼服侍主子的。」

說來也巧，孔氏派了小丫鬟來問，前兩日送來的斗篷可洗乾淨了，今日世子爺房裡正好在收拾箱籠，若是好了，就趕緊送過去。

福嫂見是孔氏跟前的丫鬟，便立刻撇下田氏，親自進去將燙好的斗篷拿出來，陪笑道：「姑娘，這斗篷早熨好了，原是一會兒就要送過去的，結果二太太來，就耽誤了。」

田氏聞言，氣得臉都綠了，見福嫂手裡的斗篷雖然有些年分，但看著還算精緻，且上頭的繡花紋樣精緻漂亮，瞧著便有幾分喜氣。只是這顏色、花樣，分明是給女兒家用的，那丫鬟卻說是蕭謹言房裡的，不免生出幾分疑惑。

見小丫鬟正要接過去，田氏上前一步，拿起斗篷抖開，看了一眼，道：「這斗篷瞧著倒是喜慶得很。佩蘭，妳去跟太太說一聲，就說這斗篷不錯，我留下給四少爺用了。」

那小丫鬟不過就是個跑腿的，哪裡見過這樣的陣勢，聽田氏這麼說，早已嚇得傻住了，幸好福嫂反應靈活些，開口道：「二太太說笑吧，四少爺能缺一件斗篷？也不是什麼好東西，還是給了這丫頭，讓她拿回去。」

田氏自然知道這斗篷不是上品，那為何孔氏還要親自吩咐人洗乾淨收好？

她一直覺得，阿秀一夜間成了王府的郡主，是件不可思議的事，私下裡打探過阿秀的來歷，只知道她是被人賣掉的，後來輾轉進了國公府，至於賣她的人，卻是找不著，所以查到這裡就沒下文了。

田氏腦子靈活，一看這斗篷就知不是許國公府的東西，立刻聯想到阿秀的事，更是不肯歸還，只笑著道：「那妳跟太太說一聲，就說我看上這斗篷的繡花紋樣，拿去給針線房的繡娘看一眼，過兩日就送回去。」

小丫鬟苦著一張臉，田氏都這麼說了，她也不能再說什麼，和福嫂站在一旁乾著急，看著田氏把斗篷帶走了。

等田氏走遠，福嫂忙問小丫鬟。「那斗篷到底是誰的？」

小丫鬟一臉擔憂害怕，小聲道：「我聽其他丫鬟姊姊說，那是恒王府小郡主以前進國公府時留下的東西，太太命了洗乾淨收好的。」

福嫂自然曉得恒王府的小郡主就是阿秀，遂開口道：「那二太太要過去做什麼呢？」

小丫鬟當然不知道，只一味搖頭。

第七十四章

方才田氏一時生氣，拿了斗篷回到西苑後，靜了下來。她原本就對阿秀帶著幾分唾棄，只是後來礙於阿秀的身分，反倒覺得自己矮了一頭；至於孔氏，將來是阿秀的婆婆，怎麼說還是高高在上的。

這時簾子被掀開，劉嬤嬤從外頭進來，捧著那斗篷道：「去針線房問過了，這繡藝是南方的，瞧著像蘇繡，並不是北方人的針法，而料子看上去有十幾年了。」

田氏素來自負有幾分小聰明，聽了便分析起來。「王府閨女怎麼會有南方人做的斗篷呢？」

劉嬤嬤解釋道：「聽說恒王府的明側妃就是南方人，郡主是在南邊戰亂時丟的。」

田氏擰眉想了想，嘴角一勾。「這麼說，斗篷必定是那丫頭隨身之物了，明側妃一定認得，不如物歸原主得好。」

她心想，明側妃若是認得這斗篷，便說明阿秀是真的郡主；若是認不得，只怕阿秀的身分就有些可疑了。

田氏打著如意算盤，笑著拿起剪刀，將斗篷剪開一道口子，裁了塊繡花片放進信封，派人送去恒王府。

且說明側妃聽說那日周顯進了阿秀的凝香院，嘴上雖然沒說，心裡終究還是放心不下，趁著沒人的時候，對阿秀道：「言世子歸來的日子近了，妳也要趕製嫁衣，我想了想，家裡人多嘴雜，不如妳去王府的別院住一陣子吧。」

瞧周顯對阿秀仍然有依戀，明側妃不得不出此下策。

阿秀指尖微微一緊，跪下道：「姨娘，您的恩情，阿秀沒齒難忘。只是世子爺尚未回京，我的嫁期未定，您就這樣把我送到別院去，若哥哥問起來，姨娘要怎麼答呢？」

明側妃和阿秀朝夕相處三年，見阿秀淚流滿面的模樣，也狠不下心，上前將她扶起來。

「妳起來吧，我實在是沒有辦法。我答應過王爺，要好好撫養小郡王，倘若妳沒有認親，哪怕當他的正妃，我都不會嫌棄妳；可如今這樣，要是被有心人知道了，只怕恒王府會有劫難，我不得不擔心。」

這幾日，阿秀因為林文耀的事情，也是魂不守舍，現在聽明側妃這麼說，心裡越發難受，忍不住拭淚哭起來。

明側妃見她這樣，越發不忍心了，安撫道：「妳先回去吧，只是私下裡，還是要少見小郡王為好。」

阿秀起身告退後，方嬤嬤拿著一封信進來。

「側妃，這是許國公府二太太派人送來的，說裡面的東西，您只要看一眼就明白了。」

礙於身分，明側妃素來不同京裡的貴婦有所交集，所以對田氏並不熟悉，只因和孔氏禮尚往來，才曉得田氏是許國公府的二太太，娘家是精忠侯府，其他的一概不知。

「許國公府的二太太？她會有什麼東西要給我？」明側妃疑惑道。

「奴婢也不知道，聽傳話的丫鬟說，這信得請您親自過目。」方嬤嬤說著，把信遞上去。

明側妃將信封撕開一道小小的口子，一塊鮮紅的繡花片從信封中滑落，她看了一眼，當即愣住，急忙問道：「送東西的人呢？走了沒有？」

方嬤嬤未料到明側妃有此反應，蹲下將繡花片撿起來，看見時也驚訝了。「這……這不是當年側妃給小郡主繡的斗篷嗎？怎麼會在她的手中？」

此時明側妃已亂了陣腳，急忙起身，寫了封拜帖，命方嬤嬤馬上派人送去給田氏，約她在梅影庵一敘。

因事關重大，田氏沒讓送信的人留在恒王府等消息，因為她知道，若有下文，明側妃定會約她出來，所以得到明側妃的拜帖時，並不覺得意外，只命下人預備車馬，去梅影庵赴約了。

京城裡的庵堂不少，豪門貴冑的正室喜歡去水月庵，梅影庵則是一般百姓人家去得多。明側妃在梅影庵裡供著父母與恒王夫婦的長生牌位，有間長年包下來的禪房。因今日並非初一、十五，香客很少，庵裡還算清靜。

田氏見到了明側妃，寡居之人的衣著顏色素淡，再加上她本就冷情，雖然年紀不過三十出頭，瞧著卻讓人覺得冷傲。

田氏想了想，又看明側妃一眼，便料定事情並非那麼簡單。明側妃雖然寡居，但將心比心，若丟失已久的女兒失而復得，臉上的笑意絕對是掩蓋不住的。

果然，沒等田氏開口，明側妃便開口道：「二夫人請坐。」

田氏在明側妃的對面坐下，丫鬟上了茶，退出門外，她便試探著開口道：「我派人送去的東西，想必明側妃已經瞧見了吧？」

明側妃點點頭，抬起頭看著田氏時，卻讓田氏覺得有些心虛。

「既然二夫人有這東西，想必知道那孩子的下落。我聽阿秀說，她小時候跟著養父逃難時，把斗篷借給一個鄰家姑娘，如今斗篷既然在二夫人手中，那姑娘在哪兒，二夫人應該知道吧？她曾照看過阿秀，我想接了她來，好好答謝一番。」

明側妃雖然認女心切，卻也知道郡主作假的事不能讓別人知道，否則恒王府必定會招來滅頂之災。

田氏聞言，心裡暗暗一驚，又不便說出這斗篷的由來，便多問一句。「這斗篷當真是郡主的嗎？」

明側妃低下頭，冷冷道：「自己女兒的東西，難道我還會認錯不成？」

田氏吸了口冷氣，卻見明側妃臉上的神色更冷了幾分，心裡來回琢磨方才明側妃說的幾句話，頓時暗暗冷笑起來。

這樣事關身世的東西，怎麼可能隨便借人，分明就是託詞。只是，聽明側妃這口氣，似乎不知道斗篷本來就是阿秀的，否則，何必編這樣的謊言，把事情圓回去。

田氏覺得其中有些貓膩，遂笑著敷衍。「哦，說起來也是巧合，那姑娘正是我身邊的丫鬟，不然我如何能有這件斗篷；可惜我不知道明側妃想見她，不然就帶她一起來了。」

明側妃聞言，雙眼一亮，開口道：「既如此，明日二夫人可否帶她過來，讓我見一面。」她已經喪失理智，恨不得馬上見到親生女兒。

田氏看在眼底，心裡越發了然。

至晚間，田氏心中有了想法，把三年前從淮南跟來的、和阿秀同歲的丫鬟喊到跟前。她指著那件百子嬉春斗篷，開口道：「明兒我帶妳去見一個人，若她問妳這斗篷是哪裡來的，就說是妳爹娘賣掉妳時給的，其他的不用多說；她若問妳爹娘的事，便說妳是他們撿來的，不曉得親生父母是誰。」

那丫鬟的爹娘已經死了，這才獨自跟著二房進京，如今田氏這麼吩咐，哪敢不從，只一一記在心裡，等著明日田氏帶她出去。

一旁的劉嬤嬤見狀，問道：「太太這是打得什麼算盤？老奴竟是沒弄明白。」

田氏笑著道：「妳方才沒瞧見明側妃的樣子，只一味想見這斗篷的主人。我便想著，沒準兒她根本不知道斗篷就是阿秀的，以為我是從別處得的。」

「這就奇了，既然她不知斗篷是阿秀的，當時如何認她做女兒？」劉嬤嬤問道。

「這有什麼好想不明白的，世子爺喜歡這丫頭又不是一天、兩天，只怕是攛掇著小郡王，硬讓明側妃認下的。可惜啊，親生閨女就在眼前，她硬是不知道。」

田氏說完，嘴角勾起一絲笑。「我倒要看看，若這時再來個親生閨女，明側妃會怎樣？」

明側妃回了恒王府後，心裡久久無法平靜，拉著方嬤嬤在房中小聲討論。

「方嬤嬤，那孩子果然還活著，而且在許國公府裡，這可如何是好？」

方嬤嬤一味唸佛，又搖頭道：「只怪側妃當時太過心軟，如今真郡主反倒成了假貨。」

明側妃鬱悶難當，擦著淚痕道：「罷了，有生之年知道她還好好活著，我便滿足了。等這事情定下來，讓小郡王認她做乾妹妹，這樣，我們也可以母女相稱了。」

第二日一早，田氏果真帶著小丫鬟去見明側妃，隨明側妃一同去的，還有方嬤嬤。

方嬤嬤瞧過那小丫鬟後，心裡就犯嘀咕，容貌不出眾便罷了，跟明側妃更是沒有半點相似之處，也找不出哪個地方像已故的恒王爺。

明側妃見了，心裡也疑惑，但臉上到底沒表現出來，只問小丫鬟。「這斗篷，妳是哪兒得來的？」

那丫鬟按照田氏的吩咐，一一回答了，明側妃卻越發覺得疑惑，看這孩子的容貌，也不敢相認，只對田氏道：「看在我的面子上，二夫人可否好好待她？」

如今田氏心裡已明白了十之八九，當下就應道：「那是自然，明側妃請放心。」

回恒王府的路上，明側妃忍不住問方嬤嬤。「嬤嬤，依妳看，那小丫鬟會是我失散多年的女兒嗎？」

方嬤嬤心裡早已打了半日的鼓，聽明側妃這麼問起，遂如實回答。「側妃別管老奴多嘴，其實，阿秀和您倒是有七、八分相似，但方才那丫鬟，老奴實在看不出她有哪裡跟您相像。阿秀出身許國公府，這斗篷又是許國公府二夫人拿來的，會不會原本就是阿秀的呢？」

明側妃是關心則亂，如今聽方嬤嬤這樣分析，也覺得有些道理，回府後，便把阿秀叫到紫薇苑，將那繡花片拿出來，遞到她面前。

阿秀接過繡花片，疑惑道：「姨娘，這東西我看著甚是眼熟，跟我一件斗篷上的花樣是一樣的；只是那斗篷放在許國公府，給世子爺收著呢，怎麼會在姨娘手裡？」

此時，明側妃如夢初醒，站起來看著阿秀。

「妳說的是真的？這東西真是妳的?!」

這幾日，明側妃對她忽冷忽熱，阿秀心下已有幾分害怕，不敢欺瞞，點頭道：「是我的。這是我生父把我賣掉時，唯一給我的東西，我一直隨身帶著，後來被世子爺要了去。」

明側妃聞言，淚如雨下，將阿秀摟在懷裡。

「傻孩子，賣掉妳的並非妳的生父，妳的生父是王爺啊！」

田氏從梅影庵回來，心下還有幾分沾沾自喜，只當明側妃是個笨的，被她逗得團團轉呢，哪裡知道她在這裡偷樂時，恒王府早已演過認親的戲碼了。

田氏把小丫鬟喊到跟前，道：「今日的事情，妳不得說出半個字，否則，我就把妳發賣出去。」

那丫鬟嚇得連連搖頭，一個勁兒道：「二太太放心，奴婢定不敢透露半句。」

這時，外頭有小丫鬟傳話，孔氏派人來取斗篷，來的人正是兩年前嫁人的春桃。如今她剛生過孩子，回來孔氏身邊當差，成了體面的管事媳婦，許國公府的丫鬟都對她禮遇有加，連幾位姨娘都不敢在她跟前拿大。

田氏聽孔氏派春桃來，知道這斗篷要還回去了，只是斗篷已被她剪了好大一個口子，若被看見，只怕不好，於是讓劉嬤嬤先進去，將斗篷包好，再拿出來。

春桃是孔氏跟前的紅人，自然知道孔氏和田氏之間的嫌隙，孔氏為人還算謙和，雖然暗地裡和田氏有些不快，但面上還算相安無事。可這次的事，一聽就知道是田氏從中作梗，且福嫂不是省油的燈，一番話下來，更把田氏說得凶神惡煞。

不過，這幾日孔氏實在太忙，無暇和田氏口角，所以派了春桃來，囑咐她把斗篷要回來便好。

劉嬤嬤拿著包好的斗篷從裡間出來，臉上堆笑道：「連針線房裡的繡娘都說這斗篷的繡工好，也不知道太太是從哪邊得來這樣的好東西。」

春桃聽了，皮笑肉不笑地道：「這也算是好東西？劉嬤嬤，您的眼皮子也是夠淺的。」

劉嬤嬤被堵了一句，臉脹得通紅，把懷裡的包袱遞給跟著春桃一起來的小丫鬟，田氏便準備送客了。

春桃卻不急著走，吩咐那小丫鬟。「把包袱打開來看看，仔細別弄壞了，世子爺可寶貝著這件斗篷呢！」

田氏聞言，臉都要氣歪了，又攔不住她們，只見小丫鬟解開包袱，取出斗篷一看，上頭少了塊巴掌大的面料，忍不住驚呼道：「春桃姊姊，妳快看，這斗篷破了！」

那丫鬟正是送斗篷去漿洗的人，見斗篷毀了，焦急道：「我送去漿洗房時，斗篷分明是好的，這下可如何是好呢？」

春桃看了一眼，目光移到田氏臉上，見她神色中帶著幾分不屑，猜出了一二，遂轉身道：「我們先回去吧，省得太太等急了，這事情，自有太太發落。」

那丫鬟急得都要哭了，聽春桃這麼說，只能點頭，跟在她身後離開。

孔氏見了被剪壞的斗篷，果然氣得不行，拍著桌子道：「她到底要做什麼？瘋了不成？竟把郡主的東西剪成這樣，如此膽大妄為，簡直讓人忍無可忍！」

孔氏想了想，實在嚥不下這口氣，索性修書一封，連同斗篷，親自送去恒王府，說自己沒能保護好玉秀郡主的東西，請恒郡王治罪。

周顯本想著等蕭謹言回京後，拿這斗篷暗中查訪阿秀的身世，如今見孔氏居然親自送來，內心震驚不已。

這時，明側妃也遣了丫鬟來，請他過去紫薇苑。

周顯聞言，心裡雖然疑雲重重，卻還是起身，去見明側妃了。

第七十五章

紫薇苑裡，母女方才相認，明側妃心疼得不行，恨不得把阿秀揉進懷裡，悔恨道：「我差點中了別人的奸計，入了圈套；若不是方嬤嬤提醒，只怕今日要釀出大禍。」

阿秀心裡早已把明側妃當成母親看待，如今被正名，心中的萬般委屈，終於能釋放出來。

母女倆痛哭一番後，方嬤嬤笑著道：「這就是天意啊，既然是親母女，總會有相認的一天。」

明側妃嘆了口氣，抬眸懇切地看著阿秀，終於定下心來瞧她，越發覺得她和自己年輕時長得相像，便嘆息道：「我竟是個糊塗的，親生女兒在身邊好幾年，卻不知道，真是枉為人母。」

阿秀忙勸慰她。「姨娘快別這麼說，這種事情，別說是姨娘，我也沒想到。養父賣我時，只說我不是他親生的，原以為他是要賣我才這麼說，如今回想，他說的竟全是真話。」

明側妃聞言，拿帕子擦了擦阿秀的臉頰，又道：「怪不得妳哥哥這麼喜歡妳，自己的親妹子，如何能不覺得親近，只是，這回他不知是難過，還是高興多一些。」

說話間，周顯已經來到紫薇苑，身後丫鬟手裡還拿著那件斗篷，他沒料到阿秀也在這兒，一時竟不知道如何進退。
明側妃見狀，便開口道：「你快進來吧。」
周顯往前走了兩步，明側妃瞧見丫鬟手裡拿著的斗篷，問他。「這斗篷怎麼會在你這裡？」
周顯一驚，明側妃怎麼認得這斗篷？只好如實開口。「這斗篷是許國公夫人送來的，說是阿秀的東西，被二夫人弄壞了，特來請罪，讓我們發落。」
明側妃雖然是妾室，但她是恒王側妃，誥命比田氏高出一等，因今日的事情，只覺得田氏蛇蠍心腸，真是噁心到底，遂道：「你寫封信回許國公夫人，說我要向皇后娘娘回明了此事，請皇后娘娘定奪！」
周顯不知明側妃為何忽然如此心疼阿秀，正疑惑，卻見阿秀站起來，對他蹲身行禮。
「阿秀給哥哥請安。」
這幾日，阿秀對周顯多有生疏，此時見她對他又熱絡起來，心下疑惑更甚，卻聽明側妃數落道：「你明知道這斗篷是阿秀的，怎麼不早拿來給我看？你可知道，這斗篷是我當年懷著她時，一針一線做出來的。」
周顯聞言，頓時驚訝得不知如何是好，一時間竟不知是喜是悲，連話都說不出來了。
明側妃見他這樣，知道他必是羞愧於自己對阿秀居然有那樣的想法，遂安撫道：「親兄妹之間，分外覺得親近，也是有的，你千萬不要多想了，如今真相大白，你更應該高興才是啊！」

周顯如何不明白這個道理，可心裡卻還是難掩那一絲絲的失落；但轉念一想，就算阿秀不是他的親妹子，一廂情思，不也只能如此。這樣也好，他順勢不再沈淪了。

周顯嘆了口氣，笑道：「我是高興得糊塗了。姨娘，今日的晚膳備些酒吧，不痛飲幾杯，怎麼好呢！」

明側妃笑著道：「是該痛飲幾杯。我還要去小祠堂，跟你父王說一聲。」

於是，明側妃要忙著祭拜事宜，又不能給下人看出端倪，遂讓阿秀和周顯先離去了。

此時，阿秀和周顯並排走著，外人看來，這對兄妹雖然不是同一個母親所出，卻仍有幾分相似之處，兩人想事情時的神情，就有幾分相似。

阿秀略低著頭，悄悄瞧了周顯一眼。

周顯臉上沒有喜色，還微微蹙眉，只因他想起來，這妹子才剛認回呢，只怕過不了幾天，就要嫁出門了。

「哥哥，知道我是你的親妹子，你不高興嗎？」

周顯除了主動變成溺愛妹妹的兄長之外，早已沒了別的選擇，苦笑道：「怎麼會不高興呢？只是……」心裡那種複雜的情愫，如何能跟阿秀說清道明。

「也沒什麼，只是忽然覺得妳似乎一下子長大了。」

阿秀聽了，忍不住低頭笑了起來。其實她一直很大，只是做小孩的日子長了，便也忘了自己的年紀。

「哥哥這麼說，是捨不得我出閣嗎？」

以往兩人雖親厚，但這樣的話，阿秀還是不敢問的，如今問出來，還帶著幾分撒嬌的口氣，讓周顯覺得心口都軟了起來，只玩笑道：「若是我捨不得，那妳是不是不嫁了？」

阿秀知道周顯說的是頑話，便小聲道：「哥哥若是不肯，阿秀自然是不嫁的。」

周顯看著阿秀明媚的笑容，搖搖頭。「罷了，妳若不嫁，只怕有人要急了呢！」

阿秀知道周顯指的是蕭謹言，頓時面紅耳赤，低頭看手腕上戴著的瑪瑙赤金纏絲鐲，見上面沾了一些印子，遂小心翼翼拿帕子擦拭起來。

周顯回頭時，便瞧見阿秀這副嬌羞動人的模樣。這樣的妹子，他還真是捨不得了。

大軍凱旋，皇帝雖然沒有親自相迎，但滿朝文武都去了城門口迎接。許國公帶著一小隊人馬和韃靼使臣先行進京，其他大軍則往京畿大營去了。

蕭謹言在邊關三年，雖然有許國公在，並沒有太多衝鋒陷陣的機會，但平日裡的操練也是刻苦非常。邊關苦寒，仗打久了，各種用物都有些欠缺，蕭謹言跟普通將士一樣吃乾糧、穿鐵甲，原本有些孱弱的身子反倒結實起來，他本就身材頎長，如今比以前更壯碩了幾分，原本白皙的肌膚變成麥色，越發顯得玉樹臨風、英氣逼人。

因為和蕭瑾璃的婚事，趙暖陽也同大軍一起回京，和蕭謹言騎在馬上，少年將軍，鮮衣怒馬，正是意氣飛揚。兩邊看熱鬧的人見了，無不稱讚。

趙暖陽看了蕭謹言一眼，臉上帶著幾分戲謔道：「怎麼才進京就魂不守舍了？莫非是急著想見你的心上人？」

蕭謹言笑著回他。「我哪裡魂不守舍了，剛才是誰說先不回將軍府，要跟我一起去國公府的？」

趙暖陽撓了撓耳朵，傻笑道：「我說過這話嗎？我怎麼不記得了？」

這時，一匹白色駿馬從後面飛奔趕上，卸了戎裝的趙暖玉靠過來，在兩人身邊停下。

「言表哥，要不要我去恒王府一趟，把阿秀接到許國公府？」

蕭謹言聞言，笑道：「妳去恒王府當真是為了接阿秀？還是為了別的？」

趙暖玉雖然大剌剌，但被別人說中心事，也是有些臉紅，遂彆扭道：「你管我呢！只說要不要就好。」

「這會兒阿秀也許已經在國公府了，妳不必多跑一趟。前幾日，國公府就接到我們今日回京的消息，應該早已準備妥當。」

趙暖玉聞言，有些失落地低下了頭。

趙暖陽見狀，取笑道：「妳哥哥還沒娶媳婦呢，妳倒想著嫁人了。罷了罷了，女大不中留呀！」

趙暖玉氣得臉紅，一鞭子揮在趙暖陽的坐騎上，駿馬長嘶一聲，往前頭跑去，惹得趙暖玉和蕭謹言哈哈大笑，兩人便並轡而行。

趙暖玉稍稍低下頭，仍帶著幾分羞澀之意。蕭謹言還是第一次見到趙暖玉這個模樣，遂玩笑道：「玉表妹這樣，當真國色天香，小郡王真是有福了。」

趙暖玉睨了蕭謹言一眼，挑眉笑道：「言表哥還是不要誇我了，只怕在你心裡，阿秀才是最好的吧？聽說言表哥從武就是為了她，真是讓人佩服。」

「其實也不盡然是。身為男子，總要有所建樹，讀書科舉是一條路，行武又是另一條路。蕭家祖上是行武出身，我不過從祖業而已。」蕭謹言臉上神色淡然，說得像理所當然一樣。

趙暖玉撇了撇嘴，湊到蕭謹言耳邊，小聲道：「言表哥，看在你如此上進的分上，我提醒你一件事。」

她說著，往身後的韃靼使臣團望去，把聲音壓得更低。「韃靼四公主看上你了，你小心些。」

蕭謹言聞言就愣住了，臉色微變，蹙眉道：「皇上和大臣們不是已經定了人選嗎？這種事情豈能讓他們出爾反爾。」

趙暖玉也擰起眉，開口道：「四公主不願意嫁，尋死覓活，皇上也沒辦法呀。你還是儘早想個辦法，趁他們還沒提出要求前，把婚事訂下來吧。」

這時，蕭謹言完全傻了，後背發冷，只點點頭，小聲謝過了趙暖玉。

今日辰時，阿秀便從恒王府起身去了許國公府。昨夜大軍就到城外了，但軍營的人不能隨便走動，所以許國公和蕭謹言定了今天一早進京，皇帝也命禮部準備歡迎儀式。

許國公先領著幾個隨行將士回宮面聖，蕭謹言則帶親兵回國公府。這一路奔波，說不勞累是假的，但想到馬上就能見到阿秀，蕭謹言心裡便有說不出的高興。

此時，許國公府門口早已黑壓壓站了一排人，從趙氏一直到蘭姨娘生的閨女，祖孫三代人擠得密密麻麻，其中還有些親朋好友。

不一會兒，小廝急急忙忙跑來稟道：「回老太太，世子爺的人馬已經到了牌坊口。國公爺沒回來，說是先進宮請安了。」

趙氏點頭道：「很是很是，理應先入宮面聖。」

阿秀聞言，忍不住踮起腳跟、探出身子，往遠處看去。站在她身旁的蕭瑾璃見了，笑著道：「看把妳著急得，都快成望夫石了。」

阿秀頓時面紅耳赤，低下了頭。

這時，一行人浩浩蕩蕩從遠處而來，蕭謹言騎在棗紅色的汗血寶馬上，銀甲光彩奪目，一手抱著帽盔、一手牽著韁繩，器宇軒昂，幾乎讓人不敢直視。

阿秀抬起頭，目光停留在蕭謹言的麥色肌膚上，抿嘴笑了。兩世以來，這還是她頭一次看見蕭謹言曬得這麼黑，卻一點也不覺得難看，反而更有男子氣概，頓時感覺臉頰有些發燙。

這時，一道灼熱的眼光從遠處投來，蕭謹言也發現了人群中的阿秀。

三年未見，纖巧秀氣的阿秀出落得嬌豔美麗，讓蕭謹言的目光再也無法離開。

阿秀有些羞澀地低下頭，捏著手帕的掌心微微發熱。

孔氏瞧見兒子這個模樣，心疼得不行，低頭擦眼淚，道：「怎麼變成這樣子？我都快認不出了。」

趙氏倒是對蕭謹言的改變很滿意，開口道：「這樣才好呢。黑一些，看著更壯實，更像他老子了。」

到了門口，蕭謹言從馬背上跳下來，單膝跪地，向趙氏和孔氏行禮。「孫兒給老太太請安、給母親請安。」

趙氏由丫鬟扶著，親自上前把蕭謹言扶起來，開口道：「回來就好。」

蕭謹言抬起頭，一雙眼睛炯炯有神，帶著三分笑意。「不敢忘了老太太臨走時的囑咐，自要安然無恙地回來。」

趙氏拍了把蕭謹言的肩膀，道：「言哥兒長大了，越發沈穩，我真的老了。」

蕭謹言上前攙著趙氏，笑著說：「老太太哪裡老了？孫兒瞧著，比我走的時候更有精神了，連白頭髮都少了好些呢！」

趙氏被逗得哈哈笑起來。「這三年，你不光是曬黑，嘴還變得油滑了。怎麼，打韃子還要靠嘴上功夫不成？」

「那是，要不是父親嘴上功夫了得，只怕這次韃子還沒那麼容易退兵呢。」這次和談順利，許國公功不可沒。

趙氏點點頭，將蕭謹言迎進了府中。

孔氏瞧蕭謹言一身戎裝，那銀甲看著頗有分量，又心疼起來，便道：「言哥兒，你先回文瀾院換身衣服吧，這鎧甲硬邦邦的，身上還配著大刀，倘若傷到人，可就不好了。」

蕭謹言聞言，鬆開了趙氏，點點頭道：「母親說得是，那我先回房換衣裳。」

這時，蕭謹言房裡的丫鬟都在，聽說他要回文瀾院，便站出來帶路。

阿秀一直跟在後頭，見她們上前，只悄悄躲在後面。

蕭瑾璃見了，笑著道：「妳要去就去吧，反正這裡也沒什麼外人。」

阿秀依舊臉紅，蕭瑾璃想了想，便道：「那我陪妳去吧。」

阿秀感激不盡，命人向孔氏回一聲，和蕭瑾璃跟在蕭謹言身後離開了。

第七十六章

從進門時，蕭謹言就注意著阿秀，這時又見阿秀悄悄跟在他身後，忍不住勾了勾唇瓣，只加快了步伐，幾個丫鬟也努力跟上去。

文瀾院裡，早有丫鬟在門口候著，其中有些丫鬟原來就在文瀾院服侍，見蕭謹言變了模樣，比起以前文質彬彬的樣子，越發讓人覺得疏離沈穩，遂低著頭不敢說話，跟在他的身後。

進了大廳，蕭謹言便轉身吩咐。「把外面的客人請進來，送上茶後，妳們就可以出去了。」

墨琴和墨棋原就是服侍蕭謹言的，又知道蕭謹言和阿秀的事，沏好茶送上去後，便福身退下了。

蕭瑾璃是跟著阿秀一起來的，這會兒倒成了多餘的人，見到這般光景，不好意思多留，笑著道：「算了，這茶怕是沒有我的分，我還是先走吧。」

蕭瑾璃出去後，阿秀站在門口，嘴角淺淺一笑，遠遠地看著蕭謹言。

蕭謹言也看著她，眉眼中透出暖意，聲音帶著幾分沙啞。「阿秀，我回來了。」

阿秀晶瑩黑亮的眸中含著淚光，可嘴角的笑意卻放大了。

蕭謹言忽然大步上前，伸手把她抱起來，幾近瘋狂地在廊下轉圈子，朗聲笑著道：「我的阿秀終於長大了！」

阿秀冷不丁被抱起來，嚇得花容失色，急忙伸手摟住蕭謹言的脖頸，低下頭時，下顎正好蹭在他的髮髻上，臉頰燒得通紅。

蕭謹言轉了好幾圈，抬起頭看阿秀，兩人四目相對許久，他才把她放下來。此時，阿秀忽然伸出手，握住蕭謹言帶著老繭的大掌。

蕭謹言見狀，反手將阿秀的柔嫩小手扣在掌中，牽著她往房裡去。

裡間早已備好給蕭謹言換的常服，蕭謹言坐在一旁喝茶，阿秀伸手取了件寶藍色直裰，捧過來道：「這衣服應該是新做的，上頭的花樣是今年京城裡流行的。」

蕭謹言不看那衣服，目光停留在阿秀臉上，直到阿秀走至他跟前，才放下茶盞站起來，頎長的身材越發顯得健碩了幾分。

阿秀只覺得臉上一陣陣發燙，伸手解開蕭謹言身上的銀甲，那鎧甲是用生鐵鑄造而成，又硬又冷，蕭謹言便按住了她的手背，道：「我來，妳拿不動。」

阿秀略顯窘迫，卻沒有堅持，站在一旁看蕭謹言把整套鎧甲脫下來，見裡面穿著白色的棉布中衣，是後來孔氏託人送去邊關的，不是軍營裡將士們穿的那種。

接著，阿秀抖開外袍幫蕭謹言更衣，指尖觸及他胸口越發緊致的肌肉，頭垂得更低了。

蕭謹言淺嗅著阿秀身上淡淡的香味，在阿秀為他撫平衣物上最後一處綯褶時，握住了她的雙手。

「阿秀，我們終於要在一起了。」

蕭謹言所期待的，無非就是和阿秀的未來，他努力了很久，刻意改變前世的發展，想讓阿秀過上無憂無慮的生活。為了達成心願，他們犧牲得太多了，這三年的分別時光，終是在蕭謹言心中留下了小小的遺憾。

阿秀感受著蕭謹言溫熱大掌的包圍，胸口像有小鹿在亂撞般跳動，小聲道：「爺，時候不早了，老太太和太太還在榮安堂等你呢。」

蕭謹言知道阿秀總是這般乖巧懂事，聽她說出這樣的掃興話，也沒生氣，只笑著道：「我已經回來了，老太太和太太整日都可以見，倒是不著急；唯有妳，現在還住在恒王府，沒完婚之前，只怕要有些時候見不到，況且……」

蕭謹言說到這裡，忍不住將阿秀納入懷中，低頭親了她的額頭一口，沙啞道：「我三年沒見到妳了，讓我好好看看妳。」

蕭謹言從軍三年，原本柔軟的掌心已長滿老繭，撫摸阿秀光滑柔嫩的臉頰時，帶著微微粗糙的感覺，卻讓阿秀覺得更可靠、更安心了。

房中浮著淡淡的香氣，阿秀抬起頭，微微閉上眼眸，纖長睫毛微微顫動，蕭謹言垂首，在她的唇瓣上蜻蜓點水地觸了下。天知道，這會兒他多希望可以肆無忌憚地一親芳澤，可趙氏和孔氏都在，要是等會兒阿秀的嘴唇紅腫，只怕她們看一眼就明白發生了什麼事。阿秀是他要明媒正娶過門的媳婦，不能讓她在人前丟臉。

阿秀本以為自己將遇到狂風暴雨，誰知道只是潤物細無聲的小雨，遂低下頭偷偷笑了笑，聽見蕭謹言一本正經地開口了——

「我們去榮安堂吧，不能讓大家等我一個。」

因為許國公先行進宮，二老爺又帶人出城迎接大雍軍，還沒回來，所以榮安堂裡烏壓壓一片都是女眷。

趙氏見蕭謹言換了身家常衣服進來，笑著招呼他坐到她旁邊，看了又看。

「果真結實多了。這衣服是前些日子才做的，我聽你娘說，特意讓針線房的人比著你原來穿的衣服做大一圈，怎麼看著還嫌小呢！」

孔氏忙道：「老太太說得是，我也沒料到，原本想著言哥兒該是長定的時候了，只怕他身子壯了穿不下，特地讓人做大，結果還是小了。」

「不要緊，叫針線房再趕幾件大的吧。天氣馬上就熱了，也到了做單衣的時節。」

孔氏自是點頭，眉眼中都是笑意，瞧兒子平安地站在跟前，忽然覺得有些後怕，擦了擦眼淚道：「也不知道你當初是中了什麼邪，非要去軍營不可，多少京城的富家子弟都受不得這種苦，你倒好，自己找罪受。」

蕭謹言便笑著道：「這有什麼。母親不知道，這次我出去，還結交了不少朋友，都是將門之後。前幾年，我們這些後輩聯繫得少了，如今正好又玩到一起。」

孔氏見兒子如此高興，比以前健談活躍，心下也是一團歡喜。

這時，外面有小丫鬟來傳話，說太子妃到了。

原來，蕭瑾瑜生下皇長孫時，恰逢許國公首戰告捷，皇帝正重用許國公，加上淮南賑災一事，豫王辦得極好，且整肅吏治，得百姓擁戴，所以皇帝立了豫王當太子。

蕭瑾瑜生下皇長孫後，調養得不錯，如今又懷上了，孔氏怕她勞累，讓她不用過來，過幾日她再帶著蕭謹言去太子府見她。可蕭瑾瑜甚是想念蕭謹言，又想起幾年前要不是蕭謹言提醒豫王關注淮南水患，豫王未必能有今日，如今父兄凱旋而歸，她親自來一趟，也是應該的。

孔氏聞言，忙親自迎出去，見蕭瑾瑜已經到了門口，就笑著道：「太子妃怎麼還是親自來了，也不事先說一聲。」

蕭瑾瑜開口道：「我若說了，您又不准我來了。我不過是想念弟弟，來看看他而已，三年沒見，也不知道他是高了還是瘦了。」

丫鬟們迎蕭瑾瑜入內，掀開簾子扶她進去，蕭謹言便上前向她行禮。

蕭瑾瑜上下打量了蕭謹言一眼，笑道：「個子倒是和以前一樣，只是身子骨兒看上去結實了許多。」

如今孔氏也算是母以女貴了，蕭瑾瑜是太子妃，等豫王登基後，肯定要封后的，所以許國公府上上下下對她恭敬非常，連趙氏也相當疼愛她。

蕭瑾瑜在廳裡坐下，瞧了下面坐著的女眷們一眼，目光停留在阿秀身上，嘴角不由勾出一絲笑。其實，她今日過來，除了看蕭謹言，還受了皇后娘娘的囑託，來辦一件小事。

那日明側妃發現田氏的毒計後，氣得胸口發痛，過幾日皇后娘娘召她進宮商議周顯的婚事時，便把斗篷的事情回稟了。

皇后娘娘膝下無女，這兩年對阿秀疼寵有加，聽見田氏竟然如此惡毒，恨不得給她一頓排頭吃；但她母儀天下，親自做這樣的事情，有些失了身分，剛好蕭瑾瑜進宮請安，這差事就落到了蕭瑾瑜身上。

蕭瑾瑜知道，田氏向來不服孔氏，但孔氏是個好相與的，不常跟她計較。她雖然有心幫母親出氣，卻一直沒找到合適的機會，這次正巧被她給遇上了。只是，這樣的事情，又何必要她親自動手呢？

蕭瑾瑜臉上堆著笑，開口問道：「聽說玉秀郡主有件百子嬉春圖的斗篷，做工很是精細，不知能不能借我看一眼，我讓太子府的繡娘做一件出來。」

阿秀沒料到太子妃也知道斗篷的事情，但真相已經大白，沒什麼好害怕的了，便回答。「是有一件，只是被剪壞了。太子妃若想看，明兒我讓丫鬟送到太子府去。」

前幾日，蕭謹言收到周顯的來信，知道了阿秀的真實身世，樂得他一宿沒睡著，這時聽說斗篷壞了，便蹙眉問道：「怎麼剪壞了？我不是好好地收著嗎？」

坐在一旁的田氏已經略顯不安了，為了這件事，孔氏本就憋著一股氣，聞言遂道：「我給你收拾屋子時，瞧見斗篷沾了灰，就讓人拿去漿洗房洗一洗，誰知被你二嬸娘借了去，拿回來時，就剪破了好大的口子。」

趙氏聽明白了，開口問田氏。「妳借郡主的斗篷做什麼？怎麼還弄壞了呢？」

這時，蕭瑾瑜冷笑一聲，道：「老太太有所不知，二嬸娘借了阿秀的斗篷，是要拿給恒王府的明側妃看，說斗篷的主人不是阿秀，她的女兒另有其人呢！您若不信，拉了二嬸娘的丫鬟問問，其中必定有一個想去冒充郡主的。」

田氏哪裡知道蕭瑾瑜是故意來發落她的，聽她這麼說，立刻跳了起來。

「太子妃，您怎能誣陷我?!我……我並不是這個意思！」

「妳是什麼意思，本宮並不需要知道，只是妳居心叵測，還企圖混淆皇室血脈，這條罪責是免不了的。」

蕭瑾瑜言畢，轉身冷冷地看著田氏。作為未來的皇后娘娘，她的氣勢頓時就把田氏給震懾住了。

田氏只覺得渾身都軟了，扶著椅子癱下，跪在地上求饒。「太子妃饒命，臣婦並沒有這種想法，臣婦只是……」

趙氏沒料到田氏會做出這樣糊塗的事情，氣得嘴唇發抖，指著田氏道：「妳……妳究竟安的什麼心？居然做出這種事。阿秀不是郡主，對妳有什麼好處？再說了，阿秀是小郡王親自認下的，難道小郡王和明側妃會連自己的妹妹和女兒都認不出來？」

田氏的身子抖得像篩糠一樣，她的雙胞胎女兒也急忙跪下求情。「老太太，母親不是這個意思，您千萬要明察啊！」

「明察什麼，難道現在還不夠清楚嗎？太子妃都知道這件事了，可見鬧得有多大。」

這會兒，蕭瑾瑜已經坐下來，端起一旁的紅棗銀耳茶，略抿了一口，才緩緩開口道：「老太太，實不相瞞，對於這件事，皇后娘娘也很生氣，若非我正好進宮，攔了下來，只怕這會兒皇后娘娘親自發落的懿旨已經下了。」

趙氏聞言，臉上的怒意又多了幾分，厲聲道：「沒想到我們家竟出了這樣不安分的人，真是讓人笑話。罷了，既然太子妃在，這毒婦要怎麼處置，憑太子妃說了算吧！」

蕭瑾瑜雖然看不慣田氏，卻也不屑跟她一般見識，見此行的目的已經達成，便笑著道：「她是我的嬸娘，說起來還是一家親戚，我實在下不了手。不如這樣，既然玉秀郡主在，就把她交給玉秀郡主發落吧。」

蕭瑾瑜對阿秀的印象還算不錯，況且這次她在眾人面前修理了田氏一頓，也算很給阿秀面子了。她如今懷著身孕，做不出太過絕情的事情，便把這個機會留給阿秀。

阿秀站起來，看了跪在地上的田氏一眼，想起三年前田氏因兒子生病請大夫的事情被耽誤，讓她跪在門口，要罰她的場景。那時田氏何等意氣風發，可現在，田氏跪在下面，嚇得魂不附體，抬起頭看著阿秀求饒。

「郡主，您饒了臣婦吧，臣婦……不是有意要陷害郡主的。」

阿秀動容了一下，她畢竟心善，從沒有做過狠心的事情，況且這次若不是田氏起了壞心思，也不知她和明側妃要到什麼時候才能相認。

想到這裡，阿秀對田氏的怨恨就少了幾分，正要開口說話，那邊蕭謹言卻搶先道：「二嬸娘蛇蠍心腸，做出這樣的事情，有辱國公府門風，兩位妹妹如今也到了要議親的年紀，若被外人知道嫡母如此，豈不是被人瞧不起。按我的意思，不如讓二嬸娘稱病，去家廟養著吧。」

這三年間，蕭謹言跟在許國公身邊，看慣了軍營裡的雷霆手段，這種處罰，還算是輕的呢。

眾人聞言，都覺得他說得很有道理。

趙氏很是寶貝二房那對雙胞胎，聽蕭謹言提及此事，連連點頭。「對對，千萬不能連累到你兩個妹妹的婚事。」

雙胞胎本是要求情的，可非但沒求成，自己卻成了讓田氏去家廟的理由，有苦說不出，眼淚頓時就落下來了。

孔氏見狀，開口道：「言哥兒這話說得在理。沒想到，你出去三年，回來整個人都變了，待人處世比以前老練了很多。」

趙氏見雙胞胎孫女哭得傷心，開口安撫道：「別哭了，妳們的婚事自有我和妳們老爹操心，跟著這樣的娘，早晚把妳們給教壞了。」

兩人聞言，不敢再大聲哭，吸著鼻子，小聲地抽噎著。

蕭瑾璃坐在一旁，臉上帶著幾分奚落的笑意，湊到阿秀的耳邊，小聲道：「她們倆只怕早學壞了，也只有老太太被她們哄得開心。」

阿秀見蕭謹言已經發落完，不好再說什麼，只抬起頭，略略瞧了他一眼，正巧遇上他朝她看來，兩人的目光就這樣撞在一起，遂急忙低下了頭。

因是高興日子，趙氏覺得田氏跪在那邊實在掃興，便喊了幾個老嬤嬤把田氏拉出去，眾人這才熱絡地又聊起來。

蕭謹言大概說了這三年的經過，感嘆道：「在外面什麼都能咬牙忍耐，唯有想起府裡廚子的手藝時，就要流口水。一同從軍的幾個兄弟，除了趙小將軍，哪個不是錦衣玉食長大的，到了邊關，也只能和將士們吃一樣的飯，所以大家就吃著乾糧，想念家裡的山珍海味。」

趙氏聽了，很是心疼，開口道：「難為你們都熬過來了。」

這時，小丫鬟笑著進來回話。「老太太，外面擺飯了，請各位主子入座。」

孔氏聞言，忙道：「正說到吃的呢，那快些去用膳吧。你不在家，我們吃飯也覺得冷清。」

孔氏說完，上前對蕭瑾瑜道：「太子妃也留下來吧，我讓廚房另外做幾道清淡的菜。」

既是回娘家，蕭瑾瑜自然也沒什麼好客氣的，點頭道：「我這個時候來，可不就是存了這樣的心思。」

眾人說完，到隔壁的偏廳用午膳，蕭謹言陪著趙氏和孔氏坐，另外一桌則是蕭瑾璃、蕭瑾瑜和阿秀。二房的雙胞胎則回房哭去了。

阿秀當了幾年的郡主，且她原本就比別人多活了一世，除了容貌出眾外，禮儀、規矩也是極好的，蕭瑾瑜也很喜歡她。如今蕭謹言越發有出息了，以後太子登基，政務上肯定會倚重蕭家，她入主後宮，也要以母族為榮，以後和阿秀少不得要多多來往。蕭瑾瑜想到這裡，對阿秀的笑容越發和藹可親了些。

用過午膳，趙氏雖然高興，但年紀大的人勞累不得，依舊還是要歇午覺，孔氏便帶著眾人散去了。

今日阿秀見到了蕭謹言，雖然兩人能親密的時光太短，不過瞧著他安然無恙地回來，她心裡滿滿的都是歡喜。

第七十七章

回了恒王府，阿秀去向明側妃請安，才知道周顯還沒從宮裡回來。今日宮裡為許國公接風，晚上還有宴會。

阿秀聽了，知道蕭謹言一會兒也要進宮的，便有些心疼他勞碌了。

這時，宮中的小太監來傳話，說讓阿秀進宮赴宴。原來除了朝臣為許國公慶功外，皇后娘娘也設宴招待韃靼的公主。

皇后娘娘雖然很疼愛阿秀，但阿秀並不喜歡進宮。宮裡規矩多，阿秀以前當過小丫鬟，整日被各種規矩管著，所以越發不喜歡那種重規矩的地方。不過，既然是皇后娘娘派人來傳話，自然不能不去。

明側妃得到消息，倒欣喜得很，忙讓丫鬟們幫阿秀打點，吩咐道：「聽說那韃靼公主也是美人，妳們一定要把郡主打扮得漂亮些，可不能被她比下去了。」

眾丫鬟應了，去凝香院為阿秀梳妝打扮。

其實阿秀今日穿去許國公府的衣服已經很華麗，上身是玫紅窄袖交領上衣，下面是同色八幅曳地裙，外罩藕粉色披帛，頭上是一整套紅寶石頭面，寶光璀璨；可她剛回來就嫌頭上太重，早把頭面卸了下來。

阿秀坐在梳妝檯前，丫鬟紅玉一邊為她梳妝、一邊道：「郡主就不該這麼急著把妝卸了，這會兒又要重新弄一次了。」

阿秀看著鏡子裡的自己，仍覺得這一切不大真實。前世，她不過就是個小小的通房丫鬟，這輩子怎麼就成了王府的郡主？原本她以為這一切都是假的，雖然身為郡主，卻擔驚受怕，可沒想到，這一切竟然都是真的。

莫非是老天爺也覺得她上輩子活得太苦，死得太冤，該享的福分沒有享盡，所以才給她這樣的一世？

阿秀微微嘆了口氣，伸手扶了扶髮髻上的珠花，站起來讓眾人重新為她整理衣裳。幾個丫鬟把她圍在中間服侍，這樣的日子，她曾經連想都不敢想。

紅玉幫阿秀撫平衣裳的縐褶，將玉珮、香囊繫在她腰間，又上下打量了阿秀一眼，道：「郡主真是越發好看了，紅玉從沒見過像您這樣好看的人呢！」

紅玉年紀小，是最近被阿秀提拔上來的小丫鬟，眾丫鬟聽她這麼說，便笑著道：「就妳嘴甜，怪不得現在郡主都不要我們服侍了。」

阿秀想起自己做小丫鬟時的光景，頓時覺得這群丫鬟間的鬥嘴有趣了幾分，遂道：「她年紀小，嘴又甜，我自然多喜歡她一些；不過我如何會不喜歡青靄姊姊呢，給姊姊的嫁妝都準備好了呢！」

青靄是阿秀入恒王府後，明側妃給她的丫鬟，來服侍阿秀那年已經十五歲，如今三年過去，也十八歲了。不過明側妃對青靄不錯，沒把她隨便配了小廝，而是許給劉嬤嬤的孫子。劉嬤嬤的兒子如今管著王府的莊子，明側妃准了他兒子脫籍，去年剛考中舉人，這幾天正預備春試，說不定，青靄以後能成為官太太呢。

阿秀對服侍她的丫鬟都很好，她以前當過丫鬟，知道她們過的是什麼日子，若想過得好些，只能依靠主子開恩。且明側妃給她的丫鬟都挺老實的，她自然不會苛待她們。去年紫煙滿了十八，家裡人來贖她，阿秀非但勸明側妃免了她的贖身銀子，反而又賞她二十兩，謝謝她這幾年的悉心服侍。

這些丫鬟知道阿秀的為人，因此越發盡心服侍了。

阿秀梳妝打扮完，去了紫薇苑，讓明側妃親自看過，也覺得阿秀桃腮杏臉、顧盼生姿。且如今明側妃知道阿秀是她嫡嫡親的閨女，心中對阿秀的喜歡，似乎又和從前更不一樣。

阿秀向明側妃告辭後，坐上恒王府的赤銅軸輻雙掛馬車。丫鬟紅玉是頭一回進宮，心裡有些惴惴不安，瞧見阿秀一副意興闌珊的樣子，便開口問道：「郡主不喜歡進宮嗎？」

阿秀抿唇一笑，像紅玉這樣的年紀，正是對世事最好奇的時候，自然想要到處看看的。

「也不是，只是有些累了。」阿秀低下頭，身子微微放鬆，合眼靠在車壁上。

其實，她心裡有些疑惑，平常皇后娘娘召她進宮，都會提前一日來報，可今兒午後竟突然派人來，可見皇后娘娘也許一開始並沒有要她過去。

想到這裡，阿秀稍稍睜開眸子，出門前聽明側妃說韃靼公主是個美女，那究竟是什麼樣的人呢？不知為何，想起韃靼公主，阿秀心裡總有些不安。

阿秀進了宮，鳳儀宮的奴才早已在門口等著，宮女領著阿秀進去，一邊走、一邊低聲道：「娘娘請了欣悅郡主進宮，陪韃靼的四公主在御花園裡到處看看。郡主是先去鳳儀宮給娘娘請安呢，還是去御花園瞧瞧？」

來接阿秀的宮女是皇后娘娘身邊的大宮女襲香，自然不會自作主張，她這麼說，定然是得到了皇后娘娘的指示。

阿秀想了想，道：「先去鳳儀宮給娘娘請安吧，我也許久沒見到娘娘了。」

襲香便笑著道：「可不是，前兩日明側妃進宮，皇后娘娘還問起郡主呢。明側妃說郡主身子微恙，如今可是好全了？」

阿秀含著淺笑回答。「早好了，不然今兒也不敢進宮，要是把病氣帶進來，就不好了。」

襲香見阿秀謙和的樣子，對她越發親近。皇后娘娘身邊的宮女見多識廣，哪些人是皇后娘娘真心喜歡的、哪些人只是表面往來，她心裡一清二楚。比如欣悅郡主，皇后娘娘對她就沒幾分好感，若不是想著她以後會是韃靼公主的小姑子，皇后娘娘才懶得見她。偏生皇后娘娘喜歡的人，又鮮少進宮。

「以後郡主若是有空，不如常來瞧瞧皇后娘娘，娘娘很惦記您。」話說到這分上，也差不多了，聰明人自然知道其中的意思。

阿秀便點了點頭。「多謝襲香姊姊提醒。」

到了鳳儀宮，裡頭早已布置一新，皇后娘娘親自接待韃靼公主，也算給足了對方面子。宮女進去傳了話，阿秀在門口等著，不久就聽見皇后娘娘清朗的聲音。

「阿秀，進來吧。」

皇后娘娘的年紀大約四十出頭，看上去卻不過三十五、六歲的模樣，且她母儀天下二十餘載，骨子裡自然透著一股雍容華貴。

自從先太子夭折後，皇后娘娘便無所出，宮裡雖然有不少公主，但對於情敵的女兒，皇后娘娘也沒那個心思親近。明側妃帶著阿秀進宮幾次，她倒是對阿秀越發喜歡，還連連開玩笑，若非養在她膝下的七皇子尚且年幼，真想把阿秀招進宮當兒媳。

不過這只是玩笑話，大雍的規矩，同姓之間，未出五服是不能通婚的。

阿秀提著衣裙進去，小心翼翼地向皇后娘娘行了大禮。

皇后娘娘受了她的禮，笑著道：「快起來吧，自家親戚，就妳最重禮數。」

皇后娘娘出身永昌侯府，年幼喪母，沒進宮前，也曾過了一段不容易的日子，知道阿秀從小流落在外，更是心疼她。

阿秀起身，撫平了裙襬的縐褶，上前接過宮女手裡的美人拳，不輕不重地為皇后娘娘捶起了小腿。

「禮不可廢，皇后娘娘雖然心疼阿秀，可阿秀卻不能對皇后娘娘不敬。就算娘娘不介意，但別人看著也會說三道四。」

阿秀十一歲才認祖歸宗，之前過的日子是這些皇室權貴不能想像的，有些人就喜歡拿這些來做文章。別的公主、郡主禮數不周，那是天真率直；可阿秀出了錯，只怕就會被扣上目無尊長的帽子。

這些都是阿秀進了恒王府後，明側妃一點一點教她的。那時，明側妃並不知道阿秀是她的親生女兒，處處都格外小心，不只在往來交際上嚴格管教，更請了宮裡的老嬤嬤親自教她禮儀。

幸好阿秀冰雪聰明，且從小服侍人，更懂得做小伏低，所以連老嬤嬤都誇她得人疼。

皇后娘娘聽了阿秀這番話，伸手拍了拍她的手背，眉眼透出了幾分笑意。

阿秀的婚事，明側妃私底下也跟皇后娘娘提過了。在大雍，若非有特殊原因，皇帝是懶得為臣子賜婚的。太宗皇帝時，公主看上了當朝狀元，誰知道狀元爺上表，說自己已經訂過親，請皇帝收回成命。皇帝很鬱悶，覺得對不起公主，公主便捨了狀元爺，看上探花郎，皇帝遂立刻又降下聖旨。

誰知，第二天探花郎也上奏，說家中有個從小養到大的童養媳，不日就要成婚。這下可把太宗皇帝氣得半死，原本進士入朝得先在翰林院待上幾年，因為這件事，皇帝直接下了第三道聖旨，把狀元爺和探花郎外放出去，貶成九品芝麻官。

從此以後，大家都懂了一個道理：強扭的瓜不甜。但凡皇帝賜婚，大多是朝臣們已經私下談妥了，為了表示尊貴鄭重，才會請皇帝下旨再說一遍。

「妳啊，就是小心過頭了。不是我說，如今就算妳驕縱些，那又如何？那些事都已經過去了，妳越記得以前的事情，越發小心，別人才越會多想。」

皇后娘娘見阿秀臉上仍舊帶著幾分謙卑，微微嘆了口氣，又問道：「今兒妳去了許國公府嗎？有沒有遇上太子妃？」

阿秀聽皇后娘娘提起太子妃，頓時明白了幾分。太子妃跟她非親非故，為什麼要幫她呢？太子妃是許國公家的女兒，娘家出了這樣的事，她面上自然不好看，懷著身孕卻還親自過來，想必是有皇后娘娘的授意。

「多謝娘娘疼我。」阿秀起身，對皇后娘娘福了福身子。「其實……別說別人懷疑，就連我自己，有時候也會想著，會不會是哥哥和姨娘錯認了我，心裡越發害怕起來。」

「真是個傻孩子。」皇后娘娘笑著道：「妳和明側妃長得像不假，但其實更像妳父王，顯兒卻更像他母親，所以妳和顯兒並不是十分相像的。」

聽皇后娘娘說起這些，阿秀倒是不解了。恒王府的小祠堂裡雖然供奉著恒王的畫像，可那正兒八經的工筆畫，當真看不出什麼來。

皇后娘娘見阿秀滿臉疑惑，便笑著道：「我是說，妳和妳父王年少時很像。」

皇后娘娘才說完，便有宮女進來，手中捧著一幅畫卷。皇后娘娘讓宮女將畫卷展開，呈現在阿秀面前。

畫卷上，兩個俊美少年並轡而行，一個器宇非凡、一個手神俊美。

「這……這兩位是？」

「左邊的是當今皇上，右邊的就是妳父王，妳自己瞧一瞧，像不像？」

第七十八章

阿秀的目光停在畫卷上，她知道恒王是武將，可她從沒想過，原來自己的父王長得這般俊秀。

「妳父王和皇上只差了三歲，這是二十多年前皇上在東郊狩獵時，畫師為他們畫的。那時，妳父王才十三歲，正值年少，妳現在的模樣與神韻，和當時的他有七、八分像，只是見過妳父王這般大的人不多，沒什麼人知道而已。」

皇后娘娘命人收起畫卷，繼續道：「三年前，皇帝下詔讓妳入皇室玉牒時，豫王說起這件事，才把這畫卷找出來的。」

原來，豫王在許國公府見過阿秀後，便覺得眼熟，卻想不起到底在哪兒見過。直到他從淮南回京，皇帝壽宴時請了畫師作畫，提起二十多年前在東郊畫過的畫卷，才想了起來。

後來周顯上書讓阿秀認祖歸宗，皇帝對皇室血脈一向盤查嚴格，豫王看在自己小舅子蕭謹言的面上，便把此事告訴皇帝。

皇帝請人將畫卷找出來，親自看過了，因此阿秀頭一次進宮時，皇帝和皇后才認定她就是恒王的親生女兒，否則，皇室絕不可能隨隨便便就認個民女當郡主。但周顯和明側妃不知道，才會有後來一連串的事情。

皇后娘娘笑道：「今日把這畫拿出來給妳看，是想讓妳知道，妳是恒王的親生女兒，這一點是絕不會有錯的，誰要是敢質疑這件事，就是挑戰皇室的威嚴，妳大可以不必如此小心謹慎。除了宮裡的那些公主，妳就是大雍最尊貴的姑娘。」

阿秀聞言，稍稍低下頭，臉頰泛起幾分紅暈，福身道：「多謝皇后娘娘的抬愛，阿秀明白。」

這時，宮女進來回話。「皇后娘娘，欣悅郡主和四公主回來了，徐貴妃在御花園遇上她們，也一起過來請安。」

皇后娘娘聽了，臉上露出一絲幾不可見的嫌棄，冷冷開口道：「請她們進來吧。」

宮女口中的徐貴妃，是先太后娘家的姪女，皇上剛登基不久，就被先太后弄進宮裡。那時皇后娘娘身懷六甲，無心顧及後宮，才讓她一步步爬了上來，還懷上龍種。所幸，徐貴妃並沒有一舉得男，讓皇后娘娘鬆了口氣；可誰知道，先太子染病時，徐貴妃又懷上了，後來生下五皇子。

從那個時候開始，皇后娘娘越發恨起徐貴妃，兩人在後宮鬥了大半輩子，卻沒真正分出個勝負。直到立儲時，皇后娘娘明顯偏向了豫王，徐貴妃才赫然發現，皇后娘娘竟然在不知不覺中，重立了陣營。

阿秀坐在軟榻邊的小杌子上，拿著美人拳，有一搭、沒一搭地替皇后娘娘捶腿。這兩年，她也見過欣悅郡主幾次，但因為前世的陰影，總覺得在她面前，自己似乎還是抬不起頭。所以當她看見三個華服之人從殿外進來時，不由又低下頭去。

欣悅郡主穿著一身芙蓉色織絲錦衣，頭戴赤金五彩琉璃步搖，胸口掛赤金盤螭瓔珞圈，盛裝打扮，讓人目光一亮。而站在她身邊的韃靼四公主穆蘭，穿著韃靼服飾，大紅色繡纏枝花紋的長裙，上身是交領窄袖上衣，頭上戴鑲白狐毛流蘇小氈帽，皮膚雖不十分白皙，五官卻線條分明，一雙淺褐色的眼睛顧盼神飛。

穆蘭公主見皇后娘娘似乎不大在意禮數，遂只拱了拱手，笑著開口道：「皇后娘娘，你們大雍的花園可真好看。我們韃靼的皇宮沒有花園，只有廣漠的草原，小花就長在草原上，一望無垠，春日策馬在草地上奔跑，聞到的都是花香。」

阿秀聽穆蘭公主的短短幾句話，都能想像出滿地鮮花的樣子，忍不住帶著幾分嚮往，抬起頭看了她一眼。

穆蘭貴為一國公主，自然也有眼力，一眼就看出阿秀的神采、打扮並非是一般宮女，笑著道：「這是哪位公主妹妹，長得跟天仙一樣好看，怎麼方才午膳時沒瞧見？」

皇后娘娘聞言，晾下在一旁行禮的徐貴妃，轉頭回答穆蘭公主。「阿秀不是宮裡的公主，是恒王府的郡主，才剛過來。」

「方才我還在外頭跟欣悅姊姊打賭，說大雍的公主沒一個比她漂亮，誰知道一進來就輸了。這位妹妹叫什麼名字？」

韃靼人生性直爽，穆蘭公主這番話，說得欣悅郡主恨不得找個洞鑽下去。

在大雍皇室裡，身分比容貌重要千百倍，欣悅郡主長得再好看，也不能和公主相比。穆蘭公主說的雖然是頑話，可她沒在一旁勸著，也是踰矩了。

皇后娘娘本來就不喜歡欣悅郡主，且今兒徐貴妃又在場，明慧長公主素來與徐貴妃親厚，她不是不知，只笑著道：「論起長相，阿秀的確長得好些。不是我誇她，宮裡這十來個公主，能比阿秀強的，只怕沒幾個。」

欣悅郡主聽見皇后娘娘的話，臉上頓時就變色了，微微低下頭，掩飾心中的怒意。

皇后娘娘見狀，嘴角若有還無地勾了一下，心中暗暗冷笑，和她母親明慧長公主一樣的脾氣，怪不得到這個年紀還嫁不出去，也是活該。

阿秀抬起頭，瞧見欣悅郡主窘迫的樣子，心裡生出異樣的滋味。前世，她哪裡見過欣悅郡主這副樣子，即便面對婆婆孔氏，也是頤指氣使，在蕭謹言跟前雖然溫和些，但也不會這樣低著頭、一派做小伏低的模樣。

阿秀微微嘆了口氣，說起來，她們這樣的人，不過就是柿子挑軟的捏。如今她是這樣的身分，就算欣悅郡主對她有什麼不滿，也是敢怒不敢言。

另一邊，徐貴妃還維持著行禮的姿態，臉上神色卻越發僵硬起來。

皇后娘娘這才瞥了她一眼，裝作訝異道：「哎喲，妹妹，妳怎麼還沒起身呢？是我的不是，跟這幾個孩子說了幾句話，就忘記妳了。」

雖然皇后娘娘話語中似乎帶著淡淡的歉意，可臉上卻沒有半點表現，徐貴妃倒是臉色淡然，起身道：「是臣妾不請自來，擾了姊姊的清靜。」

「無妨，妳不來，一會兒本宮也要派人去請妳。再過半個時辰，就到開宴的時候，難得皇上高興，在內宮宴請群臣，妳回宮好好準備吧。」

徐貴妃微微福身應下，欣悅郡主聽了，似抓住了機會一樣，急忙行禮道：「那臣女跟貴妃娘娘一起告退了，臣女進宮時帶的衣裳，放在貴妃娘娘宮裡。」

皇后娘娘沒留她們，只淡淡說了一聲。「去吧。」

宮女送兩人出去，皇后娘娘命人擺了茶果，請阿秀和穆蘭公主吃。

穆蘭公主看見什麼都覺得新奇，一會兒吃口糕點、一會兒又喝口清茶，讚嘆道：「沒想到這世上還有比肉更好吃的東西。我父王說，大雍人吃的都是草，我才不信呢！難道這些都是用草做出來的嗎？」

「這些不叫草，叫糧食，是植物的種子。」阿秀說著，請宮女替穆蘭公主添茶。「四公主少吃些，等會兒晚宴還有更好吃的。大雍御廚的手藝，一定會讓妳捨不得回韃靼去，大雍的菜式和韃靼有很大的區別，四公主吃過就知道了。」

穆蘭公主聞言，抿了口茶，放下茶盞，眼底卻帶著幾分失落。「要真是這樣就好了，也不枉費我大老遠地跟過來。只是……御廚的手藝，是不是要住在宮裡才有得吃？」

阿秀笑著道：「御廚的廚藝雖然精湛，但民間小吃也讓人回味無窮。四公主既然要在大雍長住，以後我帶妳出去玩一玩、吃一吃，如何？」

以前阿秀不大出門，是因為身分不正，怕明側妃不高興，如今真相大白，她便少了後顧之憂。

「妳這麼說，那我就當真了。其實，之前也有人答應帶我吃大雍的小吃，只是……三年過去了，也不知道他說的話還算不算數？」穆蘭公主說完，臉上帶著幾分淺淺的笑意。

這時，阿秀卻突然心跳不止，不知是她多心了，還是穆蘭公主話中另有所指，總覺得心裡有些七上八下。

卻說徐貴妃和欣悅郡主從鳳儀宮出來，兩人的神色都帶著些許怒意。

徐貴妃轉頭看了走在身後的欣悅郡主一眼，將她喚到跟前。

「妳也瞧見了那個恒王府的小丫頭，長得越發出眾了，聽許國公府的二太太說，似乎老太太和國公夫人都已經把她當自家人看了。」

欣悅郡主聞言，只撇了撇嘴。「又沒有過明路，有誰知道？只要今兒皇上能頒下旨意，我還是能做他的夫人。」

徐貴妃聽欣悅郡主這麼說，搖搖頭。「妳何必非他不嫁呢？我瞧著蕭謹言也沒什麼好的，不過就是皮囊比一般人好些。妳為他耽誤了這些年，他可知道？」

「他知道也好，不知道也罷，都無所謂。我看不上別人，也就他還能入我的眼罷了。」

原來欣悅郡主和她母親明慧長公主一樣，自恃甚高，早一一品鑑過這些豪門貴家的少年郎了。

那些門第不高的人家，她們自然看不上，但門第相當的人家，原本對欣悅郡主有些想法的，也在先太后死後改變了主意。幾十年的媳婦，好不容易熬成婆婆，還要看媳婦臉色，高門大戶的正經太太，在無利可圖下，誰願意受這份氣？

先太后一死，明慧長公主沒了倚仗，徐貴妃的兒子也沒當成太子，欣悅郡主便一下子愁嫁了。之前來問的人家，訂親的訂親、下聘的下聘，等明慧長公主發現這個問題時，適合的少年郎已經不多了。

剩下來的人選，就是三年前跟著許國公上戰場打韃子的人，而那群人裡，只有蕭謹言算得上是最出挑的人選。其他武將家的少年，光那身肉，就能把欣悅郡主嚇得花容失色。

所以，在許國公還沒班師回朝前，明慧長公主就已經在皇帝面前敲了幾次邊鼓，希望這個舅舅能顧念外甥女，替欣悅郡主找個如意郎君。

皇帝本不願插手這件事，無奈明慧長公主進宮就提，徐貴妃也跟著吹枕邊風，他也就上心了。至於皇后和明側妃那邊，因阿秀年紀尚小，蕭謹言又還沒回京，是以並未向皇帝說起，眼看著倒是要讓徐貴妃等人捷足先登了。

「只要今兒皇上的聖旨一下，那就萬事齊全了；況且還有韃靼的使臣在，就算皇后娘娘心裡再不樂意，還能當眾給皇上難看不成？」

徐貴妃說著，翹起蘭花指，抿嘴一笑。「走吧，跟本宮回去，好好盛裝打扮，把那個叫阿秀的野丫頭比下去才是。」

欣悅郡主低聲應下，眉宇間露出一絲得意的神色，步子輕快地跟上了她。

話說阿秀雖然比穆蘭公主小了幾歲，但骨子裡其實是個正兒八經的成年人，所以沒有那些小姑娘的嬌氣。皇后娘娘膝下無女，也樂意讓阿秀招待穆蘭公主，兩人很快就成了好朋友。

皇帝難得在內宮大宴群臣，整個下午，皇后娘娘就沒閒著。到了申時末刻，皇上派人來傳話，說前頭和大臣的議事已經結束，問皇后娘娘這邊預備得怎麼樣了。

皇后娘娘命人去回話，只說已經安排妥當，請皇上和群臣入席，自己也從軟榻上起身，到外頭看玩得正熱絡的兩個小姊妹，笑著道：「阿秀，請四公主一起去霽月殿吧。」

霽月殿是皇帝在宮內擺家宴的地方，能到這裡參加宴會的臣子，都是大雍的股肱之臣。許國公化解邊關的戰亂，此等豐功偉績，自然當得起這場內宴。

皇后娘娘帶著阿秀和穆蘭公主到霽月殿時，後宮眾人已經到齊。這種場合，但凡收到邀請的人，都要提前來迎駕。皇后的鳳駕才到，一群宮妃便湧了上來，向皇后娘娘請安。

皇后娘娘免了眾嬪妃的禮，帶著她們在殿門口恭候聖駕。

前兩年，阿秀也曾來宮中參加年底的宴會，來的都是皇室貴胄，她和周顯與這些人並不熟識，甚為孤單，幸好皇后娘娘對她很是照顧，將她安排在離自己不遠的位置。

穆蘭公主已經被人帶到別的地方，聖駕前來，眾人躬身行禮。

阿秀抬起頭，瞧見穆蘭公主走到一個韃靼使臣的旁邊。那人身材高挑，穿著韃靼服飾，蜜色皮膚、鼻梁高挺，臉頰輪廓分明。她才瞟了一眼，便心生畏懼。

穆蘭公主分明看著活潑可愛，而韃靼的男子居然長成這副模樣？

阿秀低頭跟在宮女身後，按序入座，只聽皇帝高亢的聲音開口道：「此次大雍和韃靼可以化干戈為玉帛，多虧了許國公和穆崖王子，朕敬穆崖王子一杯！」

阿秀順著皇帝的眼光看去，便瞧見那個長相帶著幾分凶狠的男人舉起杯子。蕭謹言坐在他對面的長几，阿秀的目光便避過穆崖王子，落在他身上，看來看去，還是蕭謹言長得最好看。

阿秀低眉一笑，再抬頭時，便瞧見蕭謹言也朝她這邊看過來。

第七十九章

戰爭結束，天下太平，酒宴上也無非就是歌舞昇平。酒過三巡後，皇帝便和穆崖王子開起了玩笑。

韃靼人隨興而為，但大雍卻是準備了萬全對策。要娶穆蘭公主的洪欣宇此刻也在席上，但看上去似乎並不是那麼高興，顯然這位韃靼公主讓他不滿意。

「小妹穆蘭，一心嚮往大雍文化，想在大雍覓個如意郎君，今兒趁著大雍的皇帝高興，不如為她賜婚如何？」

韃靼人一開口就是賜婚，豈不是要在這邊訂下了，相當於成婚一樣？

阿秀聞言，頓時緊張起來，這種直覺有時候特別精準，更何況，穆蘭公主跟穆崖王子耳語時，還悄悄朝蕭謹言的方向瞄了幾眼。

阿秀藏在袖下的拳頭不知不覺又緊了幾分，抬起頭看著穆崖王子那雙似鷹眼一樣深邃的眼睛。

這時，皇帝也愣在寶座上，睜大眼睛瞪著穆崖王子，心裡暗暗罵娘。

和親的名單，中午已經派人送過去，這時還說要自己選，分明沒把他這個皇帝的旨意放在眼裡。

可當著這麼多的妃子與朝臣，皇帝只能忍著，笑道：「不知公主挑中的如意郎君是哪位呢？若是尚未娶親的少年郎，朕替妳保個媒也無妨。」

穆蘭公主聞言，從穆崖王子身邊站起來，伸手指著對面的長几，朗聲道：「皇上，就是他，穆蘭公主想當他的妻子。」

穆蘭公主的聲音清脆，在場的人無不聽得清清楚楚，如果孔氏看見，肯定會立刻暈過去，因為她指的那個人，正是許國公世子蕭謹言。

殿中賓客無不驚訝，除了阿秀，臉上變色的還有一直打著如意算盤的欣悅郡主。阿秀手中的酒杯微微一傾，弄濕了黃花梨木桌面，旁邊的宮女急忙上前擦拭。她的脊背一下挺得筆直，遠遠望著坐在不遠處的蕭謹言，欲言又止。

蕭謹言抬起頭，顯然沒料到穆蘭公主會有這一招。

穆蘭公主看著他，嘴角勾起笑。「喂，你還記得我嗎？三年前，你在多穆崖救下一個韃靼小兵。」

蕭謹言凝神一看，忽然想了起來，他確實救過一個韃靼小兵，原本想俘虜回營，沒想到被他給跑了。三年後再見，那人卻搖身一變成了韃靼公主。蕭謹言雖然認出了她，卻不敢承認，畢竟私放敵軍俘虜是重罪。

「四公主說笑了，我並不曾救過什麼韃靼小兵，況且您是金枝玉葉，怎麼會去戰場呢？」

穆蘭公主見蕭謹言不承認，也不生氣，只笑著道：「你不記得也不要緊，我只問你，願不願意娶我？」

韃靼人向來直爽，說話直來直去，讓席上的那些公主、郡主聽得面紅耳赤。

蕭謹言站起來，舉杯對著穆蘭公主，彎腰行禮，口中不卑不亢道：「承蒙公主殿下錯愛，但我已經有了心儀之人。今夜皇上宴客，我本想趁此機會將她求了來，只是公主不知情，鬧出這樣的事，只怕已經把她嚇壞了。」

蕭謹言一邊說、一邊有意無意地往阿秀看去。

原本阿秀心裡充滿了濃濃的失落，可方才蕭謹言的一番話，頓時讓她覺得身在雲霧中般地不真實，抬起頭，目光追上蕭謹言，兩個人的眼神終於交織在一起。

「什麼，你有喜歡的女孩子了？可是我聽說，大雍的人不是要訂了親才算數嗎？你不是還沒有訂親？」

穆蘭公主一臉不服氣地看著蕭謹言，順著他的目光望去，在看清那人之後，恍然大悟。

「原來你喜歡的人是玉秀郡主呀……既然是她，那我甘拜下風。我不爭了，你娶她吧。」

事情在剎那間突然有了轉機，阿秀更是沒想到，自己一下就成了全場關注的人物。

皇帝還沒弄清狀況，原本打算要給欣悅郡主和蕭謹言賜婚的，也忘到了九霄雲外。

只見蕭謹言撩袍走到大殿中央，雙膝跪地，向皇帝拜道：「皇上，微臣愛慕玉秀郡主久矣，還請皇上成全。」

原本皇帝心情還算不錯，卻被穆崖王子弄得不爽極了，如今見蕭謹言也一副不知死活的樣子，當下就要發作，只是話還沒說出口，皇后娘娘倒是笑了起來。

「蕭世子不必多禮，瞧你求親都求到這兒來了，皇上哪還有不應的道理？」

皇后娘娘說著，轉頭對皇帝耳語了幾句。「皇上，眼下正是對蕭家論功行賞的時候，不如賞一段美滿姻緣給蕭世子吧。阿秀是恒王的女兒，您一定也希望她能有個好歸宿。」

這輩子，皇帝唯一覺得對不起的人，就是恒王。想當年，他們兄弟年歲相當，但他的母妃徐氏沒有恒王的母妃得寵，所以處處受恒王關照。在皇帝心裡，恒王一直都是他的好兄長，雖然當了皇帝，對恒王卻是沒有半點芥蒂，反而因為先太后對周顯的態度，更加覺得愧對恒王。

如今皇后娘娘這些話，觸動了皇帝心頭的記憶，想起他第一次見到阿秀時的震驚，頓時軟下了心腸。

「既然這樣，那朕准了，只是天家賜婚不能兒戲，你可想清楚了？」如今媒人難為，皇帝自然不希望下旨後又被人駁回，丟臉的事情，誰也不想做。

此時震驚的還有許國公，早在蕭謹言跟著他去邊關時，他便看出了端倪，只是沒料到，蕭謹言會當眾求娶阿秀。不過……在剛才那種狀況下，如果蕭謹言不起身說話，只怕這事當真要不簡單了。比起娶個異國番邦的公主，許國公還是喜歡阿秀多一些。

「三年前，微臣就想清楚了，還請皇上成全。」蕭謹言伏身叩拜，神情認真。

阿秀見狀，覺得心口被填得滿滿的，想說什麼，卻怎麼也開不了口，只能呆呆地坐在席上，任由目光被淚水模糊。

「蕭世子，快起來吧，皇上已經答應你了。」皇后娘娘的嘴角露出淺淺笑意，目光掃過座下的徐貴妃，越過臉上早已變色的欣悅郡主，看向阿秀。

「阿秀，妳過來。」

阿秀回過神，顫巍巍地立起，朝皇后娘娘微微福身，步態輕盈地走到她身邊。

皇后娘娘拉著阿秀的手腕，當著一眾人問她。「這個郎君，妳可還滿意？若是不滿意，滿座未娶之人，隨妳挑選。」

周顯聞言，嘴角露出幾不可見的笑。皇后娘娘就是這樣，這把年紀了，還喜歡打趣年輕人。

阿秀早已脹紅了臉頰，只咬著唇瓣輕輕點頭，皇后娘娘便笑道：「皇上您瞧，這丫頭還怕羞了呢，可見她心裡也是願意的。」

這時，皇帝才想起徐貴妃和明慧長公主請他賜婚的事，可哪裡來得及，他金口一開，蕭謹言已經是阿秀的夫婿，且還是蕭謹言自己求娶的，就算他是皇帝，也不好再給他指婚。

此時欣悅郡主早已氣得花容失色，看著蕭謹言的眼神生出幾分憤恨，怒氣似乎要爆發出來，卻聽穆蘭公主笑著開口道：「大雍皇帝真是個開明的君主。哥哥，這下我嫁不到大雍了，不如你為我娶個大雍的嫂子吧？」

穆崖王子和穆蘭公主是一母同胞的親兄妹，因母妃早逝，所以最疼愛這個妹妹，對她是千依百順，聽她這樣提議，便笑著道：「好啊，妳想要誰當妳的嫂子？我向皇帝求娶。」

穆蘭公主在席上掃視一圈，眉梢一挑，指著欣悅郡主道：「哥哥，你娶欣悅姊姊好嗎？她是我見過最漂亮的大雍姑娘之一。」

已經花容失色的欣悅郡主，聽見這句話後，臉色頓時更蒼白幾分。她雖然跋扈慣了，也不敢在宮宴上造次，只能冷著臉，等皇帝為她拒絕這無理取鬧的要求。

皇帝正覺得對不起欣悅郡主，想看看有什麼合適人選可以指給她，冷不防冒出一個韃靼王子，也被嚇了一跳；但欣悅郡主畢竟是自己的親外甥女，皇帝不希望她嫁得差，正要婉言拒絕，穆崖王子卻開口了。

「尊敬的大雍皇帝陛下，請允許我以韃靼儲君的身分迎娶這位美麗的郡主，若您答應，我保證，今後幾十年內，大雍和韃靼永遠和睦相處，再不生戰端。」

皇帝聞言，拒絕的話就說不出來了，要是邊關能不打仗，就算讓他嫁個親女兒，只怕也要忍痛答應。大雍和韃靼幾百年來的爭鬥，不知讓多少生靈塗炭，要是一場聯姻能換取長治久安，皇帝還是願意的。

「你知道她是誰嗎？她是朕最疼愛的外甥女，朕比疼自己的公主還疼她。」皇帝緩緩開口道。

欣悅郡主的眼光一直盯著皇帝開合的唇瓣，聽見他這麼說，稍稍放下心，暗道皇帝還是疼她的。

誰知她才鬆了口氣，皇帝竟接著道：「所以，若她去了韃靼，你能好好對她嗎？」

欣悅郡主聞言，心裡慘叫一聲，呆呆看著皇帝的嘴唇動個不停，卻什麼聲音都聽不見了。

一場宮宴下來，是幾家歡喜幾家愁。

阿秀坐在馬車裡，看著周顯臉上慣有的冷然表情，小聲道：「沒想到，皇上真的會准了穆崖王子的求親。」

周顯臉上沒什麼訝異之色，垂眸道：「憑穆崖王子剛才說的那些話，就算求娶公主，皇上也會咬牙答應，更何況不過是個郡主而已。」

阿秀內心唏噓不已，又問道：「萬一他求娶我，皇上也會答應嗎？」

周顯看著阿秀驚魂未定的小臉，笑著說：「不會的，韃靼人不喜歡小姑娘。」

阿秀聞言，撇嘴瞪了周顯一眼，低下頭，臉頰微微泛紅。

周顯饒有興致地瞧著阿秀的神色變化，過了良久，才開口道：「其實我也沒想到謹言會如此大膽，在宮宴上求娶妳。以前倒是我小看了他，總覺得他是個富家子弟，對妳未必會傾盡心力，如今我也該放心了。」

阿秀聞言，抬起頭看周顯，伸手按住他放在膝頭、看起來瘦骨嶙峋的手背。

「哥哥，把趙姊姊娶進門，生一屋子孩子，為恒王府開枝散葉吧。」

周顯拍拍阿秀的手，笑道：「怎麼？怕新嫂嫂沒進門，沒人給妳張羅嫁妝？」

阿秀見周顯居然又開起她的玩笑，頓時臉紅得不行，扭頭不理他了。

第二天一早，宮裡的人就來了，周顯捧著沈甸甸的賜婚聖旨，謝過來傳旨的公公，一邊送他出門、一邊閒聊。

「公公不如留下來喝口茶再走？」

「多謝小郡王盛情，這茶還是下回再喝吧，咱家還要去廣安侯府宣旨。」

「怎麼，廣安侯府最終還是應了嗎？」

昨日他們離席時，廣安侯和廣安侯世子尚未離去，想來是要求皇帝收回成命。但今日既然有了聖旨，這件事怕是已經定了下來。

「胳膊擰不過大腿。再說了，這是喜事。」公公似笑非笑地對周顯道。

除了廣安侯府，還收到賜婚聖旨的，便是許國公府。

蕭謹言接了聖旨，嘴角微微一勾，臉上透出幾分自信的笑。昨夜宮裡的事情，並沒有多少人知道，若孔氏曉得他如此胡鬧，只怕又要去佛堂唸佛了。

孔氏拿著聖旨看半天，心口的大石頭終於落下，笑著道：「總算是盼到這一天了。」

第八十章

聖旨一發，也是幾家歡喜幾家愁。蕭家和趙家忙著置辦嫁妝，嫁女兒的嫁女兒、娶媳婦的娶媳婦，廣安侯府卻沈浸在一片哀號中。

聽說昨晚欣悅郡主回府後，已經砸了一屋子的古董，直到今天早上，還依稀能聽見房裡傳出摔東西的聲音。

明慧長公主在她房門口哭得肝腸寸斷。「欣悅，當初我說什麼來著，隨便找個人嫁了吧，妳那表哥雖然窮酸了些，可他對妳是一心一意的好，若妳答應，也不會鬧成現在這樣了。」

屋裡砸東西的聲音忽然停了下來，欣悅郡主長髮凌亂、淚眼迷離地打開門，聲音沙啞地哭喊。「我不嫁，我死也不嫁給韃靼人！要讓我嫁，除非我死了！」

明慧長公主上前抱住欣悅郡主，兩人哭成淚人般，卻聽身後的廣安侯沈聲道：「此事已由不得妳，妳想死也可以，就等著全家為妳陪葬吧！都怪妳娘，把妳給寵壞了，任由妳胡鬧到這個年紀。早知如此，何必當初！」

欣悅郡主身子一震，摀著臉又哭起來。

此時，外頭管事進來回話。「侯爺，宮裡的公公還帶了兩個嬤嬤來，說是皇后娘娘特意派來教郡主禮儀的。」

這時明慧長公主才如夢初醒，她這輩子仗著太后娘娘，從來沒把皇后這個嫂子放在眼中，如今明白她的厲害之處，為時已晚了。

「你去告訴公公，就說本宮謝過皇后娘娘，本宮出自後宮，這些皇家禮儀還能親自教授，不勞娘娘費心。」

管事眉梢一皺，道：「公公知道長公主必會推辭，讓奴才再給長公主捎上一句。皇后娘娘說，長公主嫁出宮中二十餘載，只怕宮裡的規矩都忘了，所以教授禮儀一事，還是讓嬤嬤們來吧。」

明慧長公主聞言，氣得險些厥過去。

接下去幾日，蕭謹言也沒閒著，雖然沒做成韃靼人的駙馬，但穆蘭公主還是邀請他當嚮導，帶著她在京城周圍玩了幾日。除去一開始遊碧月湖時阿秀在場，其他幾天都只有蕭謹言一人，沒有阿秀陪她說話，穆蘭公主覺得甚是無聊。

「做你們大雍的姑娘真沒意思，連出個門也不容易，都要悶死了。」穆蘭公主瞧見有趣的玩意兒，又想起了待在家的阿秀。

「這是大雍的習俗，男主外，女主內，再說那日承蒙公主成全，能讓阿秀嫁給我，如今她自然要在家準備嫁妝。」說到這個，蕭謹言就高興得眉飛色舞。

「準備嫁妝？你們大雍的嫁妝是什麼樣的？在我們韃靼，只要牽上牛羊，就可以去心愛的男人家了，牛羊就是我們最好的嫁妝。」穆蘭公主和蕭謹言並轡而行，好奇地問蕭謹言。

蕭謹言看了不遠處的拐角一眼，也不知怎麼地，兩人就到了恒王府的門口。

「公主若想知道，那我帶妳去看看吧。」

蕭謹言和穆蘭公主上門時，阿秀正在凝香院繡一方鴛鴦戲水的枕巾。其他尋常之物都是交由外頭的繡娘們做，只有床上的繡品，還有蕭謹言的貼身衣物，是阿秀一針一線親自繡出來的。

聽聞蕭謹言帶著穆蘭公主前來，阿秀忙放下手上的活計迎出去。蕭謹言是外男，兩人雖然已有婚約在身，卻也不好意思在人前太過親熱，所以蕭謹言把穆蘭公主送來後，便轉身要回外院等著。

穆蘭公主哪裡知道大雍有這麼多的規矩，不解道：「喂，你來了，怎麼不進去呢？」

阿秀微微臉紅，又知穆蘭公主一向直爽，且韃靼並沒有這些講究，跟她說也說不明白，便笑著對蕭謹言道：「你別去外院了，我哥哥不在家，不如到我院裡喝杯茶吧。」

蕭謹言求之不得，他雖然回了京城，但沒娶親前，還是不能與阿秀長相廝守，心裡早已念了千百回。又不能天天上恒王府，現在好不容易有了機會，自然要賴著不走。

阿秀把兩人迎進去，此時正是百花盛開、生意盎然。她穿著家常的淺碧色長裙，一頭長髮及腰，微微攏在身後，鬢邊只簪了朵粉色薔薇，花香四溢，看起來更是秀美無雙。

穆蘭公主見了，笑著道：「阿秀妹妹真是越發好看了，當日若不是妳，我才捨不得把蕭世子讓出來呢！」

阿秀聞言，臉頰浮出一絲紅暈，顯得越發俏麗。

「阿秀妹妹是怕羞了嗎？臉那麼紅？」穆蘭公主又問道。

有這樣直言不諱的朋友，阿秀簡直不知道要鬱悶好呢，還是慶幸好了。

一路上，蕭謹言倒是難得神態淡然，聽了穆蘭公主的話，也只略略抬眸看了阿秀一眼。這兩年，阿秀的個頭長得很快，但身板卻還是很單薄，窈窕的身影在百花叢中緩步而過，就像是不食人間煙火的仙子。

三人在小院中圍爐而坐，丫鬟送來茶具，阿秀親自泡了一壺功夫茶，請兩人品茗。

「這是我哥哥最喜歡的大紅袍，平常我從不拿出來待客的，今兒你算是沾了穆蘭公主的福分了。」

阿秀瞧見蕭謹言端起茶盞就飲，頗為嫌棄，微微翹起的唇瓣帶著些許俏皮，讓人心生疼愛。

蕭謹言發現，三年的閨秀生活讓阿秀變了很多，天生卑微的神色不知不覺中被慧黠與自信取代，這才是他心目中阿秀的樣子。

「怪道前幾日我來，小郡王沒有好茶招待，原來是妳這個當妹妹的幫他藏起來了。只可惜，妳也藏不了多久了。」蕭謹言眉眼中透著笑意，抬頭看阿秀，見她的臉頰慢慢變紅了。

阿秀丟下茶杯，站起來拉著穆蘭公主的手。

「走，公主跟我進房裡玩去，我們不要理他。」

穆蘭公主跟著阿秀去了內間，見阿秀房裡放著各色的花樣、繡品、冊子，忍不住翻看起來，又瞧見阿秀正繡著的鴛鴦枕巾，讚嘆道：「哎呀，你們大雍的姑娘可真是不得了，這些東西都是自己做的嗎？簡直比我們草原上最心靈手巧的繡娘還要厲害！」

阿秀紅著臉道：「大雍的姑娘又不像你們韃靼的姑娘，可以和男孩子一樣天天外出遊玩、上陣打仗，只能待在家裡，若不學這些，不得悶死了。」

阿秀說完，命丫鬟從她私藏的匣子裡找出兩塊繡帕，遞給穆蘭公主。

「我這裡也沒什麼好東西，妳貴為公主，自然不缺那些珠寶玉石，這兩條帕子送妳，用著時，還能想起我來。」

穆蘭公主看著那兩條繡雙面繡的精緻絲帕，嘆道：「這樣的帕子，我可捨不得拿來用，得要好好放著。不，我要帶回去給我們的繡娘看，告訴她們這是大雍郡主繡的，她們肯定會被羞死。」

阿秀抿嘴笑了，又從匣子裡拿出幾個荷包、絡子送給穆蘭公主。

穆蘭公主看著這些讓人眼花撩亂的東西，終於明白了。

「原來妳們一天到晚要做這麼多東西，難怪沒工夫出去玩呢；要是讓我做，一輩子也做不完啊！」

眾丫鬟聽了，都忍不住笑了起來。

蕭謹言坐在院外的小石桌邊曬太陽，聽見房裡傳出銀鈴一樣的笑聲，真是羨慕得說不出話來。

明側妃知道蕭謹言帶著穆蘭公主來了，吩咐廚房預備午膳，直接送到凝香院，不用讓阿秀去她那邊用膳了。

午時，穆蘭公主還未起身告辭，丫鬟們便把午膳準備好，阿秀只好在凝香院裡招待穆蘭公主和蕭謹言。

廚房為兩個姑娘預備了一壺果子酒，阿秀和穆蘭公主喝了一口，穆蘭公主便道：「這算什麼酒？倒像糖水一樣，不行，我要蕭世子喝的那種。」

蕭謹言聽了，親自為穆蘭公主斟滿酒，笑著道：「多謝穆蘭公主成全。這杯酒，我敬妳。」

穆蘭公主哈哈笑了起來，挑眉道：「你要謝的人，只怕不是我。」

阿秀和蕭謹言都覺得不解，只聽穆蘭公主繼續道：「是趙姊姊跟我打賭，說你有喜歡的人了，肯定不會娶我，不信我就試試。我答應了，若你真有了心上人，便退位讓賢。」

穆蘭公主言畢，挑眉瞟了蕭謹言一眼，嘆道：「我原本以為，你肯定不敢在大雍皇帝跟前當面提出來，想著這次能把你帶回韃靼當駙馬了，誰知道你居然是個不怕死的，真的向他求旨。我們女孩子家打賭，也是說一不二，所以我就成全你們嘍。」

這時阿秀才算完全明白過來，怪不得那天穆蘭公主會那麼快就改變主意，原來是這個原因。

阿秀低頭笑了笑，又抬起頭道：「聽妳這麼一說，那我可要謝謝未來嫂子了！」

「什麼？趙姊姊是妳的嫂子嗎？她怎麼沒告訴我？她說她也喜歡蕭世子，可惜蕭世子不喜歡她，我不信蕭世子會不喜歡這樣驍勇善戰的女將軍，所以才答應跟她打賭，要看看蕭世子喜歡的人到底是誰呢！」

蕭謹言扶額笑道：「妳被她騙了。趙姑娘是我的表妹，我們從小一起玩到大，兩年前趙將軍就暗地將她許配給小郡王，前幾日也頒下賜婚的聖旨了。」

蕭謹言雖然這麼說，心裡卻還是感激趙暖玉，幸虧穆蘭公主來攪局，沒有讓徐貴妃那群人得逞，不然他和阿秀之間還不知道要經歷多少波折呢！

阿秀低下頭，悄悄瞥蕭謹言一眼，拿起筷子挾了幾樣菜，放在他的碗中。

「那所謂的和親……又是什麼意思呢？」

「本來就是我王兄要來和親的，又不是我，父王才捨不得把我嫁到大雍來呢。雖然大雍的東西很好吃，風景也好，但這裡沒有廣漠的大草原，如何讓我策馬奔騰呢？」穆蘭公主笑得格外燦爛，如春日的陽光。

「那……欣悅郡主的事？」阿秀終究還是沒忍住，問了出來。

「哼，說到這件事，大雍皇帝也真是的，不先問我的意思，就隨便配了個男人給我。既然廣安侯府那麼想要我當兒媳婦，那讓他家女兒去韃靼給我當嫂子好了，反正我是不想留在這裡的。」穆蘭公主挑了挑眉梢，隨口道。

阿秀聽了這話，頓時覺得後背涼颼颼，幸好她一開始就對穆蘭公主禮遇有加，不然得罪了她，真不知道會發生什麼事情。

第八十一章

阿秀送了兩人出門後，去紫薇苑給明側妃請安。

明側妃手上拿著一本冊子，才翻了兩、三頁，見阿秀進來，便喊她過去。「這是我為妳哥哥整理的聘禮單子，妳也來看看，有什麼我沒想到的，好添補進去。」

其實阿秀並不是很懂這個，她雖然多活了半輩子，但前世畢竟只是個通房丫鬟，不可能學得太多。

明側妃想著，阿秀要出嫁了，將成為許國公府的世子夫人，以後少不得要管家，也要開始提點她這些事情了。

阿秀翻著冊子，從頭看到尾，裡面除了有王府庫藏的東西，另一部分應該是恒王妃的嫁妝。

這些年，恒王府並沒有什麼特別的進項，幾個莊子上的收成只夠府裡的開銷。恒王妃的嫁妝，明側妃無權過問，平素就由恒王妃陪嫁的下人們照管著，不說每年進項如何，只要這些東西還在，也算是守住了。

阿秀想了想，從恒王妃去世到現在，足足有二十年，且不說那些田莊、果園，單單是京城裡的鋪子，也應該賺了不少，但卻連一份帳冊都沒有呈上來，只寫了某某大街什麼鋪子一間。看樣子，這些東西是最近才交到明側妃手中的。

阿秀知道明側妃的難處，合上本子道：「姨娘，按我的意思，哥哥的聘禮就送些實物，這些田莊、鋪子，還是留在家裡，等嫂子進門了，再一併給她。雖然瞧著有些糊塗，但嫂子是個明白人，心裡肯定清楚，只是……」

阿秀想起一事，又蹙起了眉。「嫂子是個愛持刀弄棒的，也不知道這些帳本送到了她手中，她會不會看……」

明側妃擔心的也是這一點，周顯不諳庶務，這些東西都交給幾個信得過的奴才管著，但那些奴才誰也沒有三頭六臂，還不得分派下去，到了底下一層的奴才，欺上瞞下的更是不用說了。其實，她早就發現這帳務有問題，只是礙於身分，不好插手，一耽誤便是好多年。

如今因周顯大婚，周顯才命管理王妃嫁妝的下人把清單交來，但一應的帳冊卻沒有呈上，裡頭到底有什麼貓膩，只怕誰也說不清楚。

以前阿秀覺得自己是個冒牌貨，只守著自己的一畝三分地，別說管理家務，便是凝香院裡的事，也從不多言半句。可如今身分變了，她是堂堂正正的王府郡主，如果還是一味躲著，倒是有些對不起周顯了。

阿秀雖是側妃所出，但對恒王府的下人來說，仍是正經主子。如今恒王府沒個主內的當家人，明側妃只能守著自己的嫁妝和王府的積蓄，說起來，也是力不從心。

阿秀想了想，開口道：「這本記載鋪子的冊子，我拿回去看看，問問哥哥到底怎麼處理才好。」

明側妃見阿秀終於開口想理這些庶務，便笑著道：「那等會兒我讓人把另外幾本冊子也送過去。其中幾本是我的嫁妝，裡頭清楚記錄著每年每月，甚至每一日的帳務往來，妳對照著瞧，就能理出頭緒。」

阿秀聞言，臉頰發燙，開口道：「那我看完以後，再還給姨娘。」

明側妃笑了起來。「傻孩子，誰要妳還了？我的東西還不都是妳的。趁著離妳出嫁還有些日子，先好好學一學，過幾日我把幾個掌櫃喊來，讓他們正式見見未來的主子。」

阿秀連忙推辭。「姨娘，那怎麼行呢，這些都是……」

阿秀的話還沒說完，明側妃便板起了臉，蹙眉道：「阿秀，因為之前的事情，妳跟我生分了，可我畢竟是妳的親生母親，如今真相大白，妳就不能對我多親近些嗎？」

阿秀沒料到明側妃會說起這件事，其實將心比心，阿秀對她沒有怨言，可一想到之前因為不知道真相，她私下裡確實難過了好一陣子，心裡便有些委屈。且她又不是真的十四、五歲的小姑娘，性情上內斂得多，最近她和蕭謹言的婚事終於定下來，她忙著做那些針黹，對明側妃似乎沒有以前那般熱絡了。

「姨娘，您多想了，我……並沒有那個意思。自從我進恒王府，姨娘就是我的親娘了，我是打心眼裡想和您親近的。」

阿秀的話還沒說完，明側妃就低下頭，拿帕子擦了擦眼角，點頭道：「對對，這事本就不怪妳，只怪我……都是我的不是。」

阿秀知道，明側妃並沒有錯，見狀便跪下道：「姨娘，您快別這麼想，我……我不過覺得心裡有些害怕，如今一切都過去了，也沒什麼好怕的了。」

明側妃聽阿秀這般回話，才略略覺得安慰幾分，想起之前存著的那些私心，又嘆了口氣，好在真相大白，她終究認回了這個女兒。

阿秀才回凝香院不久，明側妃就命人把王府的田產、鋪子、府庫帳冊以及恒王妃的嫁妝單子，還有她自己的嫁妝單子及幾家店鋪的帳本送過來，也附上周顯下聘的單子。

起先，阿秀只隨意翻看了王府這些年的田莊帳冊，發現明側妃整理得清清楚楚，一年兩季收成的糧食數量、當年的價格，以及最後的利潤和花銷都寫上了；但是恒王妃的嫁妝，卻只有寫出田產數量，並沒有任何帳目。

阿秀心想，按照明側妃的記錄推算，恒王妃的兩座田莊，一年應該也有四、五百兩的進項，十年下來，就是四、五千兩了。

她並非沒有見過銀子，但算出這個數來，還是微微一驚，瞧著天色不早了，便不再去想，打算等周顯回來之後，再好好問清楚。

這幾日恰逢朝廷春闈，周顯身為禮部侍郎，正忙得不可開交。

前兩年，周顯一直在工部應卯，皇帝原想升他當工部尚書，卻被周顯推辭，說他資歷不夠，又是皇親，領了這個職位，會傷了天下士子的心。可皇帝也不願意委屈他，所以就讓他去禮部，為朝廷甄選人才。

在明側妃那邊用過晚膳後，阿秀便和周顯一起告退。如今兩人是親兄妹，就無須避嫌了，阿秀只讓丫鬟們遠遠跟著，和周顯並肩走在前頭。

大婚將至，周顯越發表現出幾分成熟男人的韻味來，和當初那個在紫廬寺修行的小沙彌，完全不是同一個人。

「哥哥，有件事情，我想問問你。」阿秀覺得，家裡的事沒什麼好避忌的，便直接開門見山地說了。

「為什麼母親的嫁妝只有單子，卻沒有帳冊呢？別間王府的家當，都是單子連著帳冊的。這幾日，我正為哥哥選聘禮，都不知道那些鋪子如今是賺錢還是虧本。」

周顯聞言，也一頭霧水，只開口道：「怎麼，母親的嫁妝有問題嗎？她的嫁妝都是由陸嬤嬤和她男人管的，我並不怎麼過問。」

阿秀知道陸嬤嬤是周顯最信賴的人，且這種事情未必就是陸嬤嬤所為，下面的人只要稍微動動腦子，像陸嬤嬤這樣只知道內宅庶務的人，如何能曉得他們那些花花腸子呢。

「也不是有什麼問題，只是我沒看見帳冊，不清楚狀況而已。大嫂馬上就要過門了，這些東西總要清清楚楚地交給她才好，再說……」

阿秀撇撇嘴，露出一絲無奈的表情。「我瞧著大嫂也不像是喜歡管這些庶務的，到時我要是亂七八糟地交出去，只怕就要亂一輩子了。」

周顯自然知道其中的關節，也明白明側妃的尷尬，便開口道：「如今由妳來管這些事情，確實比姨娘方便多了。明兒一早，我就讓陸嬤嬤過去，妳想知道什麼事，只管問她，有事要做也只管吩咐。」

阿秀聽周顯發了話，心下鬆了口氣，她剛開始管理庶務，總有幾分底氣不足，只要周顯站在她背後，便覺得理直氣壯了。

周顯想了想，開口道，「明兒我休沐，打算在小香堂祭奠父王和母妃，順便把妳記到母妃名下，雖然不過是個形式，但我還是想給妳嫡女的榮耀。」

阿秀冊封郡主時，周顯上書寫的是恒王庶女，當時他沒有想到這一層，如今越發覺得，嫡女的身分總是比庶女更尊貴些。

阿秀沒料到周顯會有這等心思，愣了一下，隨即問道：「姨娘同意嗎？」

「姨娘知道是為了妳好，自然是同意的。以後妳就是恒王府嫡出的郡主，也是大雍最尊貴的姑娘，在我的心裡，妳遠比宮裡那些公主還要嬌貴。」周顯看著阿秀，深邃黑亮的眼眸閃著清亮光澤。

阿秀也抬起頭看周顯，眼底蘊出淡淡的淚光。

「哥哥，我終於知道，為什麼老天爺還要讓我活這一世。」

周顯不會明白這句話的涵義，但阿秀知道。前世她錯失了太多幸福，這一世，她全部收回了。

第二日一早，周顯先去了小香堂祭拜王爺和王妃，將阿秀記入恒王妃名下，然後喊陸嬤嬤去紫薇苑，給明側妃和阿秀請安。

周顯雖然不關心這些瑣事，但他是何等聰明之人，自然知道其中出了些貓膩，怕陸嬤嬤見到他尷尬，便躲去外書房看書了。

陸嬤嬤是恒王妃的陪房，在周顯跟前是萬分殷勤，周顯也確實得她的照料，且她又是王妃臨終託付之人，連恒王爺在世時，也對她禮遇幾分。

小丫鬟引了陸嬤嬤進去，明側妃坐在中間橫排的黃花梨官帽椅上，阿秀坐在她下首的黃花梨圈椅，見陸嬤嬤進來，讓小丫鬟搬了個繡墩過去，請她坐下。

陸嬤嬤行過禮，半邊屁股小心翼翼地靠在繡墩上，開口問道：「側妃和郡主喊奴婢過來，不知有什麼事情要吩咐？」

這件事，明側妃不好開口，所以沒說話，只抬頭朝阿秀看了一眼，阿秀遂拿起茶几上的冊子，讓丫鬟交給陸嬤嬤。

「陸嬤嬤，這是母妃留下的嫁妝冊子，妳看看對不對？」

陸嬤嬤接過，翻了幾頁，點頭道：「正是呢，這嫁妝單子有許久沒拿出來了，之前一直是我保管著，最近小郡王要大婚，我才拿出來，請側妃在裡面挑幾樣東西當聘禮。」

阿秀見她回答得肯定，跟著點點頭，又繼續道：「那些庫存的古董、布疋、綢緞、上好的補品，姨娘已經派人清點過了，帳目也清楚無誤，只有這幾樣，我沒瞧見帳本，還請陸嬤嬤找了來，給我看一下。」

阿秀說著，從茶几上拿起一張單子，讓丫鬟遞給陸嬤嬤。

「西山的田莊、東郊的果園、朱雀大街的綢緞莊、鴻運路的南北貨鋪子、廣濟路上的房產，還有平沙路上的香料鋪子，這些房產和店鋪，連一本帳冊都沒有，我平常鮮少出門，都不知道它們還在不在。」

陸嬤嬤聞言，笑著道：「都在呢，掌櫃的都是當年王妃留下來的老人。我不懂這些帳務，所以沒收帳本來看，但是這些田莊跟鋪子肯定都在。」

「那帳本呢？」阿秀又問道：「有記載每年的進項嗎？」

陸嬤嬤有些疑惑，道：「自然有記載的，我家裡還有一本帳冊呢，不然我這就去拿來給郡主過目？」

阿秀見陸嬤嬤並沒有什麼隱瞞之處，回話也未吞吞吐吐，便開口道：「不用了，妳先回去吧，明兒再把那本帳冊拿給我。今兒要煩勞妳跑一趟，吩咐京城的幾個店鋪掌櫃，把這十年來的每年總帳送上來，讓我稍微瞧一眼。母妃去世二十年，前頭那十年，我也管不了。」

陸嬤嬤聽到這裡，心裡越發不安，總覺得後背有些涼颼颼的。她是不懂這些經營庶務，可自家老頭子懂啊。每年那些掌櫃都把帳本交給他看，有多少盈餘，他都會記錄下來，應該不會有錯才是。

陸嬤嬤想到這裡，又覺得自己有些白擔心，遂點了點頭。「是，那奴婢讓我家老頭子跑一趟。」

阿秀目送陸嬤嬤離開，然後看向明側妃，明側妃只嘆息道：「又是個被人矇騙的老奴才。」

阿秀心裡有些過意不去，問道：「要不要跟哥哥說一聲？那些錢若是沒了，只怕也追不回來，陸嬤嬤畢竟親手帶大了哥哥，總要給她幾分顏面。」

「妳今兒還不給她顏面嗎？都已經二十年了，我平常也喜歡閒散，向來是多一事不如少一事，從我進門到現在，從沒動過妳母妃的嫁妝，這樣一大筆銀子，都讓那些奴才給糟蹋了！」

阿秀聽明側妃這麼說，便沒再開口，只聽她繼續道：「阿秀，如今妳是主子，不能整日為奴才考慮。雖然有妳這樣的主子是他們的福分，可有些奴才未必會惜福，到時候沒準兒還會夥同外人，把妳坑害了呢。」

阿秀聞言，稍稍低下頭，心裡雖然過不去，卻也知道明側妃句句都是為她著想。

明側妃見阿秀低著頭，神情略顯頹喪，遂起身走到她跟前，伸手撫摸她的頭頂。「今兒妳做得就很好，這些並不是一朝一夕能學會的，要慢慢悟出來。如今妳身上已不缺貴氣了，只是還少一絲理直氣壯的霸氣。」

說起這個，阿秀就想到蕭瑾璃，那是許國公府養出來的正經姑娘，雖然帶著幾分驕縱，但她在二房的雙胞胎面前目空一切的樣子，當真讓阿秀覺得羨慕得很。

明側妃見阿秀偷偷癟了癟嘴，遂笑著道：「如今才剛剛開始，我們可以慢慢學。」

晌午時，外面卻傳來風言風語，說陸嬤嬤回家後，跟老伴吵了一架，忽然就懸梁了，幸好外頭的人聽見動靜，覺得不對，才衝進去放下了陸嬤嬤，撿回一條性命。

阿秀聽聞此事，極是震驚，急忙帶人去找周顯。

書房裡，周顯剛送走了來客，讓阿秀進去。阿秀便把今兒早上的事情一五一十地說給他聽，又將下午陸嬤嬤懸梁的事也說了。

周顯聽聞人已經沒事了，只沈默了片刻，然後開口道：「陸嬤嬤大抵是覺得沒臉見我了，索性一了百了；可她這樣，難道就有臉下去見我的母妃嗎？」

阿秀覺得周顯說得甚有道理，接口道：「其實事情拖了那麼多年，這些銀子多半是追不回來的，只是從今往後，卻要改改規矩了，不能把爛攤子留給大嫂。」

周顯聞言，越發覺得阿秀懂事，此事讓他出面，未必能梳理清楚，索性由著阿秀去了。

第八十二章

當日，阿秀用過午膳，便帶著兩個小丫鬟，去了住在王府後街的陸嬤嬤家。

阿秀原本以為，陸家貪了這麼些年的銀子，只怕不知富貴成怎樣，進去之後才知道，不過也就是個兩進的小院子，和王府的下人家並沒有什麼不同。

陸嬤嬤靠在炕上，一個年幼的小丫鬟服侍著她，瞧見阿秀親自過來，遂在炕上哭著跪下道：「郡主，老奴對不起小郡王，實在沒臉再見小郡王了。」

阿秀神情肅然，看著陸嬤嬤道：「哥哥只讓我帶一句話給妳，妳聽了若還一味尋死，我們也不攔著妳，橫豎就是賞一副棺材的事情。」

陸嬤嬤抬頭，一臉希冀地看著阿秀，只聽她靜靜道：「小郡王讓我告訴妳，若是這會兒就死了，難道下去就有臉見王妃了嗎？」

陸嬤嬤身子一震，如今真是生也不是、死也不是，哭著道：「我那老頭子聽說郡主要查帳，便帶著細軟跑了，也不知道去了哪兒。」

阿秀終究還是同情奴才，遂道：「哥哥說了，銀子沒了不打緊，那些店契還在手上，到時頂多打發了掌櫃的，重新請人經營，之前的事情，就一筆勾銷吧。」

陸嬤嬤聽阿秀這樣說，一時感激得不知如何是好，只一個勁兒向她磕頭。

「多謝郡主再造之恩，老奴做牛做馬無以為報！」

阿秀看著她，卻搖了搖頭。「我不過是心疼哥哥罷了，他長這麼大，好不容易有個對他掏心掏肺的奴才，妳若有個三長兩短，傷心的只怕又是他。如今嫂子即將進門，這個時候，我更不能讓哥哥傷心。」

陸嬤嬤聞言，擦了擦眼角的淚痕，狠狠道：「便是在京城挖地三尺，我也要把我家老頭子給找出來。」

阿秀看過陸嬤嬤後，就回了恒王府，又囑咐小廝去通知單子上的田莊與鋪子，請掌櫃的帶上近十年來的總帳，明兒一早來王府議事處候著。

恒王府的議事處已有十幾年沒開門了，雖然那排屋子隔三差五也有下人們清掃，但除了恒王與王妃，府裡沒人會用那個地方。

明側妃謹守本分，護著周顯成長，不讓他被庶務煩擾，小心謹慎地處理恒王府的一應雜事，而這些，將會在郡王妃嫁入王府後有所改變。如今阿秀要做的，就是把恒王府的中饋順利、完整地交給趙暖玉。

用過晚膳後，明側妃留了周顯下來。阿秀回來時就和明側妃商量了下面的事，想聽聽周顯的意思。

「依我看，還是派人出去找一找得好，銀子追不回來沒關係，萬一這些奴才仗著恒王府的名頭在外面作威作福，弄出一些不好的事情，反倒惹出大麻煩。」

明側妃看著周顯，慢悠悠地開口，口氣雖是溫婉，但透著一股堅定。

周顯臉上神色也帶著幾分凝重，端著茶盞沈思片刻，開口道：「姨娘想得很對，這事情當真不能這麼算了，要是不嚴懲，保不定以後還有別的奴才有這樣的心思，雖說他們的賣身契在府裡，可是有銀子，去哪兒都可以過得逍遙自在，如果真的招搖撞騙，只怕後果不堪設想。」

阿秀垂眸聽著兩人的對話，她從來不知道，原來下人逃走是如此嚴重的事。她當下人的時候，根本沒想過逃走，對於她們這樣的小丫鬟，只怕才逃出去，就又被人牙子拐走了。

「既然事情這麼嚴重，那明兒我讓陸嬤嬤帶著小廝到處找一找。京城就這麼大，陸嬤嬤的兒子和媳婦都在莊子上，陸管家會不會去莊子了？或者他也沒想要跑，就是一時間湊不出錢，所以躲起來？」

明側妃搖頭道：「阿秀，妳把人想得太善良了，他若是這樣的人，就不會貪主人家的財物，既是貪了，哪還有再交出來的好事。這樣吧，明兒開始，先讓陸嬤嬤帶人去找，如果找不到，就請順天府尹的人幫忙。如今府裡的奴才少，又要忙著妳哥哥娶親的事，也抽不開身。」

周顯聽明側妃提起順天府尹，想了想，開口道：「姨娘，既是家事，還是不麻煩官府的人了。」

明側妃便點頭應了，又道：「那按你的意思辦吧。只是人還是要找出來，這樣的人留在外頭，也是禍害。」

事情商議定後，周顯就先回清風院去了。

明側妃把阿秀留下來，問她。「阿秀，妳覺得要不要把陸嬤嬤的男人抓回來？」

阿秀頭一次遇到這樣的事情，沒什麼主見，但看明側妃和周顯都是這樣的態度，自然知道他們做的決定是正確的。

沒等阿秀開口，明側妃便接著道：「我知道妳的心思，肯定覺得既然銀子追不回來了，何必花力氣去把人找出來，是嗎？」說完看著阿秀，等她回答。

阿秀被明側妃看穿心思，羞愧地點了點頭。

明側妃嘆了口氣，把阿秀拉到跟前，伸手撫摸她嬌嫩的臉頰，柔聲道：「妳就是心地太善良了，總是為別人考慮。如今我讓妳管家，不是要為難妳，只是想讓妳知道，這世上的事情，並非都和妳想的一樣。」

阿秀一怔，忽然想起前世的慘死，看似對她情同姊妹的郡主，最後卻害死了她。她的臉僵硬起來，也許是這幾年過得太舒坦，漸漸忘記了那些殘酷的事情。

「姨娘，我知道了，以後不會這樣了。我是王府的郡主，一切都要為王府考慮。奴才做錯事，是罰是打，都是他們咎由自取。」

明側妃看阿秀露出堅定的眼神，終於鬆了口氣。其實她心裡覺得奇怪，阿秀不過在許國公府當了半年的丫鬟，可骨子裡的奴性卻像是根深柢固一樣。

她以前對阿秀不上心，如今上了心，要讓阿秀理直氣壯地處理家務，就必須讓她對自己有新的認識，拋棄原來的想法。

第二日一早，用過早膳後，小丫鬟便來回話，說掌櫃們已經在議事廳候著了。

阿秀看向明側妃，見她正低頭喝茶，想了想，便開口道：「姨娘，我過去了，要是有什麼不懂的，一會兒再來請教您。」

明側妃抬起眼，點了點頭。

「去吧。那些人的年紀雖然比妳大，但他們都是王府的奴才，有的雖然沒有賣身，但也是幾十年的老幫傭，在他們眼裡，妳就是正兒八經的主子。」

有明側妃這番提點，阿秀稍稍鎮定下來，帶著丫鬟過去了。

陸嬤嬤正在議事廳外的小院門口等著，見阿秀來，臉上帶著幾分卑微的神色，脖子上有一道隱約可見的紅印子。阿秀看了，也忍不住替她難過。

「京裡的掌櫃都來了，只有西山田莊、東郊果園的人還沒來。我一早派了人去通報，路不遠，大概落日前能到。」

阿秀聽陸嬤嬤絮絮叨叨地說著，點了點頭。「陸嬤嬤，妳去一旁歇著吧。」

陸嬤嬤卻不肯走，開口道：「郡主讓奴才一起進去吧，也好知道我家那殺千刀的這些年到底貪了多少銀子。」

阿秀心想，陸嬤嬤的男人再傻，貪了銀子，總會料到王府有查帳的時候，不可能真當主子是個蠢的，難道一輩子不查帳？

不過……她想起前幾年周顯賭氣出家，明側妃不問世事，只怕這些奴才還真有這樣的想法也未可知。

阿秀提著繡袍進門，裡頭坐著的掌櫃頓時全站了起來，瞧見陸嬤嬤跟在阿秀身後，就跟商量妥當了一樣，顫顫巍巍地跪下來。

「郡主恕罪啊，不知道陸管家竟然是這樣的人，我們原想著，陸管家是王妃娘家的人，自然處處會為王妃和小郡王考慮。」

阿秀見這樣的陣勢，明擺著是要撇清，一時間覺得有種牆倒眾人推的感覺。

阿秀在主位落坐，請了掌櫃們起身，開口道：「今兒請大家來，不是來論罪的，只是查一查近十年的帳務。若帶上了帳本，把帳本放下，就可以走了。」

阿秀明白，當著這麼多人的面，必查不出個所以然來，索性不問了，等看完帳本，再一個個細細盤問。

幾個掌櫃聞言，喊了跟在身後的小廝，一一將帳本呈上去。

阿秀隨意翻了翻，也沒說話，見帳本收齊，茶也沒喝一口，就讓小丫鬟抱著帳本走了。

陸嬤嬤也不明所以，只跟著阿秀一起出去，走了好幾步，才開口問道：「郡主喊了他們過來，又不問話，老奴倒覺奇怪得很。」

阿秀笑了笑。「陸嬤嬤沒看見嗎，他們幾個連下跪都一起，說明他們私下早就對過口風了，這會兒我問什麼，他們也不會說真話。」

陸嬤嬤聞言，有些慚愧地低頭了。

阿秀回身看丫鬟手中疊得高高的帳本，嘆息道：「到底要先問哪一個，只怕還要從這堆帳本裡來找。對了，陸嬤嬤，陸管家每年記的帳本，還在妳家嗎？」

陸嬤嬤點頭。「還在呢，我今兒也帶來了，給郡主過目。」

一行人回了凝香院，陸嬤嬤便將帳本交給阿秀，阿秀命丫鬟按照年分將那些掌櫃送上的帳冊分類放好，先抽出鋪子的，開始和陸管家的帳本比對起來。

議事廳裡，那些剛剛誠惶誠恐的掌櫃們，早已摸不著頭緒，年紀較大的朱雀大街綢緞莊的林掌櫃便開口道：「都散了吧。」

其他人沒有林掌櫃年長，以他馬首是瞻，聽他這麼說，頓時紛紛開口了。

「林掌櫃，這就散了？你說郡主葫蘆裡賣的什麼藥啊？陸管家的事，難道就這麼不了了之了？」

「都什麼時候了，你們還想著不了了之？只怕過不了幾天，就有得受了。」林掌櫃嘆了口氣。「你們交的是哪一份帳冊？是陸管家讓你們造假的，還是店裡的真帳本？」

「這……陸管家都逃走了，自然要交真帳本了。難道林掌櫃……」

林掌櫃聞言，搖了搖頭，嘆道：「既然你們交了真的，只怕我們都逃不掉了。這小郡主看來還挺有心眼的！」

原來那些掌櫃以為陸管家跑了，多半是因為東窗事發，不知道有沒有把他們供出來，為了減輕罪責，便交上真帳本，以示投誠。

第八十三章

剛開始，阿秀覺得陸管家逃跑，不過就是他自己欺上瞞下，但瞧了方才幾位掌櫃的表現，又覺得有些不對勁，才決定先看帳本，再從帳冊中找出蛛絲馬跡。

帳本上，每個月的進項和開銷都寫得明白，阿秀沒花多少工夫，就看完三家店的帳目，果然和陸嬤嬤呈上來的帳冊不一樣。單單鴻運路的南北貨鋪子，在陸管家的帳冊上，一年的利潤就整整少了二百兩。阿秀繼續查了後兩家店，分別都有缺少，一年下來，少了五百兩銀子。

直到看見朱雀大街綢緞莊的帳本，上頭的帳目卻是和陸管家記錄的一樣。堂堂一家大綢緞莊，一年下來，居然只有一百兩的利潤，說出來，只怕沒有人相信。

阿秀看到這裡，嘴角勾了起來，終於弄明白這帳本的真假，笑著道：「派小廝把朱雀大街的林掌櫃請回來吧。」

不出半個時辰，林掌櫃就到了，手中捧著另外兩本帳冊，見了阿秀便跪下。「奴才給郡主請安。」

阿秀瞧他雖然長得圓滑精明，但卻很是面善，許是自己曾姓過林，對他倒有幾分好感，遂請他起來，問道：「林掌櫃，為什麼別人給我的帳目，和你給我的不一樣呢？」

林掌櫃看著阿秀，稍稍弓起身子，道：「回郡主，您看了奴才手中的帳冊，自會明白。」

阿秀命丫鬟把林掌櫃的帳冊拿到自己面前，才翻了兩頁，卻見裡面夾著幾十張百兩銀子的銀票，看了看年分，卻是年年都有。

不等阿秀發問，林掌櫃就開口道：「陸管家開始吞銀子，是王爺去世之後的事。王爺在世時，雖然鮮少管理庶務，但每年都會到各家鋪子查帳，對這些帳務心中有數。

「但王爺去世後，陸管家就讓我們做兩份帳冊，明眼人都知道，他是要在裡頭牟利呢！頭一年我準備不及，只能由著他，因這綢緞鋪是當年王妃親自交給我的，我不想讓他找理由把我給打發了。所以，第二年開始，我也做起了假帳，將每年的利潤減半報給他，因此綢緞莊就有了三本帳冊，冊裡夾著的銀票，都是綢緞莊每年的另一半利潤。」

林掌櫃說著，嘆息道：「陸管家很精明，常派人偷偷查綢緞莊的帳務，其實我這做法，只怕他也有所察覺了，但因帳冊在我手裡，他不敢奈我何，只當多餘的銀子都被我貪墨了。」

阿秀聽完這番話，頓時就明白了，數了數那些銀票，足足有二十五、六張，對普通人家來說，無疑是一筆鉅款，這銀子存了十多年，卻沒被動過一下，可見林掌櫃說的是真話。

「林掌櫃，你既然知道陸管家貪墨銀子，怎麼不早說呢？這事瞞得了初一，瞞不過十五。」

林掌櫃便嘆息道：「哎，我年紀大了，原本打算等郡王妃進門，把這些銀子交出去後，就安心回家養老，誰知道郡主先查起來，就乘機說了。」

阿秀看著林掌櫃頭髮斑白、老態龍鍾的樣子，心中感嘆，又問道：「你們家是母妃的陪房嗎？有幾個人跟過來？」

林掌櫃便道：「我家三口都是王妃的陪房，只是沒在跟前服侍過罷了。我那老婆子早已過世，兒子現在在綢緞鋪櫃檯打雜。」

阿秀蹙眉想了想，開口道：「這樣吧，我這邊沒有合用的帳房，如今郡王妃要進門，家裡的規制得重新建起來，你先過來領帳房這個職位，我把其他幾家的帳務交給你，你算一算，看這幾年陸管家貪了多少銀子。」雖然銀子找不回來，但帳目總要弄清楚的。

誰知她的話才說完，林掌櫃就開口道：「我雖沒看帳冊，但用想的也不會差多少。那幾家鋪子雖然沒有我的綢緞莊賺錢，但一年二、三百兩的盈餘總是有的，累積十年，少不得有上萬兩銀子。」

旁邊的陸嬤嬤聽了，頓覺後背一冷，整個人便歪倒下去，幸好紅玉眼明手快，一把將她扶了起來。

陸嬤嬤跪在阿秀跟前，痛哭流涕道：「郡主，就是再給王府做十輩子的奴才，也還不了這麼多銀子啊！」

阿秀聽了這個數目，也不由心中一冷，越發能體會明側妃說的話，有些坑主子的奴才，的確從沒把主子的死活放在心上。若不是王府還有基業，明側妃也有幾分嫁妝，只怕周顯要被這些刁奴給欺負死了。

阿秀咬了咬唇瓣，站起來吩咐下去。「紅玉，傳我的話，喊上五、六個小廝，去京城各處的客棧、酒館、賭坊、青樓等處打聽打聽，想揮霍這麼多的銀子，少不得要去這些不乾不淨的地方，沒準兒那些人會知道陸管家去了哪兒。」

阿秀吩咐完，送走林掌櫃後，紅玉也回來了，忙不迭道：「郡主可得快一些，馬車已經備好，再不走就趕不及了。」

原來今日還是蕭瑾璃十八歲的生辰，上次阿秀去許國公府時，就已經收到帖子。蕭瑾璃雖然發了帖子，嘴裡卻嘟囔道：「早知道還不如不請，我掐指算了下，除去妳我和趙家表姊，其他姊妹竟都已經出閣，可不就剩我們這幾個老姑娘了。」

阿秀被她逗得笑個不停，但回來之後太忙，差點忘了這件事，幸好禮物是之前就準備好的。這次韃靼使臣進京，送了不少貢品，皇上對各府都有賞賜，阿秀得了一對紅瑪瑙耳墜和一條紅瑪瑙鍊子，款式和蕭瑾璃很是相配，所以便拿出來當人情了。

這幾天，蕭謹言的任務依舊是陪同韃靼使臣到處遊玩，把京城及附近的名勝給玩遍了。

因家中瑣事繁忙，一路上阿秀都緊鎖著眉宇，到了許國公府，才發現趙暖玉已經來了，獨獨等她一個。

蕭瑾璃親自到垂花門口迎阿秀進去，笑著道：「我們還在說呢，怎麼今兒妳反倒成了最後一個來的？誰不知道妳素來清閒，難不成是繡嫁妝繡得連時辰都忘了？」

阿秀聞言，紅了臉，見蕭謹言沒在席上，便玩笑道：「快別說我，還不都是為未來的嫂子忙，深怕她過門時，家裡沒安排齊全，讓她受累了。」

阿秀一邊說、一邊走到趙暖玉跟前，向她福了福身子。

蕭瑾璃看了，笑著說：「還沒過門呢，妳就喊她嫂子了，那我豈不是也要喊妳一聲嫂子？嫂子請受我一禮。」也朝阿秀福了福身子。

趙暖玉早已忍不住笑起來。「不得了不得了，如此一算，瑾璃又是我的嫂子，我也該行禮。」於是站起來，也要給蕭瑾璃行禮。

這下，蕭瑾璃可笑得不行了，扶著腰道：「哎喲，這下倒是亂套了。」

廳裡的笑聲還沒斷，只聽外頭有個爽朗的聲音傳了進來。

「什麼事情讓妳們這麼高興，也說出來給我們聽聽！」

眾人聞言，立刻安靜下來，蕭瑾璃更是一副循規蹈矩的模樣，款款坐在一旁的靠背椅上，開口對丫鬟道：「小將軍和世子爺到了，怎麼不先進來通報一聲呢？」

跟在蕭謹言和趙暖陽身後進來的丫鬟紅起臉頰，正欲辯解，趙暖玉便笑道：「她馬上就和妳一起嫁到我們家去了，哪裡還會攔著未來的姑爺呢？」

此言一出，丫鬟的臉更紅了，蕭瑾璃嘟唇哼了一聲，吩咐道：「還不快去備茶，今兒午膳就擺在玲瓏院裡，且不接待外客。」

丫鬟奉命去了，不久，便有小丫鬟進來回話。「姑娘，三姑娘和四姑娘過來給姑娘慶賀生辰了。」

蕭瑾璃一聽，眉梢一挑，冷冷道：「我不是說了不接待外客嗎？出去回了她們。」

小丫鬟畢竟年紀小，聽蕭瑾璃這麼說，仍是有些遲疑，不敢出去。

趙暖玉見了，勸道：「俗話說『伸手不打笑臉人』。既然她們來給妳祝賀，好歹讓人進來。」

蕭瑾璃卻不聽勸告，只吩咐。「讓妳去回了她們，還愣著幹麼？」又對趙暖玉道：「妳不知道她們的討厭之處，何必為了她們，擾得我們玩不盡興呢！」

阿秀是知道內情的，雖然已過了大半個月，但一想起二太太的心思，也覺得太過歹毒。

趙暖玉還有幾分不明所以，蕭瑾璃便道：「妳不知道我們家這個二太太，自回京之後就不安生。前陣子居然懷疑起阿秀的身分，偷了阿秀留給我哥哥的斗篷，去給明側妃認親，鬧得皇后娘娘都知道了，連太子妃臉上都不光彩，大著肚子還要回來發落這事情。」

蕭瑾璃一邊說、一邊冷笑。「這事情若是鬧出去了，畢竟也是我們蕭家不好看，所以遣人送了二太太去家廟。那對雙胞胎倒好，三天兩頭去老太太那邊哭，又攛掇二叔去求老太太，我瞧著，竟是要被她們得逞了。」

「什麼？竟有這樣的事！」最近蕭謹言陪著韃靼使臣團，分外繁忙，沒空顧及家中的事情，如今聽蕭瑾璃說起，遂開口道：「這件事情非同小可，如果這樣輕易饒過，只怕那些人越發得寸進尺了。阿秀還沒進門之前，她休想回來。」

阿秀正糾結於恒王府的事情，聞言便緊鎖眉宇。蕭謹言以為她擔憂此事，開口勸道：「阿秀，妳不用擔心，等妳進門了，倘若她們肯拉下臉來求妳，妳再以長嫂的身分放二太太回來，好讓她們記得妳的情分。」

阿秀見蕭謹言處處為她考慮，感動非常，道：「我不是為了此事心煩，而是因為王府的事情。」遂將恒王府的事情告訴眾人。

蕭瑾璃聽了，驚嘆道：「居然會有這樣的奴才，真是聞所未聞。現在你們打算怎麼處置？」

「哥哥說家醜不可外揚，先把人找回來，省得在外頭招搖撞騙，到時候毀了恒王府的名聲。」

阿秀抬起頭看趙暖玉，有些抱歉道：「原本想在嫂子進門前把這些事情安置妥當，如今卻是一時理不清楚了。所幸聘禮已經準備好，過幾日就可以送過去。」

趙暖陽向來疼愛妹子，又聽見恒王府的奴才這般不靠譜，便開口道：「憑他有三頭六臂，只要還在京城裡，就算挖地三尺，我也要把人給找出來。」

蕭謹言見阿秀臉上有憔悴之色，也跟著道：「你們王府能有幾個小廝，都是小郡王回府後臨時買的，要找人只怕是大海撈針。等我和小將軍召集了兩府的侍衛，幫妳一處處搜尋，保證兩天之內就把人抓出來。」

蕭瑾璃拍手叫好。「正該如此，等抓到了那老刁奴，把他的手剁下來，看他還敢不敢偷拿主子的銀子。」

阿秀聽了，一臉佩服地看著蕭瑾璃，和蕭瑾璃相比，她果然沒有半點氣勢。

因為都是相熟的朋友，所以大家沒有避嫌，到了午時，周顯也特意從衙門趕來為蕭瑾璃慶賀。

蕭謹言見了周顯，便玩笑道：「我讓你認阿秀當妹子，是想你好好照顧她，讓她享享清福、養養身子，你怎麼讓她操持起家務來？你瞧瞧，才幾日不見，她的臉都瘦一圈了。」

周顯嘆道：「若你能讓她享一輩子清福，那這些料理家務的事，她確實一樣也不用學；但她將來可是要當許國公府的女主人，你不能讓她像個侍妾一樣，只知道服侍你而已。」

蕭謹言不過玩笑而已，被周顯這樣一說，反而沒話說了。不過他看阿秀，也覺得她的言談氣質中，已經少了些與生俱來的奴性，這是好事。

蕭謹言拍拍周顯的肩膀，坦誠道：「還是你這個當哥哥的，想得更長遠些。」

用了午膳，眾人見過孔氏和趙氏後，便各自回家了。

下午，周顯並沒有去衙門，跟阿秀一起回了恒王府。

而幾個早上派出去的小廝都回來了，個個跑得頭上出了一層汗，也沒找到陸管家的人影。其中一個小廝還差點被打，幸好跑得快，只扭傷了腳踝。

周顯聞訊，便喊那小廝來問話。「只不過是找人而已，怎麼打起來了？」

「小郡王有所不知，我們是跑錯場子了。」旁邊另一個小廝開口道。

「什麼叫跑錯場子？難道還有對的場子嗎？」周顯雖然深居簡出，但對京城的事情，多少還是了解的，如今聽小廝這麼說，便覺得有些奇怪。

「那家賭場是安國公府開的，京城的人都知道，要進安國公府的賭場賭錢，進門得先押上銀子，我們幾個空手進去，當然會被攆出來。那些保鏢聽說我們是恒王府的人，也不知為何，就出手打了。」

這會兒，周顯總算明白了，太后娘娘雖然已經去世，但安國公還是朝中股肱，礙於先太后的情面，皇帝對他們尚算寬鬆，只要不干涉朝政，其他事情都好說。

京城的官員講究井水不犯河水，安國公雖然欺壓百姓，但真正肯為百姓說話的人也沒有幾個，所以安國公府在京裡越發張牙舞爪起來，這次追打恒王府的小廝，只是料定恒王府好欺負罷了。

不過，周顯想了想，還是聽出了端倪，問道：「什麼叫聽說『你們是恒王府的人』，就出手打了？」

小廝只低著頭道：「奴才雖然沒聽全，但確實聽見他們喊了這麼幾句『恒王府的小廝，快打快打！』」

周顯聞言，心裡更是疑雲大起。

這幾日，他奉命籌備欣悅郡主的婚事，已經準備得差不多，按照日程來看，大約半個月後，韃靼使臣要回國，屆時欣悅郡主就會跟著他們一起去韃靼。這件事情是皇帝金口玉言頒布的旨意，如今木已成舟，只怕沒什麼轉圜的餘地。

但按照明慧長公主的性格，只怕不會那麼容易就算了，安國公府徐家又是她的舅家，這中間會不會有什麼瓜葛呢？

於此同時，廣安侯府在京郊的別院中，確實正進行著某些不為人知的計謀。

欣悅郡主端坐在廳中的靠背椅上，看著門外那個和她有八、九分相似的女子，低眉順目地走進來。

那姑娘見了欣悅郡主，咬唇跪下，謙遜地向她行禮。

坐在一旁的明慧長公主開口道：「也算妳有造化，原是想把妳隨便配了人家的，如今倒是讓妳逮到了機會，等韃靼王子當上皇帝，妳就是韃靼的皇后了。妳不是一直想認祖歸宗嗎？這次，妳可以當廣安侯府的嫡女了。」

欣悅郡主聽聞此言，只略略偏過頭，鄙夷地看那姑娘一眼，嘴角帶著怒意。

明慧長公主見狀，勸慰道：「欣悅，這是萬全之策了。妳不想去和親，就必須要有另一個人去，而她的身分必須是廣安侯府的嫡女。」

欣悅郡主哼了一聲，將茶几上的衣物推落在地，冷冷道：「這是我的衣服，換上吧！」

那姑娘低垂著眼眸，並不說話，一旁的丫鬟過來，扶著她進內房更衣。

明慧長公主嘆息道：「欣悅，放心吧，從小到大妳想做的事情，有哪一件我沒替妳達成的？當初妳嫌棄她長得和妳過於相像，我原是不想留她的，沒想到一念之仁，如今卻幫了妳的大忙，可見妳是個有福之人。」

欣悅郡主聞言，抿了抿嘴，帶著幾分怒氣，小聲道：「那好，我要嫁給蕭謹言，母親可能幫我？」

「天下那麼多男人，妳為什麼非要嫁給他不可呢？」

欣悅郡主撇撇嘴道：「一開始，我的確是喜歡他，可如今，我卻是嚥不下這口氣。母親難道不這麼想嗎？您是和皇帝舅舅一母同胞的長公主，我是您的嫡女，憑什麼我比不上一個流落在外、當過丫鬟的王府庶女？我不服！」

明慧長公主聽欣悅這麼說，蹙眉道：「妳舅舅著實讓人寒心，可現在妳沒了侯府嫡女的身分，想要嫁給蕭謹言，只怕是難上加難。」

欣悅郡主哼了一聲，挑眉道：「既然這樣，就想個辦法，先讓那個叫阿秀的小丫鬟消失好了。」

明慧長公主微微一驚，旋即鎮定下來，開口道：「這幾日，恒王府的陸管家正好躲在妳舅公家的賭坊裡，聽說是貪墨了銀子逃跑的，我們不妨想個辦法，把那丫頭引出來，然後……」

欣悅郡主接著道：「聽說往法華寺的路上，最近經常有盜匪出沒，到時讓舅公家的小廝裝作盜匪，毀了她的名聲，看她有什麼臉嫁給蕭謹言！」

第八十四章

第二日一早，蕭謹言和趙暖陽沒忘記昨日的約定，各從府裡抽調了二、三十個侍衛，又怕人多擾民，讓他們都著尋常衣裝，往各處酒館、客棧、賭坊、青樓打聽陸管家的消息。

果然，午後蕭謹言回府時，就已經打探出一二了。

彼時，蕭謹言正請周顯在書房下棋，一邊商量韃靼使團離京的事，只聽侍衛回道：「兄弟們去各處打探過了，那個陸管家經常去招財賭坊賭錢，每次的賭注都很大，那邊的人認識他，知道他是恒王府的管家，通常會先讓他贏上一、兩把小的，然後輸幾十把大的。據陸管家說，他有的是銀子。」

蕭謹言聞言，默默垂眸。周顯落下一子，開口道：「招財賭坊是安國公家的產業，但皇上下令官家不得私開賭坊，以前有太后娘娘撐腰，安國公從未把這事情放在心上，如今看來，已是不能姑息了。」

蕭謹言抬眸一笑，看著棋盤，發現自己又是潰不成軍，索性伸手打亂棋子。「既然如此，那就一鍋端了，藉著這個機會，參安國公一本。」

周顯搖搖頭。「光開賭場一項罪名，如何告得倒前國舅爺？我看此事得從長計議，況且這畢竟涉及到恒王府的私事，免得別人說我有公報私仇之嫌。」

蕭謹言覺得有理，遂點了點頭，讓那侍衛繼續說下去。

「不過聽賭坊裡的人說，這幾天都沒見到陸管家，不知道他跑哪兒去了。掌櫃的還念叨著，說陸管家欠他們銀子呢！」

蕭謹言略沈吟，支頤想了半日，才開口道：「京城就這麼大，他最後去過的地方正是這家賭坊，如今賭坊的人卻說他跑了，我看這其中必有蹊蹺。」

兩人正揣測時，外頭忽然有丫鬟來稟。「恒王府的玉秀郡主派人來給世子爺傳話。」

周顯忙起身，見是阿秀身邊的小丫鬟紅玉，便問道：「妳怎麼來了？」

紅玉左右看了一眼，略帶不解道：「小郡王，您怎麼在這裡？」隨即回過神，面露驚慌地說：「剛才奴婢看見，青靄姊姊被人綁走了！」

「青靄怎麼會被綁走？妳好好說話！」

紅玉聞言，忙道：「是這樣的，用過午膳後，有人送了封信來，說陸嬤嬤被人綁了，要郡主帶著一千兩銀子去法華寺贖人。郡主看完信，派人去陸家問，陸嬤嬤家的小丫鬟說，陸嬤嬤是被陸管家抓走的，郡主怕陸嬤嬤出事，便急急忙忙到帳房支了一千兩銀子，帶著幾個小廝贖人去了。」

周顯不等她把話說完，直接問道：「那青靄又是怎麼回事？」

紅玉回道：「郡主不知小郡王在許國公府，所以先遣青靄姊姊去禮部衙門給您報信，然後才派我來找世子爺。可我走到半路時，卻瞧見有幾個黑衣人衝出來，劫了青靄姊姊的馬車，我心裡害怕，就找地方躲起來，等那些人走了，便趕快來給世子爺報信。」

蕭謹言一聽，立刻從椅子上站起來，驚道：「糟了！這是陷阱，阿秀有危險了！」

卻說今兒一早阿秀處理完瑣事，將帳本交給林掌櫃後，難得有閒暇在凝香院中繡花，用過午膳正打算小憩，卻收到陸嬷嬷被綁的消息。

這個時辰，明側妃是在歇午覺的，所以阿秀並沒有去打擾她，心想陸管家人單勢弱，不過就是為了幾兩銀子，不如自己多帶幾個小廝過去，悄悄把人抓回來就好。

阿秀雖然這樣想，但畢竟是第一次經歷這些事，有些害怕，才遣青靄去給周顯送信；且又聽說蕭謹言也派人出去找陸管家，既然他出現了，索性告訴他們一聲，讓他們不必四處尋找了。

誰知安國公府的人正防著她派人去報信，瞧見馬車便劫走了，沒想到被後出門的紅玉撞個正著。

蕭謹言想到這裡，已嚇得三魂去了兩魂半，急忙衝出去，回頭對周顯道：「你坐馬車來，我先騎馬帶人去攔下她！」

從恒王府到法華寺，坐車只要幾炷香工夫，這時快馬追出去，只怕阿秀的車也已經到了城外。

於是，蕭謹言先到校場點了十來個人，翻身上馬，浩浩蕩蕩往法華寺而去。

阿秀坐在馬車上，手裡拿著陸管家要求贖金的信，抬起頭，卻見服侍陸嬤嬤的小丫鬟戰戰兢兢地坐在角落裡，臉上一副擔驚受怕的表情。

阿秀拿著信紙，在掌心翻來翻去，忽然問小丫鬟。「妳識字嗎？」

小丫鬟一驚，抬起頭看阿秀，想了半刻，才搖搖頭。

阿秀揉了揉眉心，又問她。「既然妳不識字，怎麼知道上面寫的內容？是那些人告訴妳的嗎？」

小丫鬟又往角落裡靠了靠，抿著唇瓣不說話。

阿秀便覺得有些不對勁了，吩咐車伕把車趕慢點，繼續問她。「妳好好說，這到底是怎麼回事？陸嬤嬤到底在哪兒？」

小丫鬟無奈，撲通一聲跪在阿秀面前，心驚膽顫道：「陸、陸嬤嬤還在家裡，有人看著她，說這邊的人拿到錢後，就會把她放了。」

阿秀聽了，也反應過來，大白天綁著一個人出城，並不是件容易的事情，陸管家必定有同夥。

「綁陸嬤嬤的人是陸管家嗎？」

「不是，奴婢不認識。」

阿秀蹙眉，這麼說來，陸管家還勾搭了外頭的人。

她想了半日，又問道：「那他們有沒有說什麼時候放了陸嬤嬤？妳現在把事情說出來，若我改變主意，不想去送銀子了，那些人也不知道啊。」

小丫鬟搖搖頭。「奴婢也不知道，他們只跟奴婢說，一定要帶郡主去法華寺。」

阿秀越發覺得奇怪了，拉開簾子，四處看了一眼，見後頭的馬車跟得很緊，稍稍放下心，開口道：「先停車休息一會兒吧。」

幾個小廝聞言，很是詫異，救人這樣的急事，郡主居然還吩咐在路上休息一下？遂在車裡笑了起來。

「郡主畢竟是姑娘家，哪裡見過這樣的陣仗，只怕這會兒還心慌呢，如何不要休息。等會兒，咱們幾個爭口氣，把姓陸的老奴才綁回來，給郡主墊腳丫子。」

小廝們紛紛點頭，平日裡難得能在阿秀跟前顯殷勤，如今逮著機會，都很有幹勁。

這會兒，阿秀心裡還在嘀咕，不知如何是好，卻見遠處有一隊人馬飛奔而來，撩起簾子看了一眼，是蕭謹言帶人來了。

見恒王府的馬車就在眼前，蕭謹言鬆了口氣，策馬來到阿秀的馬車旁邊，馬鞭微微一揚，挑開了側邊的簾子，彎腰問道：「阿秀，妳沒事吧？」

阿秀心中一暖，迎著他的目光抬頭。「我沒事，你怎麼來了？」

「妳可知道，妳派去禮部給小郡王傳話的丫鬟被人劫了。」

阿秀一驚。「怎麼會？那你怎麼知道的？」

「是妳身邊的丫鬟紅玉瞧見的，看追不上那群人，就直接來許國公府報信。」蕭謹言跳下馬，掀開簾子引阿秀下車。

夏日的陽光有些刺眼，蕭謹言牽著阿秀的手，來到一棵老槐樹下。

蕭謹言見阿秀安然無恙，一顆心終於放下。「我還以為追不上妳了，幸好妳停下來。」

阿秀便把方才那小丫鬟的話說給蕭謹言聽，蕭謹言細細琢磨了片刻，擰眉道：「看樣子不像是調虎離山，倒像誘敵深入，難道前頭會發生什麼事情？」

阿秀聞言，只覺後背一冷，拉著蕭謹言的手道：「那我們快回去吧，也好把陸嬤嬤救出來。」

蕭謹言挑眉一笑，打斷阿秀的話。「不行，前面到底有什麼事情等著妳，我倒是想去瞧一瞧。」

阿秀拉住了蕭謹言的手。「那我跟你一起去。」

蕭謹言搖頭。「那不行，怎麼能讓妳涉險呢？妳在這裡等我。」

阿秀不依不撓。「不要，萬一你走了，他們又來，那我怎麼辦？無論如何，我都要跟你在一起。」

蕭謹言見阿秀臉上帶著幾分少女的嬌氣，只得點了點頭，避開那群小廝和侍衛看熱鬧的眼光，背過身子，低下頭在阿秀額上輕輕吻了一下。

蕭謹言和阿秀在那裡逗留了片刻，蕭謹言讓許國公府的侍衛和恒王府小廝互換了衣裳，自己則和阿秀一起上了前頭的馬車。瞧見車裡噤若寒蟬的小丫鬟，便吩咐留下的王府小廝把她看好，揮手示意大家繼續前進。

馬車在官道上平穩向前，阿秀靠坐在車裡，不時小心翼翼地掀開簾子一角，帶著幾分不安看著外頭飛馳而過的景物，小聲問道：「你說，他們把我引出去，到底要做什麼呢？難道是為了那一千兩銀子？」

蕭謹言微擰著眉宇，單手托著下頷思考，聽見阿秀的話後，只微微一笑。「若是為了銀子，何必只要一千兩？聽妳哥哥說，這些年陸管家貪墨的銀子，不下萬兩呢。」

阿秀低下頭，櫻桃小口癟了癟，帶著幾分嬌嗔模樣，讓蕭謹言心口莫名柔軟了幾分，伸手將她摟入懷中。

阿秀臉上陡然紅了起來，蕭謹言便低頭在她臉頰上蹭了一下，又朝那櫻桃小口移了過去，終是挑開檀口，輕輕吮吸了，一親芳澤之後才作罷。

阿秀嚶嚀一聲，雙手抵在蕭謹言的胸前，濃郁的男子氣息撲面而來，讓她羞紅了面頰。

蕭謹言抱起阿秀，分腿坐在他身上，膨脹的慾望抵著她的腿根，讓人心跳不已。

「爺、爺放開阿秀……」阿秀有些艱難地說出這句話，熱燙臉頰靠在蕭謹言的面上。

蕭謹言一把將她摟住，大掌包裹著胸前的柔軟，帶著幾分逗弄地捏了一把。

「這樣抱著妳的感覺真好，身子骨兒也比以前多了幾兩肉……這裡，還有這裡……」

他的手指不安分地在阿秀身上移動著，所到之處燃起火焰。阿秀咬著唇瓣，在他的肩頭輕蹭著。

這時，不知哪個不懂眼色的侍衛在車外問道：「世子爺，再過五、六里路就到法華寺了，要我們先去打探一下嗎？」

蕭謹言正享受著懷裡的軟玉溫香，被不識相的下屬打斷了，擰眉道：「打探什麼？對方要誘敵深入，最怕的就是打草驚蛇。大家小心戒備，就這樣過去吧。」

那侍衛顯然沒聽出蕭謹言話語中的怨氣，繼續問道：「前頭有個山谷，萬一有埋伏，豈不是讓世子爺涉險？不如還是派人前去探查？」

這會兒，阿秀身上早已熱得不成樣子，可蕭謹言卻沒有半點想把她放下的心思，手中力道越發緊了，慢悠悠地開口。「放心吧，那幫人既然敢對恒王府下手，就知道恒王府能來多少人，不會派太多人的。你們注意些，別讓對方看出了馬腳。」

盡忠職守的侍衛聽見這話，只好應聲領命了。

法華寺坐落在京城東郊法華山的山腰，是權貴最常來的廟宇，寺中有九層寶塔，上塔頂可一覽十餘里外的城中風光。

此時，站在塔頂往遠處眺望的，正是明慧長公主和欣悅郡主。

「恒王府的人怎麼還沒到呢？從京城到法華寺，也不需要多久，這會兒都午時了，怎麼連個人影都沒瞧見？」欣悅郡主眉宇中帶著幾分固有的傲氣，轉身問明慧長公主。

「放心吧，她一定會來的，陸嬤嬤是小郡王最重要的老僕，那個小丫頭怎麼會不顧她的死活呢？依我看，應當是她鮮少出門，不大認得路吧。」明慧長公主說著，伸手接過丫鬟手中的千里眼，遠遠看去，臉上忽然一片欣喜。

「他們來了。」

明慧長公主把千里眼遞給欣悅郡主，道：「好了，我們下去等他們的好消息吧。」

蕭謹言見自己把阿秀逗得快坐不住了，便用手指按著她有些紅腫的唇瓣，挑起眉梢。「阿秀，以後有什麼事情，記得先通知我，再不能私自行動了。妳不知京城人心險惡，一個人很容易出事的。」

前世的蕭謹言不過是個富貴閒散的公子哥，這人心險惡四個字，只怕他自己也不清楚，如今卻諄諄告誡她。阿秀頓時覺得心裡生出暖意，點點頭道：「阿秀明白了，以後一定什麼都聽爺的。」

蕭謹言瞇眼笑了笑，伸手勾起阿秀的下頷，在她唇瓣上輕吻了一下。「阿秀，以後不要叫我爺，叫我謹言。我和妳不再是主僕，將來是要做夫妻的人。」

阿秀低下頭，心裡雖然甜蜜，臉上卻不敢顯露過多，深怕一會兒蕭謹言又開始不安分地動手動腳。

過了一會兒，侍衛又靠過來，稟道：「世子爺，再過半里路就到山谷了。」

蕭謹言稍稍挑起簾子，前後看了一眼，開口道：「都小心點，不要讓任何人靠近馬車。」

侍衛齊聲答應了，各自歸位，看上去就跟普通人家的小廝一樣。

阿秀悄悄抬起頭看蕭謹言，三年不曾跟他這樣親近，如今再次相見，沒想到他已經變成一個真真正正的男子漢了。忍不住伸出手臂，環住蕭謹言的腰，安安穩穩地靠在他的胸口。

蕭謹言見狀，低頭淺嗅著阿秀的髮香，笑著輕拍她的後背。

馬車離山谷越來越近，欣悅郡主再次舉起千里眼看去，嘴角露出淺淺的笑。

「母親，即便那個賤人的名聲毀了，蕭謹言會不會還要娶她回去？」

「誰知道呢？不過玉秀郡主若真出了事，就算蕭謹言想娶，只怕許國公和國公夫人都不會要她進門的。許國公府的世子夫人，怎麼能有不好的名聲呢！」

明慧長公主說著，笑了起來，看兩輛馬車從遠處飛馳而來。

欣悅郡主放下千里眼，嘴角勾起笑意，冷冷道：「母親說得是，我們還是到下面靜候佳音吧。」

第八十五章

馬車不緊不慢地行駛著，阿秀心裡卻莫名其妙緊張了起來。

蕭謹言的大掌感覺到她手心的汗珠，勾唇看著她，伸出手臂把她摟至懷中。

「怎麼，方才堅持要跟著我，現在害怕了嗎？」

阿秀被蕭謹言說中心思，又窘又羞，扭頭道：「哪有，我就是有些緊張。」

「跟我在一起，那麼讓妳緊張？」

蕭謹言火熱的氣息忽然又迎面撲來，阿秀連連往後靠了靠，小聲道：「不是……不是跟你在一起才緊張的……」

蕭謹言故意逗弄阿秀，咬著她的耳朵道：「那妳說說看，妳在緊張些什麼呢？」

阿秀看著蕭謹言那張人畜無害、俊逸無雙的臉，恨不得啃上一口，如今他竟變得這樣無賴。

蕭謹言見阿秀睜大眼睛，憋著一股氣，忍不住哈哈笑了起來，重新把她放在自己身旁。

這時，外面忽然傳來一聲驚呼。

「有埋伏，大家小心！保護郡主！」

蕭謹言早已吩咐過，讓那些侍衛遇到對方的人馬時，故意提高嗓門，讓他們以為車裡的人就是阿秀。因此，那群人聽見這聲怒吼，頓時以為馬車裡只有阿秀一個人，便不去和那些侍衛糾纏，只往馬車襲擊。

不過，安國公府的家奴，如何比得過許國公府那些在戰場上出生入死過的侍衛，只片刻工夫，就全被制伏了，一個個哀號倒地。

馬車停下來，侍衛上前，在車外朗聲稟報。「回世子爺，所有人都拿下了。」

此時，阿秀已定下心神，蕭謹言拍了拍她的手背，跨出馬車，瞧了被押在馬車前的十來個村民打扮的年輕人一眼，笑著問：「哪家的？報上名來，就留你們性命，不然的話……」

幾個侍衛架在他們脖頸上的刀偏了偏，刀刃在皮肉上劃開一道口子，那些人吃疼，嚇得連連求饒。

「在戰場上，我的親兵就是這樣對韃子的，不過韃子沒你們幸運，若是換成他們，方才那一刀，你們早已人頭落地了。」

安國公府的家奴已嚇得屁滾尿流，軟綿綿地伏趴在地上，渾身顫抖道：「世子爺饒命啊！奴才真的沒有要傷害郡主的意思，是……是我們家主人想請郡主去法華寺一聚，我們來請郡主，哪裡敢動郡主分毫。」

「原來這叫請啊？那你們的手法倒也別致。你們的主人是誰？要不，我也請他來聚聚。」

蕭謹言往半山腰看去，隱約可見法華寺，遂轉身吩咐侍衛。「上去問一下寺中的住持，今兒有些什麼人去過法華寺。」

阿秀在馬車中聽見了幾句，探出頭問蕭謹言。「你說什麼呢？要請誰過來坐坐？」

蕭謹言上了車，放下簾子，單手摟住阿秀的腰肢，在她額上親了一口。

「沒什麼。我是說，既然來了法華寺，不如進去上炷香再走。」

阿秀有蕭謹言護在身邊，早已安下心，聽他這麼說，便偏著頭看他，淺笑道：「你說如何就如何。只是，你得先派人回去，把陸嬤嬤救出來才行。」

「放心，這會兒陸嬤嬤應該已經被救出來。方才侍衛換衣服時，我便遣人回去通知妳哥哥了。」

蕭謹言與阿秀並排端坐在馬車裡，握著她的手。

這幾年，他餐風飲露，手掌早已不像往昔那樣細滑，阿秀的手背被摩挲得微微發癢，遂反過來，和他的掌心相觸，五指交叉握緊。

「你……這三年都怎麼過的？臉變得這麼黑。除了招惹穆蘭公主，還有什麼事情是我不知道的？」

阿秀和蕭謹言雖然已經見過好多次面，但每次不是人多就是太匆促，壓根兒沒工夫好好說話，如今坐在馬車裡，倒是難得的時機。

「妳想知道些什麼？是好的，還是不好的？」蕭謹言彎眸凝視阿秀，嘴角帶著幾分笑意。

阿秀抬起頭，直視蕭謹言，一字一句慢慢道：「好的、不好的，只要和你有關的，我都想知道。」

說完這一句，阿秀的臉頰已經紅得不成樣子，模樣卻是難得的可愛，蕭謹言忍不住又伸手摟住她。

「其實也沒什麼不好的，最多就是受些小傷，在床上躺了十天半個月起不來而已。這些我都沒有對母親說過，她要知道了，說不定會念叨我，在耳邊呱噪，所以就不說了。」

阿秀聞言，頓時覺得心口有些抽痛，忍住了才問道：「既然不對太太說，那為什麼要對我說？惹得我心疼，我也不想聽了。」

「這不是妳讓我說的嗎？」蕭謹言笑著道：「其實我不說，日後妳也會知道，不如現在老實交代得好。」

阿秀聽出了他的弦外之音，原本嫣紅的臉頰越發燙了幾分，推開蕭謹言轉身，憋著氣道：「哼，你就知道欺負人，憑什麼我得知道？我曉得有句話叫『非禮勿視』，大不了不看了。」

蕭謹言聽了，越發覺得阿秀比以前有趣了幾分，戲謔道：「非禮勿視？這是誰教妳的？再說了，周公之禮難道不是禮？所以，不管妳怎麼看我，都是有禮的。」

阿秀一聽，真是不得了了，蕭謹言居然變得油嘴滑舌，不過三年未見而已，原本溫文爾雅的世子爺，如今怎麼變成這樣……這樣的下流胚子了。

阿秀扭頭瞪他一眼，一副欲說還休的模樣，想了片刻，終究還是沒有發火，只是睨著他，小聲問道：「傷在哪兒了？怎麼要躺個十天半個月的？」

蕭謹言發現，阿秀說完這句話時，晶瑩的眼睛瞬間蒙上了一層霧氣，知道她是真心疼了，遂拉著她的手道：「也沒什麼，不過就是些皮外傷，哪個行武之人身上沒有一、兩處傷的，也值得妳掉眼淚。早知如此，我就不告訴妳了。」

阿秀低語道：「你不告訴我，我以後也會知道的。」

蕭謹言聽了，哈哈大笑起來，摟著阿秀，蹭了蹭她的臉頰，又道：「方才是誰說非禮勿視的？」

阿秀見自己說不過蕭謹言，扭過頭不理他了。

過了片刻，外頭傳來侍衛的聲音。「回世子爺，寺裡的住持說，今兒香客不多，這會兒還逗留未走的，只剩下明慧長公主和欣悅郡主。」

蕭謹言沒想到，居然會是這兩個人，想了想，命車伕停下馬車，在車上思量一會兒，開口道：「咱們回去吧。」

阿秀自然想不到是明慧長公主要對她不利，見蕭謹言忽然打道回府，問道：「怎麼，不去上香了？」

「不是初一，也非十五，不去也罷。我們先回去，我有事找妳哥哥商量。」

探。

且說明慧長公主和欣悅郡主還在等消息，幾杯茶下肚，卻沒等到人來報，遂派小廝去打探。

小廝出門，看見恒王府車隊離去，急忙進廟裡稟報。「不好了，安國公府的人失手了！奴才看見那兩輛車往回走，後頭還有十來個人被捆成一排，給馬拉著，那些人準是安國公派來的。」

「怎麼可能？安國公府的家奴，身手不是都不錯嗎？如何連恒王府的幾個小廝都制伏不了？不會是你看錯了吧？」明慧長公主站起來道。

「奴才……奴才再眼花，也不至於連人都看不清，更何況，那馬車真是恒王府的。只是……」

「只是什麼？」

「只是那些小廝瞧著虎背熊腰，看起來都是練家子，恒王府許是有備而來的。」

「有備而來？那姓陸的不是說恒王府的小廝都只有十五、六歲，個個瘦得跟猴子一樣嗎？哪來這群虎背熊腰的？」

「這……奴才就不知道了。」

「你這個酒囊飯袋，還有什麼是知道的？給我滾！」

欣悅郡主從椅子上站起來，將一套茶杯砸得七零八落，咬著唇瓣，在一旁生起了悶氣。

蕭謹言和阿秀回到恒王府，果見周顯已經將陸嬤嬤救出，連陸管家也抓回來了。周顯見阿秀平安回府，鬆了口氣，對蕭謹言道：「我得了你的信，就去陸家，陸管家在裡頭看著陸嬤嬤，被我抓了來。你們那邊問出是什麼人了沒有？」

蕭謹言臉上神色凝重，見清霜在旁邊伺候，開口道：「清霜，妳先送郡主回房休息。」

阿秀知道蕭謹言和周顯有事商量，遂福身告退，去找明側妃報平安了。

蕭謹言看著周顯，先是蹙眉，最後竟笑著道：「你什麼時候娶趙家表妹進門？讓我早些迎娶阿秀吧，把她放在恒王府，我是越來越不放心了。」

周顯聞言氣急，也笑道：「阿秀在恒王府住了三年，何時出過半點差池？是你回來之後，才忽然鬧出這麼多事情來。我看，是你與阿秀八字不合，不如讓廟裡的大師給你們合一合八字，若是不妥，我趁早稟明皇上，讓他收回成命得好。」

「好個周顯，居然這麼想，當真是那幾年素齋吃多了！」蕭謹言淡笑起來，又沈聲道：「那幾個奴才嘴很硬，到現在都不肯說出主子是誰，我會派人再去查。還有一件事，也不知的確有關聯，還是巧合，總之很讓人疑惑。我打聽到，明慧長公主和欣悅郡主今天也去了法華寺。

「一般上香的人都是趕早過去，用完午膳就回城，只有明慧長公主和欣悅郡主沒有走，像是在等待什麼。我已經派人盯住她們，看看她們回去之後會去哪裡。」

蕭謹言說完，低下頭想了想。「再過幾日韃靼使團就要走了，欣悅公主不在家預備和親，這個時候跑去法華寺做什麼呢？」

「的確可疑。你們今天沒打照面嗎？」

「沒有，要是遇見，只怕就說不清了，不如暗地查訪，等有了證據，到時候她們說什麼也沒用。」

蕭謹言支著下頷想了半天，搖搖頭。「如果她們想對阿秀下手，是為什麼呢？真想不明白。」

周顯拿起茶壺，幫他斟滿，低頭睨著他。「聽說……這幾年欣悅郡主一直未嫁，就是為了等你回來。」

蕭謹言端起茶喝了，聞言立刻噴出來，睜大眼睛道：「你聽誰說的？這是造謠吧？她就那麼確定我會娶她？」

「你當然不會，但如果明慧長公主請皇上賜婚，那你就不得不娶了。」

「你的意思是？」蕭謹言仍有些不明白。

周顯搖頭，笑道：「我是說，那場接風宴，皇上本是要為你和欣悅郡主賜婚的，可突然冒出一個穆蘭公主，打亂了徐貴妃和皇帝的計劃。最後，欣悅郡主不但沒能嫁給你，還被皇帝指去和親，你說她最憎恨的人是誰？」

蕭謹言聽周顯分析得頭頭是道，但還是一個勁兒地搖頭。

「雖然你說得這樣天花亂墜，但我一個字也不信！」

不過，蕭謹言嘴上說不信，心裡仍有幾分害怕。前世他終究是娶了欣悅郡主，難不成重生一世，還逃不掉這段姻緣？

第八十六章

阿秀去了紫薇苑，陸嬤嬤也在裡面，聽說郡主來了，忙起身迎上前，見阿秀臉上帶著幾分疲色，立刻跪下磕頭。

「都是奴婢害郡主涉險，奴婢罪該萬死！」

阿秀彎腰把陸嬤嬤扶起來。「陸嬤嬤快別這樣，若是換成哥哥，他也會這麼做的。」

明側妃瞧阿秀毫髮無傷，放下心，開口道：「妳這孩子，這麼大的事情，也不先和我商量商量，就一個人跑出去，萬一要有什麼三長兩短，讓我如何是好？」

阿秀瞧著明側妃微蹙的眉宇，福身道：「姨娘快別擔心了，如今我既然接手家務，這些事情本該自己處理；況且陸嬤嬤又是哥哥看重的人，事出緊急，我怕姨娘擔心，才會瞞著姨娘。」

「妳越發懂事了。」明側妃把阿秀扶起來，理了理她的鬢角，帶著幾分擔憂道：「不過，以後若還有這樣的事情，一定要告訴我。我們母女倆雖然是女流之輩，好歹也有商有量的。」

阿秀點頭。「我知道了，以後一定不會再瞞著姨娘。」

明側妃牽著阿秀坐好，又命丫鬟上了壓驚的紅棗茶，這才向陸嬤嬤問話。「這是怎麼回事？妳坐下，好好說清楚。」

陸嬤嬤在小杌子上側身坐了，嘆息道：「今兒我從府裡回去後，用過午膳，本想再進來和林掌櫃看看莊子上的帳本，沒想到我家老頭子居然回來了。

「我瞧見他，自然不讓他走，想帶他跟我進來見主子。他卻哄我，讓我先進房給他找件換洗的衣服，誰知他竟有這樣的壞心眼，我才進去，他就反手將門關上，帶人把我綁了。」

陸嬤嬤畢竟年紀大，又瘦得很，哪裡是陸管家的對手，三兩下就被捆起來，動彈不得。她想大喊，又被堵上了嘴，所以半點辦法也沒有。

陸嬤嬤拿著帕子，壓了壓眼角。「我那老頭子是一點良心也沒有的，我現在也算看開了，如今落在小郡王手中，我只勸側妃和郡主，千萬別因為我這張老臉饒過他，該怎麼發落就怎麼發落，我這輩子跟他恩斷義絕了。」

阿秀見陸嬤嬤哭得傷心，勸道：「陸嬤嬤快別難過了，說起來，妳也是受害者。如今人已經抓回來了，銀子卻追不回來，要怎麼發落，還是聽哥哥的吧。」

其實阿秀心裡明白，陸嬤嬤雖然這麼說，但心裡對陸管家還是有感情。在一起過一輩子的人，就算對方做了再多對不起自己的事情，還是狠不下心看著他下場淒慘。

當初她難產而死，何嘗沒有怨恨過蕭謹言，可那時她是那樣的身分，又有什麼資格去怨恨？如今回想，很多事情站在對方的立場去思索，便能想得通透些。

明側妃也上前勸道：「這麼多年來，王府是頭一次發生這樣的事，的確該殺一儆百，以儆效尤。不過這些事情，還是讓小郡王來決斷吧，況且這裡頭似乎摻和了別的事情，也要等弄清楚了，才能發落。」

另一邊，周顯命小廝將陸管家從柴房裡帶出來，和蕭謹言一起在廳裡等著他。

蕭謹言見周顯臉上還帶著幾分憂鬱，勸道：「這些小事，不必放在心上，不過就是個奴才罷了。有時候，你就是太過念舊了。不是我說，你們王府裡的人，早該整治整治了。」

周顯端著茶盞，仍是蹙著眉。「恒王府本就人丁不旺，都是用了幾十年的老奴才，沒想過會出這樣的事。這次差點讓阿秀深陷險境，真是不可饒恕。」

說話間，陸管家已經被人帶上來，他方才跑得急，栽了一個大跟頭，額上還沾著血跡，看見周顯，便急忙跪下磕頭。

「小郡王，奴才不是人，對不起死去的王妃！奴才是豬油蒙了心，才會跟著外人坑我們王府。」

周顯嘆了口氣，擱下茶盞。「你老實交代，到底是誰叫你這麼做的？」

陸管家如今被抓，自知逃不出去了，遂哭喪著臉道：「除了安國公府的人，還會有誰？奴才是著了他們的道了。

「一開始，奴才被拉去招財賭坊，原以為手氣不錯，誰知道後來輸多贏少，我怕別人找來王府要錢，就偷偷貪了王妃嫁妝裡那幾間鋪子的銀子。誰知道還是不夠，就越貪越多，原本想著不會那麼早被人發現，沒準兒我運氣好，有一天就全回本了，沒想到卻變成這樣……」

賭錢的人大多都是抱著這種心思，覺得自己能贏回來，但最後的結果就是越輸越多。

周顯聽到這裡，已經不想再聽了，揮了揮手。「你的那些爛事，我不想聽了，直接告訴我今天究竟是怎麼回事。」

陸管家擦了擦老淚，開口道：「奴才也不清楚，安國公府的人說，讓奴才想辦法把郡主引去法華寺。奴才想著法華寺是佛寺，那些人應該不會有壞心思，所以就把郡主騙出門。後來，安國公府的人來找我，說晚上就會有人接應我逃走，我欠他們賭坊的銀子，可以一筆勾銷。」

陸管家說到這裡，抬頭看了周顯一眼。「我想著，小郡王對我那老婆子也不至於絕情，我走了，好過留在這裡連累她。誰知道，小郡王卻先回來了。」

蕭謹言坐在堂上，聽這老刁奴巧舌如簧地解釋，臉上的怒氣絲毫沒有消退，扭頭看著周顯道：「這老刁奴差點害阿秀深陷險境，如何能讓他輕飄飄幾句話就蒙混過關？」

其實蕭謹言並非要置陸管家於死地，只是周顯素來寬厚，陸管家又說得可憐兮兮，全然一副被逼無奈的樣子，實在讓人氣急。

陸管家悄悄抬頭，瞟了周顯身邊的蕭謹言一眼，三年沒瞧見言世子，原本溫文爾雅的公子哥，怎麼變了呢？正想服軟求饒，就聽周顯開口了——

「夥同外人謀害主子，光這一條，已經夠陸管家死幾次了。諒他年邁，拉出去打五十大板，若還有命在，也算他的造化。」

蕭謹言聽周顯這樣吩咐，稍稍按下心中的怒火，忽然靈光一閃，急忙攔道：「不行，這會兒還不是處置他的時候，且留著他做人質。謀害郡主這項罪名，安國公是逃不掉了，我現在去把抓來的幾個人的底細弄清楚，明日再來找你。」

蕭謹言起身，往外走了幾步，看見跪在地上的陸管家，開口道：「小郡王，容我也把陸管家帶回國公府，不是我小瞧恒王府，只怕這裡管不住他。」

周顯知道蕭謹言擔心阿秀，情有可原，遂開口道：「隨你吧。既然這件事情已經鬧大了，恒王府和許國公府理應聯手解決。」

蕭謹言帶著侍衛離開恒王府，看著馬後拉著的那群人，示意手下把其中一個給放了，命他回去給安國公傳話。

那家奴被放走後，原本想逃走，無奈放不下家中老小，只得硬著頭皮，回安國公府去。

另一邊，明慧長公主回京後，沒料到有人跟蹤她們，逕自去了安國公府興師問罪。原來安排這件事的人，並非安國公，而是安國公夫人的傑作。

年邁的安國公剛剛回府，就遇上了被蕭謹言放回來的奴才。

自從太后娘娘仙逝後，安國公府的勢力大不如前，安國公在皇上面前是夾著尾巴做事，已覺得憋屈得很，且近日因為替欣悅郡主求情，又惹得皇帝不悅，處境更是艱難。

聽跪著的奴才說了這件事，安國公嚇得魂飛天外，渾身顫抖，指著內院大聲痛罵。「無知婦孺！無知婦孺啊！」

話音剛落，安國公一口氣沒緩過來，幾個跟著的小廝忙不迭上前攙扶，才沒讓他栽倒。

此時，欣悅郡主正對著安國公夫人撒嬌，趴在她懷中，一把鼻涕、一把眼淚地哭道：「舅奶奶，您一定得幫幫我，再想想別的辦法，欣悅不想嫁給韃子。您沒看見，韃子長得好難看，鼻子像鷹勾一樣。」

安國公夫人本是皇帝的親姑母，和明慧長公主很親近。皇室養出的閨女都是一樣的脾性，安國公夫人也跋扈慣了，嫁的又是堂堂國舅爺，在宮裡都是橫著走的，在家裡更是老封君，沒有一個人敢忤逆她。便是安國公，對她也是以禮相待。

安國公夫人本想著，這是件再容易不過的事，且布置得甚是縝密，誰知道竟會出了這樣的紕漏，當下也覺得有些沒主意。聽欣悅郡主說完，便擰著眉頭問道：「那半路上抓的丫鬟還在不在？若是在，不如用她去恒王府換人。這事情畢竟不光彩，不如私下解決算了。妳也知道，妳那個舅公如今越來越怕事了，若被他知道，少不得要數落我一頓。」

「差點把那丫鬟的事情給忘了，應該還在的。可我們手裡只有一個丫鬟，他們手裡卻抓了那麼多人，萬一不肯放，那該怎麼辦？」

明慧長公主是個膽子大的，卻很怕安國公這個舅舅，聽安國公夫人這麼說，也擔心了起來。

欣悅郡主便開口道：「不過是個丫鬟，誰瞧見是我們抓的了？不如弄死算了，活不見人，死不見屍；至於被抓的那些人，大不了再想別的辦法，到時候只說認錯人，不就得了。」

欣悅郡主的話才說完，安國公就從門外走了進來，對安國公夫人厲聲道：「妳們這群無知婦孺，簡直蠢笨至極！謀害皇室郡主，這是殺頭的重罪，妳的腦子被狗啃了嗎？」

安國公的臉脹得通紅，第一次這樣惱恨安國公夫人。安國公夫人原是大長公主身分，如今雖不擺架子了，但被安國公這樣一罵，頓時來了脾氣，怒道：「我做錯了什麼？難道要眼睜睜看著欣悅被嫁去韃靼才甘心嗎？皇上做出這樣的事情，你這個當舅舅的不勸著點，我私下裡想想辦法，難道還不行？」

「妳想的是什麼好辦法？妳可知道，許國公府的世子爺親自放了個奴才回來報信，眼下不知這事情要如何收拾，鬧不好，徐家的爵位就要毀於一旦。這次，安國公府的麻煩大了！」

安國公搖著頭，合眸道：「讓我好好想想，這事情絕不能鬧到皇上跟前，韃子還沒走，要是讓他們知道我們拒婚，肯定會出大事的。還有，那些奴才被扣在他們手中，到底要怎麼弄出來？」

安國公夫人聽安國公這麼一說，也覺得事情鬧得有點大了，有些後怕，開口道：「我們擄了一個恒王府的丫鬟，老爺看看，能不能用她把那些奴才換回來？」

這時，門上的簾子忽然晃了一下，有個老嬤嬤在門口閃過，見安國公在裡面，嚇了一跳，正想退下，卻被安國公叫進來。

「慌慌張張的，做什麼？」

老嬤嬤忙跪下來，看了安國公夫人一眼，見她點點頭，才開口道：「回……回老太太，方才別院的小廝來傳話，說二少爺今兒喝多了酒，瞧見那個被抓回來的丫鬟，一時見色起意……」

她說到這裡，已是不敢再說下去，只垂下頭。

安國公聽了，逼問道：「繼續說！後來怎麼樣了？」

老嬤嬤嚇了一跳，這才鼓起勇氣，繼續道：「那丫鬟寧死不從，一頭撞在牆上，這會兒只剩一口氣在。丫鬟、小廝都嚇壞了，想問老太太，要不要……去請個大夫看看？」

安國公夫人一聽，也嚇了一跳，只覺後背發涼，一時沒了主意。

安國公開口道：「馬上去寶善堂請大夫給那位姑娘診治，要是再添上人命，這下更是說不清了。」

卻說阿秀回了凝香院，發現青靄沒回來，遂又急匆匆地去找周顯。

周顯剛送走蕭謹言，見到阿秀，就問道：「妳怎麼還不去休息？一整天奔波還不夠累的嗎？」

阿秀著急道：「哥哥，青靄還沒回來，聽紅玉說，她被人抓走了，你知道抓她的人是誰嗎？」

周顯一拍腦袋，這才想起青靄的事，但這會兒蕭謹言已經走了，光靠恒王府這些人手，如何去安國公府要人？就算去了，若安國公死不承認，也拿他們沒辦法。

「妳先別著急，明兒一早我去找謹言，看看他有什麼主意。」

阿秀自責萬分，氣餒道：「原本是想幫哥哥分憂，如今卻弄成這樣，還害得青靄陷入險境，我真是沒用！」

阿秀的話才說完，卻聽外頭傳來一個聲音道：「我的好小姑子，妳這麼替我著想，我自然也要替妳分憂。」

說話的不是別人，正是周顯未過門的媳婦趙暖玉。

第八十七章

如今周顯見了趙暖玉，仍有幾分拘謹，臉上雖然帶著笑意，但言談卻靦覥起來，問道：「妳怎麼來了？」

「我去蕭家找瑾璃玩，正巧遇上言表哥，聽說這事就過來了。」

「妳說要為阿秀分憂，那是怎麼個分憂法呢？」周顯見趙暖玉很是熱心，便開口問道。

「你們不是要找人嗎？我就來個夜探安國公府，先進去幫你們找找。等我找到了，你明兒再去要人，不就萬無一失了嗎？」趙暖玉眉梢一挑，得意洋洋地說。做這種事情對她而言，似乎是家常便飯。

周顯聽了，卻眉頭緊蹙，開口道：「妳一個姑娘家半夜翻人家房頂，這算什麼事？再說了，事情根本沒到這一步，我不准妳涉險。」

「那你說，你還有什麼別的好辦法？人家都欺負到你頭上了，你還忍著？我不管，阿秀是我的小姑子，我可看不得別人欺負她。你不讓我去安國公府也行，那我去廣安侯府，把欣悅郡主的頭髮剪下一截來，看她以後還敢不敢使壞心眼。」

周顯搖頭道：「並沒有證據證明這件事是欣悅郡主做的，妳怎麼那麼魯莽呢？」

趙暖玉撇撇嘴，瞪了周顯一眼，不服道：「你懂什麼，這叫女人的直覺，我就覺得這事是欣悅郡主幹的，狗急了還跳牆呢，她現在不想去和親，肯定會想法子使壞。要是阿秀的清白被玷污，就算言表哥不在意，但國公爺和國公夫人絕不會同意這門婚事，到時阿秀便很難找到好人家了。

「可是，韃子是不重視女人貞潔的，父子兄弟可以共有一個女人，若皇上覺得阿秀在京城待不下去，沒準兒就讓她去和親了呢！」

周顯一聽，三魂嚇掉了兩魂半，呆呆愣愣地看了趙暖玉半天，不得不承認她說得很對。如果阿秀的清白真的被毀，京城只怕是待不下去了。

「妳想幹什麼，就幹什麼去吧，我不攔著妳了。只是……妳要保護好自己。」周顯看著趙暖玉那張俏麗的臉龐，第一次覺得心頭有種異樣的感覺，想了想又道：「不過，妳還是別去安國公府了，聽說他家的家奴都是練家子。」

趙暖玉噗哧笑出聲，開口道：「那好，我去廣安侯府，給欣悅郡主一個教訓！」

阿秀還想叫住趙暖玉，卻見她如一陣風般走了，急得跳腳。「哥哥，你怎麼不攔著趙姊姊呢，萬一她惹出事來怎麼辦呢？」

「她刀裡來，箭裡去的，出不了事；況且，她是為妳出氣，我何必攔著。」

阿秀瞧著臉上神色莫測的周顯，又著急地嘆口氣，這事情似乎越來越複雜了。

趙暖玉從恒王府出來時，天色早已黑了下去。她牽著馬，特意在路上慢慢走著。

她以前來過廣安侯府，自然知道欣悅郡主住在哪個院子，到了便熟門熟路地進去，發現欣悅郡主住的地方如今守滿了人。看來欣悅郡主肯定不願意去韃靼，不然廣安侯也不會派那麼多人看著她。

這時，門忽然開了，趙暖玉看見欣悅郡主走出來，抬起頭看著天邊的月亮，在廊下靜靜地站了一會兒。

丫鬟拿了斗篷出來，勸道：「郡主，外頭天涼，進去歇著吧。」

趙暖玉對欣悅郡主還算有幾分認識，但屋簷下的女子讓她有些疑惑。雖然眼熟，卻和她記憶中的欣悅郡主有相當大的差別，好像更安靜幾分，身上少了些銳氣。

趙暖玉怒氣沖沖地過來，本想給她點顏色看看，如今瞧著那張了無生趣的臉，頓時沒了興致，只在屋頂上慢慢爬了幾步，誰知竟不小心踢翻一塊瓦片。

守門的小丫鬟聽見聲音，急忙過來瞧了瞧。

這時，房裡傳出說話聲。「姊姊，妳何必對她那麼好呢？她不過是個……」

那丫鬟的話沒說完，卻被另一個人打斷了。「這話，我們私下說說也罷了，出了這院子，妳可不能亂說。長公主已經吩咐下來，如今她才是郡主，知道嗎？」

「我當然知道。其實，我瞧她挺溫和的，若真是郡主也不錯，可惜命苦了些。」

「我們又何嘗不這麼覺得呢。妳們還好，都是家生奴才，家裡人捨不得，早早就給妳們找了出路，我們卻是躲不掉的，橫豎要跟著她一起去。」

小丫鬟聽了，又問道：「長公主為什麼不另外買幾個丫鬟呢？非要妳們跟去。」

同她說話的丫鬟嘆息道：「郡主已經是假的了，若連丫鬟都是假的，怎麼說得過去？會讓別人起疑心吧。」

小丫鬟聞言，不再開口了，只跟著嘆氣。

這些話被趴在屋頂上的趙暖玉聽個一清二楚，她摀著嘴巴，慢悠悠地從上面爬過去。她心下狐疑，還沒想通透，外面卻傳來馬車聲，遂一個躍身跳上廣安侯府的圍牆，朝馬車的方向追去。

馬車停在侯府的左角門前，距離圍牆不過一丈，因為天黑，誰也沒有注意到圍牆上的趙暖玉。

明慧長公主從馬車裡探出頭，看了從門房裡迎出來的丫鬟一眼，吩咐道：「妳們走遠一點，我有幾句話要對二小姐交代。」

趙暖玉頓時感到疑惑，從沒聽說過廣安侯府有二小姐，是從什麼時候冒出來的？她雖然疑心，卻不及細想，只凝神聽著馬車裡的對話。

「欣悅，這次的事情不成功，妳舅公那邊肯定不會再幫我們對付恒王府。我實在弄不懂，妳非要嫁給那個臭小子做什麼？若不是他壞了妳的好事，今日也不會如此，如今倒是搬石頭砸自己的腳。眼看離和親的日子越來越近，妳還是乖乖地留在別院，避避風頭吧。」

明慧長公主雖然好言相勸，欣悅郡主卻不領情，只帶著幾分怨恨道：「我就是嚥不下這口氣。母親，您可知道，那年在紫廬寺裡，蕭謹言喊過我一聲娘子的，那聲娘子，我記得一輩子。」

「欣悅，也許妳聽錯了，那時候他才多大，妳才多大？如今皇上對恒王家那兩個的寵幸，已遠遠超過了我這個親妹妹，和妳這個親外甥女了。」

這時，馬車裡終於安靜了一會兒，過了片刻，傳出女子小聲的抽噎。

明慧長公主嘆息道：「我先回去了，妳好好在別院待著，沒事不要亂跑，也別回家。」

趙暖玉聽完這席話，頓時茅塞頓開，驚訝地咬著唇，心中暗道，原來方才看見的女孩，並不是欣悅郡主，那為什麼她們長得如此相像呢？

不過她既已聽到這麼多，自然懂了明慧長公主與欣悅郡主的計謀，只怕到時要跟韃子和親的，並非馬車裡這個真郡主，而是廣安侯府的那個冒牌貨。

卻說趙暖玉走後，周顯還是忍不住擔心起來。說起來，他和趙暖玉之間，確實少了些相處，彼此間總是這樣彬彬有禮。

對他而言，也許只有在不知道阿秀是親妹妹時，才有過一陣子讓他心動的感情；至於趙暖玉，周顯只知道她是皇后娘娘和明側妃為他選中的王妃。他敬佩她的率直磊落，但作為妻子，他還真的不大清楚，要怎麼和趙暖玉這樣的人相處。

他身邊的女子，阿秀和明側妃都是溫柔似水，可趙暖玉就像一團烈火，熊熊燃燒著。他心裡嚮往過這種火焰般的激情，卻又害怕被灼傷，這種矛盾的心情讓他很糾結，不知道要如何面對趙暖玉。

一家人用過晚膳後，因為各懷心事，所以早早就散了。周顯在書房裡走來走去，案上的書卻一本都沒有翻開。

這時，書房的簾子忽然一晃，趙暖玉那身鮮紅的衣裳映入周顯的眼簾。

那瞬間，周顯忽然覺得眼前一亮，臉上神色鬆了下來，帶著幾分關切問道：「妳怎麼進來的？怎麼沒個人通報一聲？」

趙暖玉笑嘻嘻地走過去，到旁邊的靠背椅上坐下，見茶几上有杯熱茶，便端起來喝了一口。「我進你的書房，還要丫鬟通報，太見外了吧？」

周顯被她說得語塞，脹紅了臉道：「妳我之間……還……」

「還什麼還，不是早晚的事嗎？」趙暖玉說著，站起來湊到周顯身邊，悄悄耳語了幾句。

周顯的表情頓時變了，問道：「妳說的是真的？廣安侯府居然做出這樣的事情？」

「千真萬確。我不是想去教訓洪欣悅嗎？結果讓我遇上一個假的。真的洪欣悅在廣安侯家的別院裡住著呢，我跟過去瞧了，確認是她本人。」

「這可是欺君之罪，洪家的人真是大膽。」

趙暖玉倒是毫不在意，又坐下道：「咱們這個皇帝，胸襟最是寬廣，況且洪欣悅怎麼說也是他的親外甥女，我敢打賭，要是在和親前沒被拆穿，等人走了，就算有人告密，皇帝也不會怪罪，沒準兒還會幫著一起隱瞞。只要韃子不知道，就沒什麼大事。」

周顯聽了她的話，細細思考，皇帝其實很重感情，對他和阿秀都這樣厚待，更何況明慧長公主和他是一母同胞的兄妹，到時候也許會真和趙暖玉說得一樣，不會降罪。

還有一種可能，等假郡主走了之後，明慧長公主親自去請罪，這樣一來，皇帝就更沒理由責怪了。

原本周顯對欣悅郡主還有幾分同情，但一想到她們對阿秀做出這樣的事情，便同情不起來了，對趙暖玉道：「在韃子離京之前，妳幫我看好洪欣悅好不好？千萬別讓她躲得太嚴實。」

趙暖玉見周顯難得對她開口，起了興致，撇撇嘴道：「好呀。不過……我跑了一天，肚子餓著呢，你這兒有什麼吃的？」

周顯瞧著趙暖玉在房裡探頭探腦的樣子，搖頭道：「書房裡只有書，妳要是餓了，我替妳傳一份消夜來。」

趙暖玉見周顯難得這樣溫和好親近，便笑著道：「好，那我吃完了就走。」

「那麼晚回去，沒關係嗎？」周顯問道。

「有什麼關係？家裡又沒人管我。今兒我大哥又跟下屬喝酒去了，也不知道什麼時候回去；老太太又已經睡了，我回家也是獨守空閨。」

趙暖玉一邊說、一邊偷偷瞧周顯，見他臉上的紅雲越發深了，遂噗哧笑了起來。

「你臉紅什麼？要是不喜歡我留下，那我走就是了。」

周顯低著頭，只覺得嘴巴乾乾的，也不知道說什麼好，憋了良久，才開口道：「妳……妳還是吃完了再走吧，我派馬車送妳回去。這麼晚了，一個姑娘家在外頭騎馬，不安全。」

明知不安全三個字對趙暖玉來說，其實很多餘，但周顯還是忍不住說出來，又抬起頭細細看著她。

趙暖玉的皮膚不像阿秀那樣雪白晶瑩，卻是難得的紅潤光潔，且她向來身形挺拔，看上去精神奕奕。相較於一直比較頹喪的他，周顯忽然覺得，有趙暖玉在身邊，心裡似乎溫暖了幾分。

周顯看著趙暖玉，糾結良久，才開口問道：「雖然是皇后娘娘賜婚，但是……但是我還是想問問妳的意思。妳……願意嫁給我嗎？」

趙暖玉沒料到周顯會問她這個問題，想了想，看著他道：「不想嫁也得嫁了，年紀太大。」

周顯聞言，頓時沒了脾氣，只自顧自地懊惱，他究竟有多想不通，居然問她這個問題。

周顯露出鬱悶之色，卻聽趙暖玉開口道：「其實呢……四年前我在紫盧寺見到你時，就覺得……原來世上也不只言表哥長得好看點而已。」

第八十八章

恒王府的主子不多，晚上很少有人傳消夜，不過就是在灶上溫好幾盅補品，臨睡前喝了好入睡。

周顥臨時傳了消夜，讓廚房一陣忙亂，趕著做了幾樣小吃出來，讓清霜帶人送到書房。

三年前清霜來恒王府後，就當了隨身服侍周顥的大丫鬟。雖然她是蕭謹言送的人，可周顥對她禮遇有加，甚至比明側妃為他選的丫鬟還親近。

清霜親自送消夜進去，才發現趙暖玉來了。趙暖玉向來不拘小節，以前在許國公府時，她就見識過。不然，眼看著要成婚的人，如何這樣不避嫌，大半夜的跑來夫家呢！

趙暖玉見廚房送了一碟鴨油小燒餅、一碟筍丁燒賣，還有一小碗陽春麵、一盅雞絲粥，便笑著道：「送那麼多來，我一個人可吃不下去。」

剛才清霜不知道房裡有人，如今知道了，忙不迭去沏茶，又添一副碗筷，周顥和趙暖玉便面對面坐下了。

趙暖玉把雞絲粥推給周顥，自己吃起麵來。「你陪我吃些吧，一個人吃東西，也沒什麼意思。」

趙將軍鎮守邊關多年，趙家老小卻在京城，老太太身子不好，不能日日起身，偌大的宅院只有趙暖玉一個人，用膳時想必甚是冷清。
周顯想到這裡，便不好意思拒絕她，拿起勺子吃了幾口，覺得胃裡暖融融的。
趙暖玉吃得很快，不像京城的大家閨秀那樣細嚼慢嚥，雖然沒什麼聲響，卻跟秋風掃落葉一樣。不久，她吃完了麵，又吃下好幾個燒賣，唯獨沒動那碟鴨油燒餅。
趙暖玉抬起頭，見周顯也吃得差不多，這才起身道：「吃飽了，我也該走了，你早些睡吧。」
周顯點點頭，看看房間角落的沙漏，時辰果真不早了，又交代幾句，請趙暖玉明早先去找蕭謹言商議救人的事情，才送她出去坐車。
趙暖玉離去後，清霜進來收拾碗筷，被周顯給喊住了。
「妳的事情，我和孔文兄提過，今年他正好要考進士，若是高中了，我便以這個理由，把妳送給他。」
清霜聽周顯忽然提起這件事，一下子面紅耳赤，跪下來道：「爺，當初世子爺讓奴婢來服侍您，雖是存了這心思，可三年主僕下來，奴婢早已一心一意跟著爺了。身為一個丫鬟，奴婢有什麼資格去選擇服侍誰呢？」
周顯聞言，搖頭道：「妳說這些話，不過是自暴自棄罷了。人雖有高低貴賤之分，做奴婢自然有做奴婢的悲哀，但也不至於此。像妳家世子爺與阿秀，就算阿秀不是王府郡主，他也不會嫌棄她的。所以，妳雖然是奴婢，亦無須太過自卑。

「不過，選擇權還是在妳的手中，如果妳不想去，我也不逼妳。但妳如今已經十八歲，即便留在恒王府，少不得也要婚配了。」

清霜聽周顯話語中並沒有將她收房的打算，心裡有些失落。周顯哪裡知道，這兩年在他身邊服侍，她對他早已生出了仰慕之情，比起幾年前對孔文的迷戀，這感情似乎更深了些。

清霜想了想，之前過來服侍，本就是因為那件事，此時若矯情不走，實在說不過去，遂點頭應道：「奴婢一切聽小郡王的安排。」

且說蕭謹言回府之後，便把安國公府的奴才全關押了起來。

他如今遇事沈穩，再不像年少時那樣沒有膽識，卻也不莽撞，先把這事情說給許國公聽。

許國公暗暗思慮了片刻，開口道：「既然我們手上有把柄，不如先按兵不動，看看安國公怎麼做。他畢竟是皇上的親舅舅，要是沒有足夠的證據，皇上不可能就這樣辦了他。」

蕭謹言覺得許國公說得有幾分道理，命人好好看押那些奴才，又讓自己的手下送去好酒好肉，看看能不能從他們口中套出話來。

蕭謹言在前院和許國公用過晚膳，回後院時，孔氏派了身邊的丫鬟請他去海棠院。蕭謹言便回房換了身衣裳，然後才過去。

孔氏正和王嬤嬤等人看蕭謹言的聘禮單子，嘴角的笑容越發深了，見丫鬟挽了簾子迎蕭謹言進來，便招手道：「你妹妹出閣的日子已經定下了。趙夫人不能在京城長留，所以娶媳婦的當天又要嫁女兒，我們商量妥當，下個月初八正是好日子，你和阿秀的婚期則訂在再兩個月後的初八。」

出了最近的事，蕭謹言早就想把阿秀娶回家，如今聽說日子已經定了，心裡落下一顆石頭，開口道：「那便麻煩母親了。只是母親這幾個月又要操勞，兒子不忍。」

孔氏笑著道：「既然知道我辛苦，等阿秀進門了，好好和她努力，讓我早日抱上孫兒。前幾日出門，就聽說靖陽侯府的大少奶奶生了一對龍鳳胎，我不求阿秀能有這福分，但好歹也先給你添個一子半女。」

如今蕭謹言已不像三年前那般怕羞，可聽了這話，還是忍不住耳熱，只笑道：「母親，阿秀還小呢！」話一出口，他猛然想起前世阿秀的死因，頓時嚇出一身冷汗，連手掌都微微顫抖起來。「還……還是再等幾年吧。」

「放心，生孩子沒那麼可怕，只要調養好，年輕一點生孩子，力氣才足呢！」

對此，孔氏倒是非常有信心，又笑咪咪地把手上的聘禮單子遞給蕭謹言。

「你看看還有什麼要添補的，我明兒讓王嬤嬤補上，後天就正式送過去。」

這時，蕭謹言哪有心思看聘禮單子，心裡只想著阿秀的事情，一時竟然有些愣怔。

孔氏見了，擔心道：「言哥兒這是怎麼了？是不是近日太操勞，瞧著有幾分憔悴呢。」

這些事情不能對孔氏說起，蕭謹言便敷衍了幾句，在聘禮單子上隨便加了兩樣可有可無的東西，就起身告退了。

第二天一早，韃靼使臣團開始整理行裝，準備要回去了。蕭謹言難得有閒暇，正想等周顯當值完後，去恒王府找他商量對付安國公的計策，不想寶善堂的少東家杜雲澤突然來找他。

蕭謹言和杜雲澤也是幾年未見，難免寒暄一番，進了書房落坐後，杜雲澤這才說明來意。

「昨兒掌燈時分，安國公的下人來寶善堂請大夫，我剛從宮裡當值完，見大夫都回家了，就匆匆過去看。你猜我治的病人是誰？」

蕭謹言擰眉想了片刻，忽然恍然大悟，昨日他一心只擔憂阿秀的安危，卻忘了恒王府有個丫鬟被抓了。

蕭謹言正要開口，杜雲澤就道：「她竟是玉秀郡主身邊貼身服侍的丫鬟，我心裡納悶了，恒王府的丫鬟怎麼到了安國公府去？原本今兒打算去找小郡王，但他一早去了衙門，便想到你這個閒人來。」

蕭謹言笑著道：「我看起來那麼像閒人嗎？你若是前幾日上門，恐怕連我的人影也瞧不見。不過，最近確實閒了下來。」

蕭謹言問了那丫鬟的傷勢，又把昨天的事原原本本地告訴杜雲澤，他立刻就明白了。

「竟有這樣的事情。同是朝臣，做出這種事，也不怕別人笑話嗎？」

說到這裡，杜雲澤忽然頓了頓，又道：「還有一件事情，我倒是疑惑了許久。前陣子，明慧長公主以欣悅郡主玉體違和為由，請皇上推遲和親的日子。皇后娘娘知道後，命我去幫欣悅郡主把脈，當時她的脈象分明是肝火虛旺，但前幾日我再去診治時，竟變成了體寒陰虛，令人納悶。」

他的話才說完，外頭簾子一閃，趙暖玉進來道：「這就對了，因為人都換了一個，脈象自然不一樣。」

和杜雲澤打過招呼後，趙暖玉笑著道：「表哥，小郡王讓我過來找你，看看有什麼辦法能救出恒王府的丫鬟。」

「這真是巧了！」蕭謹言道：「方才雲澤說他昨晚去安國公府瞧的病人就是那個丫鬟。如今既然知道人在哪裡，索性帶上侍衛去安國公府要人！」

趙暖玉擰眉想了想，道：「杜少爺，你把關住那姑娘的地方畫出來，我悄悄進去，先找到人，放出信號，你們再進來要人；不然，只怕你們在門口堵著，裡頭的人就先想法子殺人滅口了！」

一行人商量妥當，趙暖玉先騎馬去安國公府的別院找人，蕭謹言去校場點了一隊侍衛，浩浩蕩蕩趕過去。杜雲澤不便出面，則坐馬車隨行。

蕭謹言與杜雲澤行至半路時，蕭謹言忽然想起阿秀的事情，遂讓隨從牽了馬，上了馬車。

「杜兄，我想請教一件事情，你可否幫我保守秘密？」

杜雲澤見蕭謹言一副嚴肅的表情，便道：「蕭世子有什麼話，但說無妨。你我之間，還須如此見外嗎？」

蕭謹言想了想，有些不好意思，開口道：「我是想問，女子生產時，究竟為什麼會難產？」

杜雲澤沒想到蕭謹言會問起這個，蕭謹言尚未娶親，擔憂這種事，似乎還早了些，但他既然問了，自然要據實以答。

「難產的情況又多又雜，在我家寶育堂的醫案上，至少記錄了百十來種難產的原因。」

蕭謹言一聽，頓時覺得頭皮發麻。「什麼？百十來種？」

杜雲澤見他一臉茫然的表情，有些忍俊不禁。「不過，這百十來種裡，有幾種是最常見的，我跟你說一下吧。」

蕭謹言聞言，點點頭。「那你說說看。」

杜雲澤打開了話匣子，滔滔不絕道：「女子要順利生產，主要取決於產力、產道、和胎兒。若這三項都妥當，難產的可能就少去一半，要是其中一項出了差錯，難產的機會便大很多。

「首先，如果母親的身子不好，沒有力氣，產力小，自然容易難產。再來是是產道，這正是如今難產的主因，其實在我太太祖母的《孕期指南》中有記載，女子最佳的生育年紀大約是二十五、六歲，而現在卻提前了十年，因此很多產婦的產道狹小，不利於生產。這十年，正是女子發育的時期，早生早育實是一種傷害。」

蕭謹言聽他這麼說，明白了幾分。「原來如此。」又問道：「那母親生產，和胎兒有什麼關係？」

杜雲澤笑道：「其實這才是最關鍵的原因，也是最不好解決的。產力不足，可以借助外力；產道不順，可以用藥；唯獨胎兒若是長得太大，卻是什麼辦法也沒得救。」

「胎兒太大？這是什麼意思？」蕭謹言有些不懂。

杜雲澤繼續道：「說起來，我自己就見過不少例子。這也不是什麼新鮮手法，很多大戶人家的姨娘，往往會因為胎兒過大，難產而亡，正是因為懷孕時不克制，把孩子養得太大了。」

聽到這一句，蕭謹言頓時覺得五雷轟頂，忍不住問道：「這……這是什麼道理？難道懷孕的人不需要多吃多補，好好調理嗎？」

「自然是需要的，但過猶不及。有的蛇蠍心腸的正室，就會用這種辦法把姨娘腹中的胎兒養大，如此，若是生不出來，就是一屍兩命；若是生出來了，在腹中被養得過大的孩子，也是蠢笨的多，真是最毒婦人心啊！」

杜雲澤身為大夫，沒少見這些事情，奈何那些姨娘、通房，多半是笨的，沒什麼心眼，得到正室厚待，只當是燒了高香、得了保佑，哪會起疑呢！

蕭謹言愣住了，等他回過神時，腦門上已經出了一頭冷汗。前世，欣悅郡主不就是這樣對阿秀嗎？每日雞湯、燕窩的從沒間斷過，有時還會親自叫阿秀到正房，在她面前將那些補品喝下去。

那時的蕭謹言只當欣悅郡主寬容大度，又善待阿秀，心裡還對她存了幾分感激，以至於阿秀去後，都不忍心苛責她半句。直到現在，他才如夢初醒，一拳打在車壁上，不知是恨自己無知，還是恨欣悅郡主如此蛇蠍心腸。

杜雲澤被蕭謹言突如其來的動作嚇了一跳，開口問道：「你這是怎麼了？好端端地問起這個來？難道你背著家裡人，和其他姑娘……」

蕭謹言見杜雲澤瞎想，回過頭道：「你胡說什麼？這三年我在邊關，連個女人影子都沒瞧見，怎麼可能做這種事？」但心裡仍覺得氣憤。「我只是覺得，你方才說的那句最毒婦人心，當真是至理名言啊！」

他已看穿了欣悅郡主的真面目，原本對她要去韃靼和親的遭遇還有幾分同情，此時卻狠下了心腸。

他轉身，對杜雲澤道：「廣安侯府的人打算用假的郡主去和親，這件事，皇上肯定不知情，但他心腸軟，若事後知道，未必會怪罪明慧長公主。我們得想個辦法，拆穿她們的計謀，讓皇上下不了臺，逼著他把廣安侯府給辦了！」

杜雲澤聞言，開口道：「謹言，三年沒見，你的脾氣真的變了。以前，你絕對不是個會惹事上身的人。」

蕭謹言低下頭，暗暗苦笑。這都兩輩子了，若是不變，如何保護阿秀呢？

且說趙暖玉偷偷潛入了安國公府的別院，發現別院中並沒有加派人手，遂悄悄在房門口潛伏，聽見裡面有兩個丫鬟在閒話。

「也不知道那姑娘是哪家的，真夠矯情，二少爺看上的人，有哪個是弄不上手的？不過就是早晚罷了。」穿翠綠色比甲的丫鬟開口道。

「怎麼？妳羨慕了？自己想爬床尚且爬不上，一個外頭的姑娘，眨眼就被二少爺看上，心裡不痛快了？」一身梅紅色衣服的丫鬟笑著調侃她。

先開口的丫鬟著急了，忙道：「妳要死了，竟然說這種話！當我不知道妳和二少爺那些事呢，洞房都已經入了，不就只差開臉當姨娘嗎？」

穿梅紅色衣服的丫鬟頓時脹紅了臉，站起來，把手上的針線一扔，道：「妳少胡說，我跟誰入洞房了？」

著翠綠比甲的丫鬟也起身往外走了幾步。「我不跟妳說了，得去看看藥熬好沒有，省得一會兒二少爺派人來問話，說我們怠慢了他心尖上的人兒。」

穿梅紅色衣服的丫鬟聞言，往房裡看了一眼，冷笑道：「我跟妳一起去。還當真在這邊把她當主子服侍呢，也不看看自己是什麼貨色。」

兩個方才還在爭執的丫鬟竟因此瞬間和好如初，讓趙暖玉覺得很無語，見她們走了，這才溜進房裡。

第八十九章

青靄側身背對著床外，看樣子像是睡著了，聽見腳步聲，卻警覺地縮了一下身子，翻過來，瞧見是一個年紀輕輕的姑娘，卻不是這府裡丫鬟的打扮，便有些疑惑，帶著幾分膽怯開口道：「妳……妳是誰？」

「我是誰，妳過幾日就知道了。眼下，我是來救妳出去的。」

青靄四處看了一眼，這大白天的，別院裡人又多，怎麼出去呢？

「妳還是自己走吧，這裡丫鬟、小廝三五成群的，哪能出得去，我不能連累了妳。」

趙暖玉笑著道：「我一個人當然救不出妳，不過妳放心，妳未來姑爺正在門外接應呢！」

青靄聽見未來姑爺四個字，立刻小聲問道：「是……蕭世子？他救下郡主了嗎？」

「自然是救下了。」趙暖玉說完，左右看了看，從袖中拿出以前在邊關常用的煙火，推開窗戶，拿火摺子點了，丟向空中。

蕭謹言早已經到了別院門口，見四門緊閉，也沒有直接闖進去，只等著趙暖玉的信號。

原來這別院裡，除了青靄之外，還關了好幾個安國公府二少爺搶回來的民女，他軟磨硬泡的，直到那些人服軟為止。其實被他搶來的女子，也沒有別的出路，名聲盡毀，就算被放出去，這輩子也完了，幾個和青靄一樣有骨氣的，早一頭撞死了。

可是像安國公府這樣的潑天權貴，平民百姓哪敢得罪，也只能拿了銀子，守口如瓶。

青靄小聲對趙暖玉說了別院裡的狀況。「……這些我都是聽昨晚在這邊守夜的兩個丫鬟說的。安國公府的徐二少爺，簡直是個大淫蟲，府裡丫鬟沒有不被他糟蹋的，又搶了好些姑娘進來，如今還關著好幾個呢，不知道姑爺能不能把她們一起救出去？」

趙暖玉聽了，為難起來，不過瞧青靄的樣子，頭上用白布包了一圈，看樣子是昨夜抵死反抗過了，遂開口道：「我先把妳救出去，至於其他人，今兒怕是不能帶走她們了。不過妳放心，這些話，我一定轉告妳家姑爺，讓他想辦法把其他人弄出來。」

這時，院外的蕭謹言已經看見了趙暖玉的信號，命下屬上前叫門。

裡頭的小廝方才也聽見了煙火的聲音，徐二少爺正帶著幾個人往青靄房裡來。

趙暖玉聽見腳步聲，忙躲到床後面，對青靄道：「妳好好躺著，只當什麼都不知道，拖延他一會兒，若是有危險，我自然出來救妳。」

青靄心中雖怕，卻只能硬著頭皮答應，回到床上躺下，外頭就傳來一陣急切的腳步聲。

徐二少爺在門口問道：「守這裡的丫鬟呢？跑哪兒去了？要是人逃走了，看我怎麼收拾她們！」

話音剛落，房門就被他一腳踹開，青靄在床上嚇得發抖，只得強自鎮定，繼續閉上眼睛裝睡。

這時，方才走開的兩個小丫鬟趕了回來，一個手裡捧著湯藥，見徐二少爺這架勢，慌忙跪下來。「二少爺明鑑，奴婢去給這位姑娘熬藥，才沒在房裡看著，請二少爺恕罪。」

徐二少爺冷冷看了她一眼，又問另外一個。「那妳呢？」

那丫鬟嚇得拱肩縮背，結巴了半日，也沒說出話來。

徐二少爺正要發作，幾個小廝卻跑進來道：「二少爺，不好了，許國公府的蕭世子帶著一群侍衛來，說是到我們府裡要人。」

小廝一邊回話、一邊往房裡瞄去，瞧見床上躺著的青靄，便垂下頭。

青靄聽說蕭謹言來了，放下心，原本僵硬的身子稍稍放鬆了些，卻聽徐二少爺道：「告訴蕭謹言，這裡沒有他要找的人，讓他早些離開。安國公府的別院，是他可以隨便亂闖的嗎？」

「這……」小廝又瞟了青靄一眼，繼續道：「二少爺，奴才看，還是把人交出去得好，沒必要為一個丫鬟得罪人。再說了，國公爺昨兒已經發火，命少爺把這丫鬟送走，要是讓國公爺知道她還在，只怕少爺不好交代。」

「不過是個丫鬟而已，我又不是搶了郡主當小妾，有什麼好緊張的。而且，這丫鬟是恒王府的人，跟許國公世子有什麼關係？」

青靄聽徐二少爺這般無恥，忍不住從床上爬起來道：「蕭世子是我家郡主未來的夫婿，怎麼和恒王府沒關係呢？」

徐二少爺本以為青靄還睡著，沒想到卻是裝的，臉上透出幾分淫穢的笑意，慢悠悠走到她跟前，道：「喲，我的小美人，妳醒了啊？真是讓本少爺心疼，頭還痛不痛呀？」

青靄急忙往床裡退了退，這時，趙暖玉突然從床後跳出來，一鞭子打在徐二少爺那隻髒手上，疼得他齜牙咧嘴，怒道：「妳是誰？怎麼會在我府裡！」

「我是誰？和你有關係嗎？」趙暖玉手中的鞭子一挑，繞到徐二少爺的脖頸上，使勁勒住，對著他身後的一群小廝道：「乖乖帶我們出去，不然我讓你們少爺的腦袋從脖子上搬家！」

趙暖玉原本只聽說徐二少爺好色，沒想到還是隻軟腳蟹，聽她這麼一說，遂嚇得連連吩咐下人。「快、快給這位姑奶奶帶路。」

趙暖玉冷笑一聲，拉著徐二少爺往外頭走，才出門口，就瞧見蕭謹言帶著一群人闖進來。

見蕭謹言來了，趙暖玉又多了幾分膽色，對徐二少爺喝道：「去，把關在這裡的所有姑娘放走。」

蕭謹言見狀，疑惑道：「玉表妹，妳這拉著人的樣子，倒是跟拉畜生沒什麼分別。」

趙暖玉哈哈笑起來。「表哥，你看錯了，我牽著的分明就是隻畜生。」鞭子一鬆，把徐二少爺甩到地上，對蕭謹言道：「表哥，聽青靄說，這裡還關著好些姑娘，都是被這畜生抓來的，不如一起放了吧？」

蕭謹言正要搜集安國公的罪狀，聽說徐二少爺抓了好些民女，心裡有了主意，湊到趙暖玉耳邊道：「我在這裡看住這群人，妳去救那些姑娘，然後安置到安全的地方，過幾日我命人過去好好盤問。」

趙暖玉知道蕭謹言素來心細，女子最重名節，所以不親自去救，只讓她去。她便帶著青靄，一間間地尋找，果然救出六、七個姑娘，讓她們蒙上面紗，喊了馬車，把她們送到自家別院。

蕭謹言帶來的侍衛都是戰場上磨出來的練家子，對付安國公府這群小廝，當真跟拆房子一樣容易，幾下就把他們全教訓了。

徐二少爺被蕭謹言踩在地上，臉頰貼著地面，只求饒道：「蕭……蕭世子，您饒了我吧……」

蕭謹言冷冷一笑，將手裡的馬鞭甩得噼啪作響，彎腰在他耳邊道：「今日看見你，我才發現，原來三年前的自己也像你這般無用。」

蕭謹言把腿一蹬，將徐二少爺踢翻在地，轉身大步而去。

凝香院中，阿秀手中雖然拿著針線，心卻一點也靜不下來。派去許國公府問消息的人還沒回來，她在家裡等得心驚膽戰。

今兒周顯一早出門時，只說請了趙暖玉去救人，眼看著就要晌午了，也不知道救出青靄沒有。

「哎喲……」一個不留神，阿秀的手指又被針尖戳了一下，忙把手指放到唇下抿了抿，卻見小丫鬟火燒火燎地跑進來，興奮得語無倫次。「郡……郡主，青靄姊姊回來了！」

阿秀放下針線迎出去，見趙暖玉親自送青靄回來，青靄頭上包著紗布，面容憔悴不堪，看見阿秀，便撲通一聲跪下來。

「奴婢愚鈍，著了他們的道，差點見不到郡主，請郡主責罰。」

阿秀哪裡會責罰她，心疼落淚道：「妳快起來，人回來就好了。頭上的傷醫治了沒有？要不要緊？說起來，是我不當心，差點害了妳。」

昨夜，阿秀幾乎整夜未眠，細細想了一晚。雖然她如今瞧著不過是十四、五歲的模樣，可心裡清楚，她已經比別人多活了一輩子，可卻對她如今這個身分生不出半點幫助。她有些沮喪，很想努力為明側妃和周顯分擔事情，卻總是越幫越忙。

青靄瞧見阿秀落淚，以為是心疼她，便勸慰道：「郡主快別難過了，奴婢頭上的傷，昨晚已經有大夫看過，是寶善堂的杜大夫瞧的。以前郡主病的時候他來過，所以認得奴婢。」

趙暖玉聽了，接著道：「幸虧杜大夫認得她，所以今兒一早就去許國公府報信，言表哥便帶侍衛去安國公府要人，而且還救出好幾個姑娘，都是被徐家二少爺抓進去的。」

阿秀聽趙暖玉這麼說，瞬間明白青靄的傷是怎麼來的，慌忙問道：「除了頭上，別的地方可傷著了沒有？」

身子。

青靄搖頭。「不曾傷著別處，幸好趙姑娘和蕭世子來得及時。」

阿秀聞言，總算放下心，命小丫鬟送青靄回房休息。

其他丫鬟送上茶來，阿秀留了趙暖玉在房裡坐一會兒，走到她面前，恭恭敬敬地福了福身子。

「多謝趙姊姊仗義相救，若不是我太過愚昧，也不會鬧出這樣的事。」

「這怎麼能怪妳呢？妳不也是為了小郡王嗎？」趙暖玉說著，臉頰微微泛紅了。

阿秀鮮少見趙暖玉露出這樣羞澀的表情，知道她心裡定然對周顯存著幾分情意，遂開口道：「趙姊姊，我哥哥是個很重感情的人，偏偏這樣的人，親生父母都已經不在了。」

阿秀嘆了口氣，抬起頭看趙暖玉，見趙暖玉臉上神情淡淡的，只道：「妳放心，以後我會對妳哥哥好的。說起來，我也沒比他幸運幾分，從出生就在京城長大，到了十歲，才到邊關和父母一起住，不過住了兩、三年，又被趕回來。若不是這場仗，只怕也見不到爹娘幾面，幸好他們都安然在世，我就順了他們的心願，找個人嫁了。」

阿秀聽趙暖玉說得如此輕巧，忍不住抿嘴笑了笑，又聽她道：「不過，說起來，最幸運的人還是妳，能讓我那從小像木頭一樣聽話的表哥跑去邊關，當真立下了不小的功勞；可我心裡卻是納悶，為什麼他那麼喜歡妳呢？」

阿秀聞言，默默地低下頭去，暗自想了起來。也是，蕭謹言為何會這樣喜歡她呢？難道這就是所謂的前世的因，今生的果，兩人注定仍會走到一起？

兩日後，是韃靼使臣團離京的日子，周顯奉旨前往廣安侯府護送欣悅郡主出城。蕭謹言身為韃靼使臣團的招待，也在其列。

廣安侯府的人將欣悅郡主送到儀門外，欣悅郡主轉身對廣安侯和明慧長公主三拜叩首，起身時，臉上已經落下兩道淚痕。

蕭謹言和周顯站在人群中，看著那個姑娘，小聲地在周顯耳邊道：「確實和欣悅郡主長得很像，但還是有不同之處。」想了想，開口道：「欣悅郡主的左邊耳垂下，有顆紅色硃砂痣，一般人不會注意到。」

周顯稍稍側首，看了蕭謹言一眼，心想耳垂下算是很私密的地方，蕭謹言怎麼會知道呢？

蕭謹言倒是沒在意這些，握緊了拳頭，心裡焦急起來。

昨日，他們幾個人商議妥當，周顯和蕭謹言先來廣安侯府接人，趙暖玉則去廣安侯府的別院，把真的欣悅郡主綁過來，好在眾人面前拆穿她們的詭計。只是眼看著假郡主就要出門，趙暖玉卻還沒有來。

蕭謹言暗暗往前一步，被周顯攔住了，只輕輕搖頭，示意他不要輕舉妄動。

正當蕭謹言越發焦急時，假郡主卻忽然回過身，撲通一聲跪在廣安侯面前。

「父親，女兒不能去和親，因為我不是欣悅，而是欣怡！」

第九十章

假郡主一臉悲傷，抬頭看著廣安侯，當著所有送親官員的面，痛哭流涕道：「父親，您還記得女兒嗎？」

廣安侯爺顯然很震驚，愣愣看著跪在底下的姑娘，有些語無倫次。「妳……妳是欣怡？真的是？妳不是已經死了嗎？」

廣安侯爺搖了搖頭，看向一旁的明慧長公主，只聽她矢口否認道：「侯爺，您看錯了，她是欣悅啊，怎麼會是欣怡呢？欣怡早在幾年前去世了！」

「我沒死！我是被她們娘倆關了起來，因為有人告訴我，當年母親是被她害死的，她為了嫁給爹，把母親害死了！」

洪欣怡一字一句地開口，滿臉淚痕看著廣安侯，泣不成聲。

「父親，您當真以為，當您的續弦委屈了她嗎？其實，她一直處心積慮想害死母親。以前服侍過母親的嬤嬤告訴我，當年就是她撞倒母親，害母親為了生我難產而亡。然後，這個蛇蠍心腸的女人便以此為由，說要代替母親照顧父親一輩子……」

洪欣怡的話剛說完，遠處傳來噠噠的馬蹄聲，趙暖玉從馬車上跳下來，拉著雙手被反綁在身後的欣悅郡主，瞧見滿院大臣的神色都有些不對勁，遂笑著開口道：「不好意思，我來晚了！這個才是真的欣悅郡主，那個是冒牌貨，看清楚了沒有？」

這時，一直在旁邊看戲的穆蘭公主忽然開口道：「哥哥，他們一家好可怕，居然想出這樣的法子來糊弄人，這樣的嫂子，我可不敢要了。哥哥，我們走吧，回韃靼去！」

穆崖王子寵溺地看著妹妹，點點頭。「我都聽妳的。這樣的王妃，我也不敢要，哪天要是死在她手裡，只怕也不知道。」

兩人話音剛落，便翻身上馬，穆崖王子朝侯府院內的眾人大聲道：「大雍的郡主，還是留給你們大雍的男人吧！」

這時，一群禮部的送行官員才反應過來，忙不迭追出去，對著穆崖王子漸漸遠去的背影喊。「王子……您別走啊！這是皇上的旨意，怎麼可以當成兒戲，說不要就不要呢！」

周顯掃了院內的人一眼，出門將禮部尚書拉了回來。「尚書大人，是我們李代桃僵在先，怪不得穆崖王子。現在還是好好想想，要如何把今天的事情如實稟報皇上吧。」

趙暖玉見狀，鬆了手，把真的欣悅郡主推到明慧長公主面前。

欣悅郡主一口吐出嘴裡的布條，開口怒罵道：「趙暖玉，妳這個賤人，憑什麼把我綁起來？我可是皇上欽封的欣悅郡主！」

趙暖玉拍了拍手，笑道：「我綁的時候，妳可沒說呀。既然現在承認妳是欣悅郡主，那麼跪在地上的那位，自然就是假的了。欺君之罪，妳逃不掉了。」

她轉頭問周顯。「小郡王，按本朝律例，欺君之罪當如何論處？」

「欺君之罪，罪當論斬，王子犯法與庶民同罪。廣安侯爺、明慧長公主，你們不知這麼做的後果嗎？」

這時，明慧長公主才從震怒中清醒過來，喃喃道：「我要見皇上……我沒有欺君……我沒有……」

蕭謹言走上前，看著明慧長公主和欣悅郡主，冷冷道：「如果一條欺君之罪辦不了妳，那再加一條夥同他人謀害皇族呢？」

蕭謹言轉頭，看向似乎瞬間蒼老許多的廣安侯爺，開口道：「我聽說，當初明慧長公主心甘情願當廣安侯續弦之事，在京城被人傳作佳話。原來佳話的背後，還有這樣不堪的真相。」

廣安侯抬起頭，身子往後退了兩步，目光又落到跪在面前的洪欣怡身上，帶著幾分不確定問道：「妳……妳真的是欣怡？」

「父親，女兒的確就是欣怡。」

洪欣怡伸出手臂，將袖子往上挽起三寸，露出一塊銅錢大小的紅色胎記。

廣安侯閉上眼睛，伸手扶額，被身後的老管家攙著，艱難地開口道：「她們只告訴我，找了一個和欣悅長相相仿之人，代替她去和親，卻沒有說那個人就是妳。我一直以為，妳早在多年前就死了。」

洪欣怡聞言，膝行上前，拽住廣安侯的衣角，哭道：「父親，女兒苟且偷生這麼多年，只為了有朝一日對您說出真相。父親一定要認清明慧長公主的真面目，她是我的殺母仇人、您的殺妻仇人啊！」

廣安侯身子一震，彎腰將洪欣怡扶起來，轉身吩咐。「給我拿紙筆來，我現在就寫休書，休了這蛇蠍心腸的婦人！」

「洪慶天，你敢！我是長公主，是當今皇上的親妹妹，你是我的駙馬，從來只聽說公主休夫，從未有過駙馬休妻的！」

廣安侯聽了，緊握拳頭，雙目赤紅，一字一句道：「好，那請公主休夫！」

「你……你……」明慧長公主氣急，上前幾步，拽住廣安侯的衣襟，哭罵道：「你為什麼要這麼對我？我貴為公主，難道想嫁給自己喜歡的人都不行嗎？你為何不等母妃賜婚，就娶了那個賤女人進門，我不服、我不服！」

廣安侯站在那裡，任由明慧長公主拉扯拽打，絲毫沒有抵抗的意思，過了良久，等她漸漸安靜下來，又開口道：「請長公主休夫！」

欣悅郡主見狀，哭著拉住明慧長公主，明慧長公主終於鬆開了手，轉身看著女兒，撥了撥她額前的劉海，苦笑道：「妳現在知道，為什麼母親處處都要幫妳了嗎？因為我和妳一樣，愛上了不該愛的人。可是，妳看見了，這就是結果，就算再怎麼努力爭取，只要做過的事情被揭發了，一樣會失去所有。」

明慧長公主說著，忽然哈哈大笑起來，可定神一聽，分明不是在笑，而是在哭。接著，哭聲中已是夾雜著笑聲，笑聲中夾雜著哭聲……

「哼，做錯事還一大堆道理，真是不知羞恥……」

趙暖玉輕哼了一聲，轉身往外走去，走了三、五步，突然回過頭來，見周顯還站在那邊，便低頭道：「小郡王，答應你的事情辦完了，送我回家吧。」

周顯聞言，臉頰微微一紅，見此處還有好些禮部官員，便上前交代幾句，別過眾位官員和蕭謹言，才跟在趙暖玉的身後。

兩人一同上了馬車，周顯開口問趙暖玉。「趕車的人呢？」

「沒有車伕啊，方才是我自己趕車過來的。」

周顯伸手摸了摸馬鞭，抬頭看她，滿臉為難。「我……我不會趕車。」

趙暖玉噗哧一聲笑出來，跳到前面的車架上坐好，接過周顯手裡的馬鞭，朝他努努下巴。「那你到裡頭坐著，我來趕車。」

周顯一邊爬進車廂、一邊道：「但應該是我送妳回去的。」

「沒關係啊，你先送我回家，然後我再送你回家，最後我自己回家，不就行了嗎？」

周顯被她的話繞得雲裡霧裡，一臉迷茫道：「這樣真的行嗎？那為什麼現在又要我送妳回家？」

趙暖玉轉身看他，忽然間抬頭，唇瓣堵住了他絮絮叨叨的廢話，過了良久才鬆開，看著周顯面紅耳赤的樣子，彎眸笑了起來。

「笨！我就是想跟你在一塊兒嘛！」

趙暖玉說完這句話，手中的馬鞭在空中劃出一道弧線，伴隨著啪啪的聲響，馬車緩緩前行而去。

一轉眼，到了阿秀嫁去許國公府的前一天晚上。

恒王府一家用過晚膳後，在明側妃的紫薇苑裡聊天喝茶。

趙暖玉早於兩個月前進門，家中的一應瑣事也安排妥當了。周顯一向寬厚，並沒有嚴懲那幾家店鋪的掌櫃，而陸管家最後幫著蕭謹言作證，將安國公府企圖謀害阿秀的陰謀供出來，所以周顯網開一面，沒把他交給官府，只攆到京郊的莊子裡，讓他做苦力去了。

至於安國公府，強搶良家民女、私開賭坊、意圖加害郡主，且後來又從那些下人的口中挖出安國公欺壓京郊百姓，在莊子附近隨意圈地的事。這一項項罪名，終於讓皇帝能名正言順地辦了這個親舅舅，下旨奪去他的爵位，更將逼迫多位民女自盡的徐二少爺流放嶺南，終生不得回京。

而廣安侯府因欺君之罪，同樣被奪了爵位，但廣安侯卻執意要和明慧長公主和離。皇上被煩得沒法子，皇后娘娘便下了道懿旨，准了他們和離；又因阿秀的事，命明慧長公主和欣悅郡主入水月庵為皇室祈福，無旨不得面聖。

皇帝原本最心疼明慧長公主這個妹妹，但知道她做出那麼駭人聽聞的事後，實在無法偏袒了，只搖頭道：「明慧的個性，真是和母后一模一樣，什麼事情都要按著自己的性子來，終究害人害己。」

此時，周顯一杯熱茶下肚，抬頭道：「今兒一早，皇后娘娘給阿秀添妝的東西送到了，樣樣都是珍品，有幾樣竟然比前年五公主出嫁時賜的還貴重，看來皇后娘娘也是真心喜歡阿秀。」

阿秀低垂著眉，臉上含著羞怯的笑，小聲道：「過幾日，要親自進宮向皇后娘娘謝恩才好呢。」

明側妃看著越發出落得花容月貌的女兒，感嘆道：「這幾個月，妳也夠辛苦的，過門之後，又要侍奉公婆跟相公，只怕以後想見妳都不容易了。」說著，便有幾分傷感，低下頭擦了擦眼角。

如今趙暖玉已是新婦的打扮，她偏愛紅色，穿著一套大紅遍地錦的衣衫，坐在一旁，顯得端莊秀氣，聽明側妃這麼說，遂開口道：「若姨娘想念阿秀了，只管和我說一聲，我派人把她接回來就好了。許國公府和恒王府不過就半個時辰的車程，哪裡會見不著呢？」

明側妃聽了，只微笑道：「用不著這麼麻煩。」

周顯道：「阿玉，姨娘是捨不得阿秀出閣呢，所以才這麼說的。」

趙暖玉這才明白了，嘆了口氣，鬱悶道：「我一出嫁，我娘就去了邊關，哪會對我說這些話。用我娘的話說，兒女都是來討債的，只有自己的相公會陪著自己一輩子，所以我娘一刻都不願意離開我父親。」

明側妃低下頭，想起以前與恒王爺恩愛的種種，心裡也勾起了幾分思念。

她看著圍坐在身邊的三人，開口道：「今兒我把你們都留下來，是有些話想對你們說。如今小郡王已經成家立業，阿秀也要出閣，我的心願已了，心裡再沒有遺憾，所以……我打算等阿秀出嫁後，就搬去梅影庵住。」

「姨娘，您……」阿秀抬起頭，不可置信地看著明側妃。

明側妃微笑著，繼續道：「我在梅影庵給王爺和王妃立了長生牌位，以前都是請庵裡的師父幫忙供奉，從今以後，就能日日親自上香了。這樣，我便可以永遠陪在他們身邊。」

阿秀看著明側妃，滿臉不捨，回過頭想請周顯幫著勸說幾句，卻聽周顯道：「既然是姨娘的心願，我也不再強留。只是……恒王府的大門，永遠都會為姨娘敞開，日後要是阿玉給您添了孫兒，還希望您能回來，含飴弄孫，享享天倫之樂。」

明側妃聞言，頓時落下淚來，覺得這話比留著她還窩心，況且她去意已決，周顯沒有強留，也是遂了她的心願。只是這最後兩句，她卻是無論如何也推託不掉了。

趙暖玉聞言，也跟著道：「到時候，您就回來吧，家中沒有個長輩，丫鬟們照顧孩子也不周到，我實在是放心不下。」低下頭，伸手撫了撫自己的小腹，略帶著幾分鬱悶道：「說起來……我這個月的癸水就沒有來……」

周顯一聽，頓時大驚失色。「什麼?!那、那不就……」

他急忙起身，走到趙暖玉面前，上下打量她幾眼，開口問道：「妳……前幾日不是說身上有些不索利嗎？我以為……」

周顥的話還沒說完，趙暖玉便嘟著嘴道：「前幾日，我原本以為是要來癸水的，誰知等了幾日又沒有，這幾日太忙，又忘了。算一算，已經一個半月沒有來癸水了……」

趙暖玉說起這個，也是一頭汗，只怪皇帝的日子訂得太好，洞房花燭夜偏偏是她最不安全的那幾天。原本想著兩人折騰了一夜，沒準兒都乏了，可誰知道周顯卻說，沒有行周公之禮不算完婚，非要在當天晚上完事才行……

一番紅浪翻飛後，趙暖玉便忘了這件事，誰知兩人的孩子已經偷偷來到。

阿秀聞言，忙不迭起身道：「姨娘，這麼說來，嫂子定是有喜了。嫂子進門不久便有孕，我又要出閣，姨娘如果走了，這一大家子的事怎麼辦？難道讓嫂子大著肚子張羅嗎？」她是真心捨不得明側妃離開，話語中帶著幾分懇求之意。

周顯也擔心了起來，跟著道：「姨娘，原本是想讓您歇息一陣子的，只是……」

明側妃見了這樣的陣勢，知道自己走不成了，苦笑道：「罷了罷了，當我這輩子欠你們的，我不走了，只求阿玉一舉得男，給恒王府開枝散葉才好。」

趙暖玉聽了，咬了咬嘴唇，心道一舉得男可不是只靠女人，男人也有分呢。

眾人商議妥當，明側妃便催趙暖玉和阿秀回去休息。如今一個身懷六甲、一個明兒要出閣，明側妃不得不感嘆，原來她也是個勞碌命。

阿秀回到凝香院，卻怎麼也睡不著了，想著從明天開始，她就可以和蕭謹言在一起，仍覺得有幾分不真實。

前世，她是他的妾室，只期望他有空時偶爾想起她，去她的房中，哪怕只是坐一會兒，便覺得滿足了。

可這輩子，她竟能做他的正妻，一輩子舉案齊眉。

想到這裡，阿秀的嘴角忍不住透出一絲笑意，往床裡靠了靠，帶著美好的心情，甜甜睡去。

第二日一早，不過五更天，就有丫鬟進來喚阿秀起身。

阿秀迷迷糊糊地起來，丫鬟見了阿秀的眼睛，嚇了一跳。

「郡主，昨兒晚上您沒睡好嗎？」

這話也是白問，瞧見阿秀這個樣子，怎麼可能睡好？

幸好，趙暖玉得了信，就把她常用的玉膚膏給阿秀送來，在眼底輕輕打上一層，就蓋住黑眼圈了。

片刻後，明側妃親自帶著幾個嬤嬤過來為阿秀打扮，又特意請了兒孫滿堂的老嬤嬤幫她梳頭。等眾人把阿秀裝扮好，阿秀只覺得頭上似有千斤重，微微晃動著，走路時都有些不穩了。

明側妃親自幫阿秀蓋上紅蓋頭，聽見外街上傳來鞭炮聲，是蕭謹言的迎親隊伍到了。這時，周顯穿著鐵鏽紅的長袍，從外面走進來，問道：「好了沒有？新郎官已經在門外等著了！」

趙暖玉牽著阿秀上前，笑道：「好了好了，現在就看你這個親哥哥表現了，要是揹不動，可就丟人了！」

私下裡，趙暖玉總笑話周顯，渾身上下跟排骨一樣，沒幾兩肉。想當初她出閣時，趙暖陽那身材，一隻手就把她揹起來了。阿秀雖然身材窈窕，卻也蓋不住周顯很瘦這個事實。只見周顯臉上帶著一本正經的表情，鬱悶道：「妳也太小看我了，我雖然瘦些，這點力氣還是有的。」

他走到阿秀面前，蹲下身子。「阿秀上來，哥哥送妳出嫁。」

阿秀帶著幾分羞澀，靠到周顯背上，由幾個喜娘扶著，搖搖晃晃往門外去了。

趙暖玉跟在身後，忍不住笑了起來。「幸好他只有阿秀一個妹子。」

原本明側妃覺得趙暖玉的性格太跳脫了些，如今瞧著他們小倆口打情罵俏，倒是有些一個願打、一個願挨的樣子，心裡也是說不出的高興。

廳門前，蕭謹言騎在棕色的汗血寶馬上，頎長身軀經歷了三年的戰場歷練後，每寸肌肉都多了一絲力量，讓人看著就有種安全可靠的感覺。

鞭炮聲中，四周一片嘈雜，但蕭謹言的心卻是安靜的。看著周顯揹阿秀過來的身影越來越靠近，他才真正覺得，這輩子沒有白活了。

周顯把阿秀送進花轎，抬起頭看著蕭謹言。「我把妹妹交給你了，你要好好對她。」

蕭謹言對周顯拱了拱手。「放心，如今阿秀是皇上和皇后最疼愛的郡主，我哪有膽量不好好待她。」

周顯微微一笑，眼角卻帶著幾分審度的神色，淡淡問道：「謹言，其實我一直想問你，你為什麼對阿秀如此執著？」

蕭謹言哈哈笑了起來，若問這個理由，還真不好說，遂一本正經地對周顯道：「我若不執著，你又如何得知阿秀就是你失蹤十年的親妹妹呢？可見這必定是老天的安排。」

周顯聽了，一時無語，只看著迎親的隊伍，浩浩蕩蕩往許國公府而去。

——全書完

番外

一轉眼，阿秀嫁進許國公府，已經有大半個月了。

用過午膳，阿秀歪在房裡的貴妃榻上歇午覺。她稍稍翻了身，忍不住伸手揉了後腰一把。

如今重活一世，人還是那個人，但骨子裡卻好像全變了，似是有用不完的精力般。每每她落到蕭謹言手裡，最後也只有告饒的分了。

腰間的痠痛讓阿秀想起昨夜那番陣仗，蕭謹言從武後，竟是越發學壞了，總讓她擺出些稀奇古怪的姿勢，惹得她羞紅了臉，又不敢大聲喊。這個時候，蕭謹言便得意得很，更加用力地操弄起她來。

想起昨晚兩腿被他架在肩上的動作，阿秀只覺得面紅耳赤，忍不住咬了咬紅唇，皺起眉頭。

一旁的紅玉見了，忙不迭上前，小聲問道：「少奶奶可是覺得房裡熱了？奴婢讓外頭再送兩塊冰進來？」

阿秀只無精打采地搖搖頭，臉上沒什麼精神。

紅玉見了，心疼道：「少奶奶若覺得身上不爽利，奴婢去傳個太醫來瞧瞧可好？」

阿秀聞言，慌忙攔住了她。紅玉年紀小，對這些事一知半解，所以這幾日在她跟前服侍的，是以前就在蕭謹言身邊的墨琴和墨棋，阿秀前世就認識了，都是本分老實的人，所以對她們也相當優待。

她們雖然沒有被蕭謹言收房，但王嬤嬤早已教了兩人房中的規矩。墨琴見阿秀神思倦怠，知道大約是這幾日晚上累的，只是這些事難以啟齒，私下裡便更加小心服侍阿秀。

「少奶奶是睡不著嗎？要不要趴一會兒，奴婢給少奶奶揉揉腰？」墨琴端了一個冰碗上前，遞給阿秀吃了兩口，輕聲問道。

阿秀面色頓時泛紅，可想想腰下的痛，還是忍不住點了頭，又吩咐紅玉。「妳去瞧瞧二姑奶奶回來沒有，若是回來了，早些過來通報，好留些工夫讓我換衣服。」

今兒是趙氏的壽辰，雖不是整壽，家人也要聚齊的。雖然太子妃剛剛誕下二皇孫，還在月子中，不能出門，但剛出嫁不過月餘的蕭瑾璃，是必定要回來的。

蕭瑾璃三朝回門時，阿秀還沒嫁過來，等她進門後，蕭瑾璃卻一直沒空回許國公府，所以兩人已經有一、兩個月沒見到面了。這會兒，因阿秀想著和她說說話，又加上身子不適，所以一直沒有睡著。

墨琴按摩的手藝極佳，只稍稍在腰下一寸的地方輕輕揉捏，阿秀便覺得渾身筋骨都鬆軟了般，微微閉上眼睛，享受了起來。

墨琴輕柔的聲音在阿秀耳邊小聲道：「少奶奶太縱容世子爺了，雖說是新婚夫婦，也沒有夜夜春宵的。」

墨琴畢竟是未經人事的丫鬟，說到這裡，也有些害羞，便稍稍壓低了聲音，但阿秀還是聽得清楚。

她低低嘆了一聲，心道人和人的區別怎麼就那麼大呢？前世的蕭謹言和今生的他，怎麼會差這麼多呢？當年蕭謹言一夜不過最多要個兩、三次而已，可她萬萬沒想到，新婚之夜，蕭謹言竟一連要了她七次，直到她嚶嚀著求饒，蕭謹言才依依不捨地放過了她。

如此大半個月下來，阿秀覺得自己快被榨乾了。

但阿秀知道蕭謹言是心疼她的，事後從不讓她起身，幫她清理乾淨，再把她摟進懷中入睡。只是有時凝視她一久，下面又起了反應。

兩人都值青春年少，稍稍動了慾念，難免又是一番雲雨。說起來，阿秀雖然身子疲累，可對這種軟綿綿癱在蕭謹言懷中的感覺，卻怎麼也不覺得膩。

大約一盞茶的工夫後，外頭便傳來紅玉脆生生的聲音，只見她挑起簾子，引了一個少婦進來。

阿秀支起身子看去，那滿臉含笑又帶著幾分傲氣的模樣，不是蕭瑾璃，又是誰呢！

「我去老太太那邊打探消息，可巧二姑奶奶已經到了，聽說少奶奶在歇午覺，便說隨我來瞧瞧少奶奶。」

阿秀聽了這話，越發覺得羞赧。蕭瑾璃雖然是蕭家的姑娘，可如今出嫁，就是客人，如何能讓客人先過來瞧她呢。

阿秀從軟榻上起身，身上只穿著家常的芙蓉色闊袖長袍，轉身吩咐道：「墨琴，幫我取衣服來，我好歹先更衣再見客。」

蕭瑾璃早已走進來了，瞧阿秀如此懶散的樣子，就知道是自己哥哥幹的好事，她也是新婚燕爾，如何不明白這其中的緣故，只笑著道：「妳還是先歇著吧，一會兒去榮安堂時再換好了。在自己房裡還計較些什麼，我就是來同妳說幾句話。」

阿秀原就不好意思，幸好蕭瑾璃不拘小節，便開口道：「紅玉，去廚房準備幾個冰碗過來。墨琴，妳去小庫房把前幾天別人送世子爺的那匣子南海珍珠拿來，讓二姑奶奶選一些回去，打幾樣首飾。」

蕭瑾璃聽了，打趣她道：「妳如今可真懶，哪有人送東西只送個半成品的？好歹做成首飾，再給我也不遲呀。」

阿秀聽了，越發面紅耳赤起來，笑著道：「大大小小的，我也不知道做什麼好。原本打算把小的磨了做珍珠粉，但丫鬟說這些做幾支珠花簪子才好呢，所以乾脆讓妳自己選。妳要是不嫌麻煩，那匣子都歸妳，做好成品後，給我兩個吧。」

蕭瑾璃見阿秀這般慵懶，不由有些擔憂了，湊過去問道：「妳的癸水多久沒來了？可別有了也不知道。」

阿秀擰著眉頭，想了半刻，搖搖頭。「我嫁過來前幾日才走的，不會那麼快，而且妳哥哥也說了，如今我們尚且年輕，不急在一時的。」

蕭瑾璃聽了這話，眉梢挑了挑，笑道：「男人都是這麼說的，妳若有了，難道他還有不歡喜的道理？」頓了頓，繼續道：「要是真的有了，妳就解脫了，不必每日裡扶著腰，神思昏昏了呢。」

阿秀聽蕭瑾璃打趣自己，氣得脹紅了臉頰，伸手假裝要去打她。

蕭瑾璃忙抬著胳膊躲開，小聲求饒。「哎喲，我的小乖乖，瞧瞧你這舅媽，發起火來可真嚇人呢！」

阿秀聞言，也顧不得腰疼了，驚得從軟榻上坐起來，扶著蕭瑾璃看了一圈。

「妳有了？」

蕭瑾璃抿唇笑了笑，湊到阿秀耳邊道：「妳可別說出去，等晚上給老太太祝壽時再說，好讓她老人家高興高興。」

這會兒，阿秀又是高興，又是擔憂，蕭瑾璃和趙暖玉都有了，唯獨她還沒有動靜。雖說她才嫁過來大半個月，要是有了才奇怪，可長輩們聽了這些好消息，哪會不讓蕭謹言再努力一把？到時候只怕她的腰真要折了呢！

想到這裡，阿秀的小臉都發白了。

蕭瑾璃瞧阿秀這副花容失色的樣子，忍不住笑了起來，開口道：「快別瞎想了。妳聽我的，若想早些解脫，須得懷上一個好，才能讓他們規規矩矩的。」

阿秀聞言，抬起頭看蕭瑾璃，她如今這番模樣，確實瞧著比自己還精神幾分。

且說蕭謹言最近在兵部做了堂官，每日跟著許國公早出晚歸，越來越有成熟男子的氣概，阿秀在他跟前，越發像個小媳婦般。

因要等蕭謹言回家，服侍他更衣，所以蕭瑾璃先去了榮安堂，留下阿秀在房裡休息。

每日蕭謹言當值完後，第一件事就是回文瀾院看阿秀，再同她去海棠院用晚膳。

今兒中午，阿秀沒有歇午覺，這會兒有些困頓，歇在軟榻上睡著了。

蕭謹言風塵僕僕地從外面回來，進院子時，正好瞧見紅玉從阿秀房中出來，正要行禮，卻被蕭謹言攔住了，問道：「少奶奶在房裡做什麼呢？」

紅玉福身回道：「下午二姑奶奶來，少奶奶跟她說了半天話，沒歇午覺，這會兒正打盹呢。」

蕭謹言聞言，唇角微微一勾，吩咐道：「妳去忙吧，我有少奶奶服侍就好，這裡沒妳的事了。」

紅玉聞言，便告退了。

蕭謹言上前幾步，挽起簾子進門，就瞧見墨琴坐在臨窗的炕上做針線，阿秀則睡在對面的軟榻上，秀眉微蹙。

阿秀的身段嬌小，又玲瓏有致，細微的氣息下，胸口微微起伏著，像兩隻安靜的小兔。

蕭謹言只看了一眼，便覺得喉頭發緊。墨琴起身迎上前，他就揮手道：「妳去門外守著吧。」

聽了這句話，墨琴立時明白過來，福身出去，把門帶上了。

蕭謹言慢慢地走過去，居高臨下看著阿秀的睡顏。他記得，前世最後一次瞧見活生生的阿秀，是阿秀臨產前，她懷著九個多月的身孕，也是這樣微擰著眉宇睡著。那時，他如何知道，兩日後，他就和她陰陽永隔了。

蕭謹言忍不住伸手撫摸著阿秀白皙的臉頰，許是睏極了，她並沒有醒來，他的手指便開始肆無忌憚，掠過滑膩的脖頸，來到纖細鎖骨，再往下，便是那抹鮮紅的肚兜。

阿秀睡得正香，一時沒弄清是夢還是真，嚶嚀輕哼一聲，微微睜開眼時，就瞧見蕭謹言在她身上動手動腳了。

她羞得臉頰通紅，伸手推了推蕭謹言的肩膀，但哪裡推得動，手腕反被蕭謹言握住，壓在了身側。

「爺……啊……」阿秀忍不住呻吟一聲，扭了下身子，勉力讓自己的腰肢不至於癱軟下去。

蕭謹言有兩世的經驗，在這方面可謂駕輕就熟，阿秀卻已軟得沒形了，眸中含春，眼梢略略發紅地看著蕭謹言，連話語都變得破碎。

「阿秀，叫我謹言……」蕭謹言咬著阿秀的耳垂，灼熱氣息噴灑在她紅透的臉頰上，單手握住她胸口不斷跳動的小兔，帶著不容抗拒的口吻命令道。

阿秀只覺得渾身躁熱，快被燃盡的感覺讓她哭了起來，嘴裡含糊道：「謹、謹言……給……給我……」

蕭謹言低下頭，在阿秀光潔如玉的後背上輕輕咬了一口，俯在她耳邊小聲道：「阿秀，若有來生，咱們湊足了那三生三世可好？」

阿秀聞言，微微一滯，卻在下一刻被帶入讓人沈淪的狂風暴雨中。

雲雨後，兩人的氣息都有些不穩，阿秀癱軟地靠在蕭謹言懷裡，心裡卻還沒從蕭謹言方才那句話中回過神來。

「三生三世、三生三世……」

阿秀默默唸著這句話，抬起頭，迎上蕭謹言漆黑深邃的眼眸，湊到他耳邊道：「謹言，讓我為你生個孩子吧。」

蕭謹言微微翹起嘴角，竟帶著幾分俏皮，笑道：「剛才不是還在努力嗎？」

阿秀面頰一紅，咬唇道：「你又欺負人。我……我是認真的。」

這時，阿秀的神色異常堅定，低下頭，手掌撫過蕭謹言緊實的胸口，小聲道：「讓我們忘記……之前那些可怕的事情吧！」

這句話，像是對蕭謹言說的，又像是對她自己說的。

可當阿秀再次抬起眼時，蕭謹言已完全明白過來，忽地將阿秀納入懷中，帶著幾分紊亂的氣息親吻著。

阿秀稍稍撇開頭，伸手攔住他的動作。「不准鬧了，快起來換身衣服，老太太的壽宴就要開始了。」

蕭謹言幸福地笑了，在阿秀唇瓣上輕啄一口，撐起身子看著她。

「好，那我們回來再繼續生兒子。」

——本篇完

2016年7月出版

追夫心切

文創風 424～426

當初老道長曾為他們倆看過面相，
說他們雖然各自有缺，卻是天作之合，
他命貴能護她一生，讓她享盡榮華富貴，
而她只要能度過今年死劫，便能讓他兒孫滿堂……

情意繾綣·真心無價／江邊晨露

她肖文卿原為官家貴女，卻遭逢意外淪為陪嫁丫鬟，
在一回夢境之中，她預見自己被小姐送給姑爺為妾，
懷孕生子之後，兒子被小姐奪走，而她在產子當夜悲慘死去……
夢醒之後，她努力改變自己悲慘命運——
她在御史府花園攔截一個陌生的侍衛表白，勇敢地主動求親；
失敗之後，為了逃避被姑爺收房，還主動劃傷了臉，寧死不願為妾！
就在絕望之際，命運兜兜轉轉地，她竟然嫁給了當初她主動求親的男人，
他待她體貼有禮，照顧有加，一切都很好，只除了他不願跟她圓房。
他說，他對她動心，但卻不能在這時要了她，
他要她等著，等著時機成熟，兩人將能有情人終成眷屬。
她知道他身懷巨大的秘密，卻仍滿心願意信任他……

2016年6月出版

福氣臨門

文創風 418～423

管妳是福星還是災星，
愛情面前，百無禁忌！

溫馨時光甜甜蜜蜜 嘻笑怒罵活靈活現／翦曉

唉……世人都說她是災星，依她看，其實是「孤星」才對吧？
前世她是禮儀師，親人、前夫因此忌諱疏遠，最後孤獨以終，
不料穿越來到古代，她卻在母親死後才出生於棺中，
從此落得災星轉世的惡名，連祖母都嚷著要燒死她以絕後患，
幸有外婆帶著她避居山中，還為她在佛前求得名字「祈福」，小名九月，
哪怕眾人懼她、嫌棄她，她也是個有人祝福的孩子！
好不容易兩輩子加起來，終於有個外婆真心疼愛她，
偏偏當她及笄了，正要報答養育之恩時，外婆卻過世了，
如今又回到一個人生活，不管未來有多坎坷，她都記得外婆的叮嚀——
「要好好活給所有人看，告訴他們，妳不是災星！」

文創風 441

一妻獨秀 3 完

國家圖書館出版品預行編目資料

一妻獨秀 / 芳菲著. --
初版. -- 臺北市 : 狗屋, 2016.08
冊 ; 公分. --（文創風）
ISBN 978-986-328-626-4（第3冊 : 平裝）. --

857.7 105010483

著作者	芳菲
編輯	安愉
校對	沈毓萍　許雯婷
發行所	狗屋出版社有限公司
地址	台北市104中山區龍江路71巷15號1樓
電話	02-2776-5889～0
發行字號	局版台業字845號
法律顧問	蕭雄淋律師
總經銷	知遠文化事業有限公司
電話	02-2664-8800
初版	2016年8月
國際書碼	ISBN-13　978-986-328-626-4
原著書名	**《娇妾难宠》**，由北京晉江原創網絡科技有限公司授權出版

定價250元
狗屋劃撥帳號：19001626
網址：love.doghouse.com.tw　E-mail：love@doghouse.com.tw